마리 앙투아네트

베르사유와 프랑스혁명

Marie Antoinette, Vigée Le Brun, 1783

MARIE ANTOINETTE
BILDNIS EINES MITTLEREN CHARAKTERS
by STEFAN ZWEIG

Korean Translation Copyright © Ewha Books, 2023
All rights reserved.

마리 앙투아네트

베르사유와　　　프랑스혁명

슈테판 츠바이크

이화북스

차례

프롤로그

운명에 관한 이야기

마리 앙투아네트의 이야기를 써 내려가는 것은 수백 년에 걸쳐 벌여온 재판을 세상 밖으로 다시 꺼내는 일과 같다. 진실과 정치가 한 지붕 아래에 같이 산다는 건 보기 드문 일이다. 선동을 목적으로 한 인물이 그려질 때, 여론과 그 추종자들로부터 정의를 기대하기란 어렵다. 영혼의 진실은 대개 중간 그 어디쯤에 있다. 마리 앙투아네트는 프랑스 왕실의 위대한 성인도 아니었고, 특별히 똑똑하지도 어리석지도 않은 평범한 성격에, 불타는 열정도 얼음 같은 차가움도 없는 사람이었다. 착한 뜻을 가지지 않은 것도, 악한 의도를 품은 것도 아니었다. 그녀는 어제, 오늘, 그리고 내일의 평범한 인물이었기에 비극의 대상이 되기에는 적당하지 않았다. 비극적인 긴장감은 인간과 그의 운명 사이에 존재하는 불균형에서 비롯된다. 이러한 불균형은 영웅이나 천재들이 그들에게 내려진 사명에 비해서 너무나 좁고 적대적인 주위 세계와 충돌할 때 생겨난다. 예컨대 세인트헬레나섬에 유배되어 빠져나오지 못하고 생을 마감한 나폴레옹이나 청력을 잃어버린 베토벤을 들 수 있다.

그러나 역사라는 위대한 창조주는 더욱 드라마틱한 이야기를 만들어 내기 위해 영웅 대신 이 평범한 인물을 택했다. 아주 보통의 인물이 자신을 압도하는 거대한 운명에 빠져들었을 때도 비극은 생겨난다. 필자는 이러한 형태의 비극을 보다 인간적이고 통절한 비극이라고 생각한다. 비범한 자는 무의식적으로 비범한 운명을 찾으며, 그 영웅적인 성격은, 니체의 말을 빌리자면 위험한 삶을 살기에 유기적으로 걸맞다. 그런 사람은 자신에게 내재된 강력한 요구로 세계에 도전한다. 그들은 사명을 실현하고자 화염의 시련까지도 갈망하므로 자신의 수난에 대해 궁극적인 책임이 있다. 그러나 평범한 사람들은 본질적으로 평화로운 삶을 추구한다. 세계사적인 책임을 지려 하지 않으며 오히려 두려워한다. 내면이 아닌 외부에서, 자신의 한계보다 더 큰 존재가 되기를 강요받는다.

나는 보통의 사람이 겪는 이런 고통이 진정한 영웅의 비장한 고뇌보다 하찮다고 생각하지 않는다. 왜냐하면 보통 사람이란 이런 수난을 홀로 견뎌내야 하며, 예술가처럼 그 고통을 작품과 같은 영속적인 형태로 표출할 수 있는 축복을 받지 못했기 때문이다.

운명은 평범한 사람도 뒤집어 놓을 수 있고, 한계를 넘어 나아가도록 강제로 몰아가기도 한다. 마리 앙투아네트의 삶이 바로 그러한 역사의 예시이다. 명랑하고 구김살 없던 그녀의 세계 안에 혁명이 들이닥치지만 않았더라면, 이 합스부르크의 여인은 수많은 다른 황녀들처럼 평범하게 인류의 기억 속에서 사라져갔을 것이다. 더 큰 존재가 되기 위해서는 자기 자신을 먼저 밖으로 내던져야 한다. 그 목적을 위해 운명이 쥐고 있는 것이 바로 '불행'이라는 채찍이다. 모든 것을 알고 있는 듯 불행의 손길은 비정하게도 마리 앙투아네트의 곁을 좀처럼 떠나려 하지 않았다. *"불행 속에서야 겨우 사람들은 자기 자신이 누구인지를, 진정한 나를 알게 된다."* 고통을 통해서, 자신의 하찮고 평범한 삶이 후세에 어떠한 본보기가 되리라는 예감이 엄습했다. 책임 의식을 느끼며 그녀는 자신을 초월하여 성장한다. 필멸의 형체가 부서지기 직전에, 영원히 지속되는 예술작품이 탄생한 것이다.

마리 앙투아네트, 이 평범한 인간의 생의 마지막 순간, 마침내 비극의 클라이맥스에 이르고 이 이야기는 마치 그녀의 운명처럼 위대해진다.

슈테판 츠바이크

Stefan Zweig

◀ 마리 앙투아네트 Elisabeth Louise Vigée Le Brun, 1780

어린 공주의 결혼

수백 년 동안 합스부르크 가문(오스트리아)과 부르봉 가문(프랑스)은 유럽의 패권을 두고 독일, 이탈리아, 폴란드 지역의 수많은 전장에서 경쟁해 왔다. 그러나 이들의 탐욕스러운 경쟁심은 결국 다른 가문에게 길을 열어준 셈이 되었다. 이미 섬나라 영국이 세계 제국을 노리고 있었으며 개신교를 믿는 프로이센 왕국은 강력한 왕국으로 성장하고 있었다. 러시아도 세력을 확장해 나가려 준비하고 있었다. 양가의 국왕과 외교관들은 늦기 전에 서로의 평화를 유지하는 것이 좋지 않을까 생각하기 시작했다.

프랑스 외교관 슈아죌과 합스부르크의 정치가 카우니츠가 동맹을 맺었다. 이 동맹이 끊임없이 반복되는 전쟁 사이에서 지속적으로 유지될 수 있도록 그들은 합스부르크와 부르봉 두 왕가 사이에 혈연관계를 맺자는 제안을 한다. 그리하여 루이 15세의 손자이자 장차 프랑스 왕위를 계승할 왕세자(루이 16세)는 합스부르크 군주, 마리아 테레지아의 딸과 약혼하게 된다.

1766년, 열한 살이던 마리 앙투아네트는 정식으로 추천을 받게 되었다. 오스트리아 대사는 5월 24일 여제에게 똑 부러지는 어조로 편지를 썼다. "폐하께서는 이번 일이 이미 확정된 것으로 여기셔도 무방하다고 국왕(루이 15세)께서 분명히 표명하셨습니다." 그러나 외교관들은 간단한 일도 어렵게 만들고, 또 중요한 문제를 교묘하게 지연시키는 것을 취미로 삼는다. 진전 없이 한 해가 지나고, 2년, 3년째가 되어가자 마리아 테레지아는 '괴물'이라 부르며 증오하던 프로이센의 프리드리히 대왕이 결국은 마키아벨리적인 간계를 써서 오스트리아의 지위를 방해할까 두려운 마음이 들었다. 그래서 그녀는 프랑스가 이 혼인 약속에서 발을 빼지 못하도록 열정과 계략을 총동원한다. 항상 공주의 장점을 파리로 전달하도록 노력했으며 사신들에게는 온갖 선물을 퍼부었다. 베르사유에서 확실한 결혼 신청을 받아오도록 그녀는 어머니보다는 여제로서, 자녀의 행복보다는 가문의 권력을 더 중요시 여겼다.

왕세자가 아무런 재능이 없고 지능이 낮으며 외모도 못생겼다는 경고를 담은 전갈을 받아도 아랑곳하지 않았다. 왕비만 된다면 굳이 행복해질 필요가 있겠는가? 마리아 테레지아가 협정과 편지로 재촉할수록 노회한 국왕 루이 15세는 우위에 서서 말을 아꼈다. 그는 자신을 속박하는 그 어떠한 약속도 하지 않았다.

아무것도 모르는, 이 중요한 국사의 담보 마리 앙투아네트는 그사이 열세 살이 되어 감에 따라 우아하게 자라나 의심할 여지 없이 아름다운 모습으로 쇤브룬 궁 정원에서 형제, 자매, 친구들과 활기차게 놀러 다녔다. 공부나 책은 별로 신경 쓰지 않았다. 그녀는 천성적인 매력과 말괄량이 기질로 담당 가정교사들을 솜씨 좋게 속였고 공부 시간을 맘대로 빼먹을 수 있었다.

어느 날 마리아 테레지아는 마리 앙투아네트가 열세 살이 되도록 독일어, 프랑스어도 제대로 쓰지 못하며 수박 겉핥기 정도의 교양조차 모른다는 것을 알고 큰 충격에 빠졌다. 저명한 독일의 작곡가인 글루크에게 피아노 레슨을 받게 해주었지만 음악 실력도 신통치 않았다. 프랑스 왕비에게 무엇보다 중요한 것은 품위 있는 춤과 훌륭한 프랑스어 발음이었다. 마리아 테레지아는 급히 유명한 무용가 노베르와 프랑스 극단 배우 두 명을 고용하여 한 명은 발음을 담당하고, 한 명은 노래를 담당하도록 했다. 그러나 이 사실을 알게 된 부르봉 왕가는 불편한 기색을 내비쳤다. 프랑스 왕비가 될 공주가 희극배우의 가르침을 받아서는 안 된다는 것이었다. 베르사유는 예비 왕비의 교육은 이미 자신들의 사안이라고 여겼다. 그리하여 오를레앙 교구의 베르몽 주교를 가정교사로 보냈다. 그는 공주가 매력적이고 마음이 가는 인물이라고 느꼈다.

"사랑스러운 외모와 우아한 자태, 공주께서는 앞으로 왕비로서 바랄 수 있는 모든 매력을 다 가지실 것입니다." 그렇지만 놀기 좋아하고 산만하고, 제멋대로이고, 말괄량이인 어린 마리 앙투아네트는 진지한 일이라면 흥미를 보이지 않았다. 그녀를 가르치는 일에는 어려움이 많았다. 깊이 있는 대화는 피하려 드는 태도는 10년, 20년 후에도 모든 정치인들이 같은 말로 고충을 호소하며 불평한 부분이었다.

1769년, 마침내 루이 15세는 마리아 테레지아에게 청혼 편지를 보내며 결혼 날짜로 이듬해 부활절을 제안한다. 오랜 시간 마음을 졸이던 마리아 테레지아에게는 다시 한번 빛이 나는 순간이었다. 이로써 제국과 유럽의 평화가 보장된 것처럼 보였다. 사신들과 전령들을 통해 합스부르크가와 부르봉가가 오랜 적대 관계에서 벗어나 영원한 혈연을 맺었다는 것을 공식적으로 알렸다. *"다른 이들은 전쟁을 하게 두어라. 너 행복한 오스트리아여, 결혼하라!"* * 합스부르크가의 오랜 가훈이 다시 한번 확인된 순간이었다.

양쪽의 대신들이 결혼 의례를 모든 조항에 걸쳐 하나하나 조목조목 준비하는 데만도 꼬박 1년이라는 시간이 걸렸다. 프랑스 왕위 계승자와 오스트리아 공주의 결혼을 위해 얼마나 심사숙고했

---

* 합스부르크 가문은 예로부터 결혼을 통해 동맹을 맺어 전쟁을 피해 오는 방식으로 가문을 번영시켰다.

▲ 마리 앙투아네트 Gautier Dagoty

겠는가! 수백 년 전 서류부터 연구해야 하고, 돌이킬 수 없는 실수를 저지르지 않도록 해야 했다. 사절들은 초대장 한 문장 한 문장을 위해 협의했다. 이 고귀한 자리에서 서열을 뽐내려는 유럽 명문가들 가운데 한 명이라도 자신의 체면이 손상된다면 '7년 전쟁'*보다 더 큰 재앙이 일어날지도 모르는 일이었다.

결혼 약정서에 누구의 이름이 먼저 언급되어야 하는지, 누가 먼저 서명해야 하는지, 어떤 예물을 주고받을 것인지, 신부와 동행할 사람과 맞이할 사람은 누구인지. 가발 쓴 점잖은 고관들은 오랫동안 기본적인 기준에 대해서도 합의를 보지 못했다. 귀족들은 결혼행렬에 참석하는 명예를 걸고 마치 천국의 열쇠라도 차지하는 것처럼 케케묵은 고문서까지 들추어내며 자신의 권리를 주장했다. 마지막 순간에는 더 이상 시간

---

* 합스부르크의 황제 카를 6세가 아들을 낳지 못하여 가문이 단절될 위기에 처하자, 여성도 왕위를 상속할 수 있도록 하는 법을 제정한다. 그러나 황제가 죽자 프로이센, 프랑스를 비롯한 여러 세력이 마리아 테레지아의 계승에 반발하며 전쟁을 일으킨다. 그 결과 오스트리아는 프로이센에게 일부 영토를 빼앗긴다. 마리아 테레지아는 프로이센에 복수하기 위해 '7년 전쟁'을 일으킨다. 오스트리아는 초반에는 우세하였으나 영국의 지원을 받은 프로이센에 패전하게 된다.

이 없었기 때문에 알자스 귀족의 소개 같은 것 따위는 프로그램에서 빼기로 했다. 만일 왕실의 명령으로 결혼식의 날짜가 결정되지 않았다면, 오스트리아와 프랑스의 예식 담당자들은 지금까지도 결혼식의 '올바른' 형식에 대해 합의하지 못했을 것이다. 또한 왕비 마리 앙투아네트도, 프랑스 혁명도 없었을 것이다.

두 가문 모두 재정을 절약해야 하는 상황임에도 불구하고 결혼식은 최고의 호화로움과 사치로 치러졌다. 상인, 왕실 재단사, 보석 장인들, 마차 제조업자들에게는 더없이 좋은 시기였다. 루이 15세가 주문한 마차는 귀한 목재와 빛나는 유리로 만들어졌다. 내부는 벨벳으로 마감되어 있었다. 상부는 황금 왕관으로 덮여있으며 가볍게 밀어도 탄력 있게 굴러가는 마차였다. 결혼식을 위해 준비한 예복은 값비싼 보석으로 꾸며졌고 140캐럿의 리전트 다이아몬드로 혼례용 왕관을 장식했다.

마침내 프랑스의 청혼사절단이 빈에 도착했다. 빈 사람들에게는 더할 나위 없는 구경거리였다. 꽃으로 화려하게 장식된 마차는 거리를 천천히 달려가며 근엄하게 궁전으로 향했다. 117명의 근위병과 하인들의 제복에만 금화 10만 7천 두카트 *가 들었다. 전체 행렬 비용에는 35만 두카트가 들었다. 공식적인 청혼 의식

---

* 제1차 세계 대전 이전까지 유럽에서 사용된 통화 단위. 무게 3.5g에 순도 98% 금화였으므로 현재가치로 계산하면 1두카트에 약 25만원이다.

이 시작되었고 마리 앙투아네트는 복음서와 십자가상 앞에서 오스트리아의 모든 권리를 포기하는 장중한 선언을 했다. 마침내 4월 19일 성 아우구스티누스 교회에서 혼인 체결식이 열렸다. 경외심에 가득 찬 군중의 행렬을 지나 프랑스의 국왕이 보낸 마차를 타고 오스트리아의 공주였던 마리 앙투아네트는 자신의 운명을 향해 달려 나갔다.

마리아 테레지아는 딸과의 이별로 슬픈 시간을 보냈다. 노년에 접어든 그녀는 이 결혼을 합스부르크가의 권력을 키우기 위한 기회로 열망해 왔지만 마지막 순간에는 아이에게 정해준 운명을 걱정하기 시작했다. 자신조차도 오스트리아의 황제라는 왕관을 그저 무거운 짐으로 느끼고 있었기 때문이다. 끊임없는 전쟁 속에서 혼인으로 맺어온 이 제국을 프로이센과 터키, 동방과 서방에 대항하여 하나의 통일체로 유지하기 위해 헌신했지만 그녀의 용기는 점점 꺾이고 있었다. 자신의 모든 힘과 열정을 바친 이 제국이 후대에 이르면 붕괴되어 산산조각이 날 것이라는 기묘한 예감이 이 여인을 내내 괴롭혔다. 예언자와 같은 혜안을 갖고 있던 그녀는 우연으로 맺어진 민족들의 결합체인 이 제국이 얼마나 허술하게 지탱되고 있는지 그리고 얼마나 조심스럽고 신중하게, 영리한 태도를 취해야 그 수명을 연장할 수 있는지 잘 알고 있었다. 그녀가 해 온 이 위대한 일들을 누가 계승해 나갈 것인가? 자식들에 대한 실망은 카산드라 *의 정신을 일깨웠다. 자녀 중에는 어머니의 본질적인 힘이었던 인내심과 의지를 물려받은 사람이 아무도 없었다. 그녀의 아들이자 공동 통치자였던 요제프 2세는 그녀를 평생토록 괴롭히고 조롱한 프로이센의 프리드리히 대왕에게 알랑거리며 달라붙었다. 그녀는 마리 앙

▲ 마리아 테레지아 Martin van Meytens, 1759

투아네트에 대해서도 객관적인 평가를 내릴 수 있었다. 딸의 관대함과 따뜻한 마음, 명랑한 지혜, 솔직하고 인간적인 성품뿐만 아니라 미성숙함, 경솔함, 산만함 같은 것도 익히 알고 있었다. 그래서 마리 앙투아네트에게 행동 지침서를 주고 매달 그 지침서를 꼼꼼히 읽겠다는 맹세까지 받아냈다. 루이 15세에게는 열네 살 소녀가 아직 어린애처럼 철이 없으니 너그럽게 봐달라고 당부했다.

"사랑하는 딸아 매월 21일마다 그 쪽지를 반드시 읽어야 한다. 내가 두려워하는 것은 단지 네가 독서와 기도를 게을리하여 게으

---

 * 그리스 신화에서 가장 안타까운 인물로 예언 능력을 가졌으나 그 예언을 아무도 믿지 않게 되는 저주를 받았다.

름과 부주의에 빠질까 하는 것뿐이다. 그리고 너의 어머니를 잊지 말거라. 멀리 떨어져 있지만 마지막 숨을 쉬는 순간까지 너를 가장 아끼고 사랑할 것이다."

켈과 스트라스부르 사이에 있는 라인강 줄기의 한 섬에서는 목수들이 독특한 건축물을 짓느라 여념이 없었다. 신부를 인도하는 의식을 오스트리아 영토에서 할지, 프랑스 영토에서 할지 논의한 끝에 솔로몬 같은 해답이 나왔는데, 프랑스와 오스트리아 사이를 가로지르는 라인강 줄기에 인도식을 위한 목조 건물을 짓자는 것이었다. 마리 앙투아네트가 아직 오스트리아 공주 신분으로 발을 디딜 대기실 두 개는 라인강 오른쪽에, 의식이 끝나고 프랑스 왕세자비가 되어 떠날 대기실 두 개는 라인강 왼쪽에, 그리고 그 중앙에는 인도식이 열릴 대전당을 설계했다.

일반 시민은 당연히 이 신성한 장소에 들어가는 것이 금지되어 있었다. 하지만 은화 몇 닢만 주면 경비원들은 눈을 감아줬다. 마리 앙투아네트가 도착하기 며칠 전, 젊은 독일 학생들이 호기심을 참지 못하고 몰래 이곳에 들어갔다. 특히 그 가운데 키가 크고 열정적인 눈빛을 지녔던 한 학생이 라파엘로의 그림을 모방하여 만든 태피스트리를 넋이 나간 듯 한참 바라보고 있었다. 그러던 중 갑자기 언짢은 기색이 돌더니 방금 전까지 불타오르던 눈빛 위에 거센 어둠이 차올랐다. 이 태피스트리에 그려진 그림이 무엇을 뜻하는지 이제야 알아차렸기 때문이다. 그 그림은 결혼 의식과는 전혀 어울리지 않는 전설, 이아손과 메데이아와 글라우케의 이야기를 담고 있었다. "아니 이렇게 경솔할 수가. 세상에서 가장 끔찍했던 결혼식 장면을 그려 놓다니! 프랑스 건축가, 장식가 중에 이 그림이 무엇을 상징하는지 아는 사람은 아무도 없었단 말인가?" 친구들은 흥분한 이 청년을 겨우 진정시켜 건물 밖으로 끌어내었다. 이 젊은 청년은 바로 괴테였다. 하지만 곧 결혼 행렬은 다가왔고 이 공간은 다시 기쁨과 즐거움으로 가득하게 되었다. 불과 얼마 전에 한 시인이 직감적인 눈으로 오색찬란한 공간속에서 비운의 실마리를 발견한 것을 알지 못한 채. *

　루이 15세의 구혼 대리인이 엄숙한 연설을 하고 의정서가 낭독되었다. 모두가 숨을 죽인 가운데 의식이 진행되었다. 의례의 마지막 순간, 겁에 질린 작은 소녀는 더 이상 이 냉랭한 엄숙함을 이기지 못하고 말았다. 그래서 앞으로 말동무가 되어줄 노아유 백작 부인에게 도움을 구하듯이 흐느끼며 안겨들고 말았다. 그러나 감정이라는 것은 궁중 법도의 세계에서는 용납되지 않는다.

---

　* 그리스 신화 이야기

　이아손은 황금 양털을 찾기 위해 콜키스로 모험을 떠난다. 메데이아는 콜키스 왕의 딸이자 강력한 마녀였다. 그녀는 이아손과 사랑에 빠져 황금 양털을 얻을 수 있도록 도와준다. 하지만 이아손은 코린토스의 공주 글라우케와 결혼하게 되는데, 이에 배신감을 느낀 메데이아는 마법이 걸린 드레스로 글라우케를 죽인다. 그리고 자신과 이아손 사이에서 태어난 자식들까지 모두 죽인다.

이미 밖에는 유리 마차가 대기하고 있었다. 스트라스부르 대성당에서는 종소리와 대포사격 소리가 울려 퍼졌다. 근심걱정 없던 어린시절을 떠나보내고, 이제 왕비로서의 운명이 시작된 것이다.

마리 앙투아네트의 입성은 오랜 시간 동안 축제를 즐길 기회가 없었던 프랑스 시민들에게는 잊지 못할 축제를 선사해 주었다. 잿빛 금발의 소녀는 아름다운 푸른 눈으로 환호하는 인파를 향해 미소를 띠며 인사했다. 수백 명의 어린이들이 꽃을 흩뿌렸다. 개선문이 세워져 성문은 꽃으로 장식됐다. 광장의 분수대에서는 와인이 흐르며 거대한 바구니에 담긴 빵을 가난한 사람들에게 나누어주었다. 라인강 위에는 등불을 밝힌 무수한 배들이 스며들며 그 빛들 사이로 오색영롱한 숲과 나무들이 반짝였다. 밤늦게까지 호기심 많은 사람들은 강둑과 거리를 따라 걸어 다녔고 어디서나 음악 소리가 들려왔다. 오스트리아에서 온 이 금발의 전령과 함께 황금시대가 찾아온 것만 같아 프랑스는 가슴이 뛰고 있었다.

하지만 영접실에 있던 그림처럼, 여기서도 운명은 불행의 징조를 직조해 놓았다. 다음 날 아침, 마리 앙투아네트가 미사를 드리려고 할 때 그녀에게 인사를 건넨 사람은 대주교가 아니라 대주교의 조카였던 보좌 신부였다. "왕세자비 마마께서는 온 유럽이 감탄하고 후세에도 존경받으실 황제를 그대로 닮으셨습니다. 어머니이신 마리아 테레지아의 영혼이 이제 부르봉 집안 영혼과 하나가 된 셈입니다." 프랑스에서 그녀에게 가장 먼저 환영 인사를 건넨 사람은 바로 루이 로앙이었다. 훗날 목걸이 사건의 희비극적인 주인공이 되며, 그녀에게 가장 치명적인 적이 된다.

마리 앙투아네트는 반쯤은 오스트리아 땅이라고도 할 수 있는 스트라스부르에 오래 머물 수 없었다. 프랑스 국왕이 기다리는데 잠시라도 지체하는 것은 예의가 아니었다. 물결처럼 환호하는 군중을 뚫고 신부의 행렬은 마침내 첫 목적지인 콩피에뉴 숲으로 향했다. 그곳에는 왕실 가족들이 타고 온 마차들이 거대한 성처럼 늘어서서 새로운 가족을 기다리고 있었다. 궁전 신하, 궁녀, 장교, 근위대원, 나팔수 모두 반짝이는 새 옷을 입고 정렬하여 늘어서 있었다. 오월의 햇살을 받은 숲이 아른거리는 색채의 유희로 환하게 빛을 내리고 있었다.

루이 15세는 손자며느리를 맞이하기 위해 마차에서 내렸다. 그는 비로소 미래의 남편을 소개했다. 키가 178센티미터나 되는 왕세자는 꿔다 놓은 보릿자루처럼 어색하고 어정쩡한 모습으로 서있다가 이제야 잠에서 깬 듯 덤덤하게 예법에 따라 그녀의 볼에 입을 맞추었다. 의장 마차에 올라탄 마리 앙투아네트는 루이 15세와 미래의 루이 16세 사이에 앉았다. 늙은 왕이 오히려 신랑 역할을 하는 듯 이야기를 건네고 심지어 치근덕거리기까지 하는 데 반해, 미래의 신랑은 지루한 듯 구석에서 몸을 웅크리고 있었다. 그는 저녁이 되도록 소녀에게 애정 어린 말 한마디도 건네지 않았다. 일기에는 이 중대한 날을 무미건조하게 단 한 줄로 요약하여 "왕세자비와의 만남"이라고 적어놓았다.

36년 후, 같은 콩피에뉴 숲에서 나폴레옹이 또 다른 정치적 이유로 오스트리아 황녀 마리 루이즈를 아내로 맞이한다. 그녀는 마리 앙투아네트처럼 아름답거나 매력적이지도 않았다. 하지만 나폴레옹은 그에게 결정된 신부에게 빠져, 주교에게 빈에서의 결혼식으로 남편으로서의 권리가 주어지는 것이냐 묻고는, 대답을 기다리지도 않고 바로 결론을 내렸다. 이튿날 아침, 두 사람은 침대 속에서 일어나 함께 아침 식사를 했다. 그러나 마리 앙투아네트가 콩피에뉴 숲에서 만난 이는 애인도 남자도 아닌 단지 정략에 희생된 신랑이었다.

두 번째이자 본격적인 결혼식은 베르사유에 있는 루이 14세 예배당에서 열렸다. 독실한 가톨릭 왕실의 국가 행사는 집안의 가족적인 일임과 동시에 고귀하고 권위 있는 사안이었다. 일반 평민들이 구경할 수 없는 것은 말할 것도 없고, 오직 귀족 혈통, 적어도 100개가 넘는 계보를 지닌 귀족만이 참석할 수 있었다. 랭스의 대주교가 혼례를 주관하여 13개의 금화와 결혼반지에 축복을 내리자 왕세자는 마리 앙투아네트의 네 번째 손가락에 반지를 끼웠다. 오르간 소리와 함께 미사가 시작되고 국왕과 모든 혈족이 순서대로 혼인 계약서에 서명을 했다. 오늘날에도 그 빛바랜 양피지에는 열다섯 살짜리 아이의 서투른 글씨로 쓴 'Marie Antoinette Josèphe Jeanne' 라는 네 단어가 불길한 잉크 얼룩과 함께 남아있다.

의식이 끝나자 헤아릴 수 없이 많은 시민들이 베르사유 정원 안으로 밀려 들어왔다. 가장 기대 되는 볼거리는 불꽃놀이였다. 어느 왕궁에서도 본 적 없는 웅장한 불꽃놀이가 준비되어 있었다. 그러나 불꽃놀이의 운명은 하늘에 달린 것. 오후가 되자, 구름들이 몰려와 솟아오르고 천둥번개가 내리쳐 거대한 소나기가 쏟아져 내렸다. 폭우 속에 사람들은 불꽃놀이 구경도 못 하고 파리 시내로 되돌아갔다. 추위에 떨며 수만 명이 도망치는 동안, 수천 개의 촛불로 밝혀진 오페라하우스 안에서는 어떤 폭풍우에도 동요하지 않는 성대한 혼례 만찬이 시작되었다. 선발된 귀족 6000명은 힘들게 입장권을 얻어냈지만, 식사를 함께할 수 있는 것은 아니었다. 왕실 가족들이 포크와 나이프를 입에 가져가는 깃을 오로지 경외심 가득 찬 눈으로 구경할 수밖에 없었다. 6000명의 사람들은 이 웅장한 광경을 방해하지 않기 위해 숨을 죽였다. 대리석 복도를 배경으로 오케스트라가 우아한 연주를 선보였다. 공식적인 축하식이 끝났다. 국왕은 오른손에는 왕세자, 왼손에는 왕세자비의 손을 잡고 어린아이 같은 부부를 침실로 안내했다. 랭스의 대주교는 침대에 축복의 성수를 뿌렸다. 침대의 비단 휘장이 두 사람 위에 살랑거리며 내려왔다.

그런데 그 침대에서는 아무 일도 일어나지 않았다. 신랑이 다음 날 아침 일기에 "리앵(rien 아무 일도 없었음, nothing)"이라고 적은 것에는 이중적인 의미가 있다. 마리 앙투아네트의 어머니는 결혼 생활에 실망이 있어도 너무 심각하게 받아들이지 말라고 했다. 서두르면 모든 걸 망치게 된다며 조급하게 굴지 말라고 조언했다. 하지만 이런 상태가 1년, 2년 지속되자 왕세자의 불능에 대한 무수한 소문이 널리 퍼지기 시작한다. 걱정이 되었던 루이 15세는 궁정의 의사를 데려와 왕세자를 진찰하게 하였다. 의사는 왕세자의 증상은 정신적인 것이 아니라 열다섯 살의 나이에 혼인하여 포경으로 고통 받고 있기 때문이라고 보고했다. 사람들은 외과의를 불러 수술을 해야 하는 것 아니냐고 하며 수군댔다.

그렇게 결혼 후 7년 동안 정상적인 부부관계를 맺지 못한 것은 유명한 일화로 남게 되었다. 그 사이 루이 16세는 궁정의 비웃음거리가 되었다. 18세기만 하더라도 국왕의 결혼생활 수행 능력은 사적인 관심사가 아닌 국가적인 문제로 간주됐다. '왕위 계승'의 문제가 나라 전체의 운명을 결정하기 때문이다. 그 시절 마리아 테레지아와 마리 앙투아네트 사이에 끊임없이 오갔던 서신들을 보면 결혼 생활의 속사정이 조금의 거리낌도 없이 적혀있다. 그녀는 남편의 조금씩 나아진 것까지 세세하게 보고하였고 마침내

개가를 올려 임신 사진을 알렸다. 이는 타국에서도 지극히 중요한 관심사였기에 프로이센, 작센, 사르데냐 왕국 사신들의 보고서에도 상세히 기록되었다. 왕이 무능하다는 악의에 찬 소문들이 백성들에게까지 빠르게 퍼지게 된 것은 우연이 아니었다. 그것은 왕실 가족의 정치적이고 내밀한 배경에 의해서였다.

루이 16세가 후사를 보지 못하게 되면 왕위 계승 서열이 무너져 국왕의 두 아우에게는 더할 나위 없이 반가운 상황이 된다. 그들도 왕좌에 오를 수 있는 뜻하지 않은 기회를 얻게 되기 때문이다. 사실 루이 16세의 동생 프로방스 백작은 후일 루이 18세가 되어 실제로 목적을 달성하게 된다. 그는 평생 2인자로 왕좌 뒤에서 있어야만 하는 운명을 받아들일 수 없었다. 왕위 계승이 지체되다 보면 왕좌를 직접 차지하지는 못하더라도 섭정으로 임명될 가능성이 있었다. 루이 16세의 동생들은 마리 앙투아네트의 불행을 내심 행운으로 여기며 즐기고 있었으며 그 끔찍한 결혼생활이 지속될수록 자신들의 왕위 계승권이 더 확실해진다며 쾌재를 불렀다. 하지만 7년 만에 마리 앙투아네트가 왕세자를 출산하자 형 부부와의 사이는 아주 나빠졌다. 형제들은 그렇게 루이 16세의 가장 위험한 적이 되었다. 그들은 올바른 방법으로 왕위를 갖지 못한다면 부정한 방법으로라도 얻으려고 했다.

세상사는 대개 개개인의 내적 갈등의 결과물들일 뿐이다. 아주 작은 계기가 엄청난 결과를 불러오게 되는 것은 역사가 지닌 위대한 비결 중 하나이다. 제1차 세계대전의 나비효과라고 불리는 세르비아의 알렉산다르와 드라가 마신의 결혼, 두 사람의 암살, 카라조르제비치의 즉위, 오스트리아와의 적대. 빈틈없이 이어지는 일련의 사건들과 세계대전. * *역사란 거미줄처럼 벗어날 수 없는 운명의 그물을 짜는 것이다.* 정교하게 조합된 역사라는 장치 속에서는 아주 작은 톱니바퀴라도 엄청난 힘을 발휘할 수 있다. 이렇듯 마리 앙투아네트의 생애 가운데 아무것도 아니었던 일들, 결혼 이후의 몇몇 해들은 세상의 모습을 바꾸게 되었다.

---

* 1차 세계대전의 나비효과

세르비아의 왕 알렉산다르는 신분이 낮은 드라가 마신과 결혼하고자 부모를 외국으로 추방하고 이에 반대하는 국민들을 탄압하기에 이른다. 결국 알렉산다르는 암살당하고 마는데 그를 암살하기 위해 만들어진 비밀조직이 바로 검은 손이다. 카라조르제비치는 알렉산다르 이후에 즉위한 세르비아의 왕조이다.

검은 손 조직은 오스트리아의 프란츠 페르디난트 황태자를 암살하게 되는데 이 사건은 1차 세계 대전의 시발점이 된다. 이 사건으로 오스트리아–헝가리 제국은 세르비아에 전쟁을 선포한다. 이에 러시아는 세르비아를 지원하고 독일은 오스트리아를 지원했다. 이후 다른 유럽 국가들도 동맹 관계에 의해 연쇄적으로 전쟁에 가담하게 된다.

오늘은 베르사유에 사람들이 많네요

오늘날에도 베르사유는 절대 왕정의 가장 웅장하고 도전적인 모습으로 남아있다. 도심에서 떨어진 시골 한가운데, 별다른 이유 없이 언덕 위에 자리한 궁전에는 수백 개의 창문들이 인공 운하와 정원을 바라보고 있다. 이곳에는 원래 도로도 기차도 이어지지 않았었다. 한순간의 기분으로 굳어진, 무의미하게 거대한 호화로움이었다. 바로 이것이 루이 14세의 절대 왕정이 원하던 것이었다. 이러한 의지는 국왕 개인에게서 비롯된 것이었기 때문에 모든 영광은 그 개인에게로 다시 돌아가야만 했다. "짐이 곧 국가다." 그는 지위의 무한함을 표출하기 위해 궁전을 의도적으로 파리 밖으로 옮겼다. 그가 팔을 뻗어 명령만 하면 모래밭은 정원과 숲으로 변하고, 아름다운 궁전이 세워졌다.

하지만 창조적인 힘은 자격이 있는 자에게만 이어지는 법. 상속되는 것은 왕관 그 자체일 뿐이다. 그 안에 포함된 권력이나 위엄은 함께 상속되지 않는다. 위대한 제국을 물려받은 것은 편협하고 감정에 약한 영혼들, 루이 15세와 루이 16세였다. 외적으로는 국경, 언어, 풍습, 종교, 군대 모두 그대로였다. 루이 14세의 강력했던 손길 덕분에 100년의 시간이 흐른다고 이 모든 것들이 한순간에 변할 수는 없었다. 하지만 그 의미는 퇴색됐다. 대리석 온실에서는 더 이상 대담한 계획이 나오지 않았으며, 단호한 변화들도, 문학 작품도 탄생하지 않았다. 이제 모든 것을 좌우하는 것은 성과가 아닌 음모였고, 공적보다 비호가 더 중요해졌다. 루이 14세가 그 시절 유럽 최대의 광장으로 생각했던 베르사유는 루이 15세의 시대에 들어서 귀족 애호가들의 사교극장으로 전락했다.

이 웅장한 무대에 첫 데뷔를 하는 배우처럼 머뭇거리는 걸음으로 열다섯 살 소녀가 등장했다. 그녀가 처음 맡은 역할은 왕세자비, 왕위계승자의 아내라는 작은 역할이었다. 하지만 관객들은 이 금발소녀에게 곧 왕비 역할이 주어지게 될 것임을 알고 있었다. 첫인상은 훌륭했다. 유약을 바른 도자기 같은 피부, 생기 넘치는 푸른 눈, 순진무구하다가도 아름답게 미소를 짓는 입술, 날개를 단 듯 우아한 걸음걸이, 자신감 있는 태도. 그녀는 프랑스만큼이나 훌륭한 합스부르크가의 예법 속에서 자랐다. 하지만 엄격한 궁정사회가 인정할 수 없었던 것은 열다섯 살 소녀의 자유분

방함이었다. 그녀는 신성한 궁전 안에서 시동생들과 노느라고 치맛자락을 휘날리며 뛰어다녔다. 빈 왕국에서는 의례를 위해서 몸가짐을 하면 됐을 뿐이었다. 하지만 이곳, 케케묵은 궁정에서의 생활은 단지 생활이 아니라 위엄을 갖추기 위해 존재하는 것이었다. 지위가 높을수록 지켜야 할 규정도 많았다. 아침부터 밤까지 언제나 예법, 예법, 예법. 그렇지 않으면 이 극장만을 위해 살아가는 것이 전부인 신하들이 툴툴거리며 불평을 늘어놓았다.

예절을 끔찍이 중시하는 베르사유의 정신을 마리 앙투아네트는 왕비가 된 이후에도 이해하지 못했다. 본성적으로 고집스럽고 모든 것에 솔직했던 그녀는 구속당하는 것이라면 뭐든 싫어했다. 그러나 왕세자비는 더 이상 어린아이일 수 없다. 그녀의 교육은 주로 루이 15세의 딸들이 맡았다. 마담 아델라이드, 마담 빅투아르, 마담 소피 이 세 명은 겉으로는 매우 다정하게 그녀를 대했다. 하지만 마리 앙투아네트가 그들에게 배운 것은 궁정에서 벌어지는 작은 전쟁의 전술이었다. 험담을 하고, 남몰래 음모를 꾸미고, 상대방을 교묘하게 비꼬는 기술들이었다. 어리고 경험이 많지 않은 마리 앙투아네트는 처음에는 이런 새로운 것들이 재밌게 느껴져서 무턱대로 따라 하기도 했다. 하지만 솔직한 성격을 타고난 그녀는 이런 악의적인 행동들에 반감을 품었다. 정직하지 못한 것들은 그녀의 본성과는 맞지 않았다.

마리아 테레지아는 편지로 거의 매일 오늘은 무엇을 읽고 공부

했냐고 물어왔다. 그녀는 딸이 날마다 책을 읽고 글을 쓴다는 보고를 믿지 않았다. 마리 앙투아네트는 왕세자비에게 벌은 줄 수는 없다는 걸 알았기에, 독서시간은 언제나 잡담시간이 되고 말았다. 그녀의 어린 마음은 단지 그대로 어리게 살고 싶을 뿐이었다. 나이와 지위, 자신의 의지와 다른 이들의 의지 사이에서 생겨난 모순 속에서, 그녀의 내면에는 자유에 대한 갈망과 불안이 싹트고 있었다.

그러나 마리아 테레지아는 딸의 지위가 얼마나 위험하고 위태로운지 잘 알고 있었다. 게다가 아직은 어리고 경솔한 그녀가 정치 세계의 미끼와 함정들을 피해 갈 수 없다는 것도 알고 있었다. 그래서 여제는 자신의 외교관들 가운데 가장 믿을 만한 인물인 메르시 백작을 딸에게 보낸다. 그는 벨기에 사람이었으나 왕국에 충실한 사람으로, 냉정하지만 차갑지 않고, 부유하지만 야심은 없었기에 평생 여제만을 위해 봉사한 인물이었다. 그는 겉보기에는 베르사유 궁정에 주재하는 여제의 대사였지만, 어머니의 눈과 귀가 되어주었다. 그의 자세한 보고 덕분에 마리아 테레지아는 딸의 일거수일투족을 알 수 있었다. 그녀의 말 한마디 한마디, 누구와 이야기 하고 어떤 실수를 저질렀는지 까지도 말이다.

이 충직한 신하는 왕녀를 모시는 수행원들 가운데 세 사람을 포섭하여 자신이 듣고 정탐한 것들을 모두 숨김없이 보고했다. 상대의 우편물이나 편지를 가로채는 것은 당시 흔한 일 중 하나였기 때문에 마리아 테레지아밖에 읽어서는 안 될 중요한 내용은 급사가 직접 전달했다. '친전'이라고 써서 밀봉한 편지는 재상도, 황제도 읽을 수 없었다. 마리 앙투아네트는 어떻게 쇤브룬 궁에서 자신의 생활을 이렇게 빨리, 그리고 정확히 알고 있는지 이상하다고 생각했다. 하지만 너무나 다정했던 백발의 신사가 어머니의 은밀한 스파이일 거라고는 전혀 생각하지 못했다. 마리아 테레지아는 너무나도 어린 생명을 희생양으로 삼았다는 죄책감에 시달렸다. 그녀는 마리 앙투아네트를 지키려 끊임없이 지켜봤고, 편지를 썼다. 어느 말도 그저 수긍한 적이 없던 마리 앙투아네트도 어머니의 편지에는 유일하게 외경심을 느꼈다.

"정치에 개입하지 말고, 남들 일에 관여하지 마세요." 마리아 테레지아가 처음부터 딸에게 거듭 강조한 것이다. 하지만 이건 애초에 불필요한 말이었다. 왕세자비에게 노는 것보다 즐거운 것은 없었기 때문이다. 이런 그녀가 궁정에서 퍼져있는 음모의 소용돌이에 휘말리게 된 것은 자신의 의지와는 전혀 상관없는 것이었다.

베르사유는 이미 두 개의 파벌로 나뉘어져 있었다. 루이 15세의 왕비가 죽은 지 오래되었으므로 여성으로서의 최고 지위와 권력은 왕의 세 딸에게 돌아가야 했다. 하지만 이 세 명은 음모를 꾸미는 것에만 관심이 있고 서투르고 어리석으며 교양 없는 성격이었다. 이들은 미사를 드릴 때 첫 줄에 앉는 것 따위 외에는 그 지위를 사용할 줄 몰랐다. 왕에게 어떠한 영향력도 행사할 수 없었고 권력도 없었기에 궁중 사람 중에 그들의 환심을 사고자 애쓰는 사람은 아무도 없었다. 그 대신 모든 영광과 명예는 국왕의 마지막 애첩, 뒤바리 부인에게 돌아갔다.

당시 프랑스의 법도상 국왕의 애첩은 반드시 기혼녀여야 했다. 최하층 출신으로 어두운 과거를 가졌던 그녀는 궁정의 일원이 되기 위해 귀족 뒤바리 백작을 매수했다. 그녀의 방은 특별히 마련된 계단으로 왕의 방과 연결되어 있었다. 모든 신하들은 권력을 가진 그녀에게 몰려들었다. 그녀는 재상을 마음대로 해임할 수도 있었고 작위를 마음대로 뿌릴 수도 있었다. 그녀의 목에는 다이아몬드 목걸이가 반짝였고 추기경과 제후들이 공손히 입을 맞추는 손에는 커다란 반지가 반짝였다. 풍성한 머리 위에는 보이지 않는 왕관이 번쩍였다.

국왕의 세 딸은 자신들의 어머니 자리를 대신해 왕비의 영광을 누리는 이 여자를 증오했다. 이때, 반가운 행운이 굴러들어 왔다. 바로 외국에서 온 왕녀 마리 앙투아네트였다. 그녀는 아직 어린 나이지만, 장차 왕비로서의 지위를 생각하면 궁정에서 첫째가는 여자였다. 그들은 뒤바리 부인과 경쟁하기 위해 이 소녀를 자신들의 편으로 끌어들였다.

처음 마리 앙투아네트가 도착했을 때, 그녀는 뒤바리 부인의 존재나 그 특이한 지위에 대해서 전혀 알지 못했다. 마리아 테레지아 궁정은 첩 제도를 금지할 정도로 매우 엄격했기 때문에 첩이라는 게 무슨 말인지도 몰랐다. 다만 첫 만찬에서 다른 귀부인들과는 달리 화려하게 차려입은 여성이 호기심 가득하게 자신을 쳐다보고, 사람들이 그녀를 '백작 부인'이라고 부르는 소리를 들었을 뿐이다. 하지만 시고모들이 얼마나 부인의 험담을 늘어놓았으면 마리 앙투아네트는 머지않아 어머니에게 '멍청하고 건방진 여자'에 대한 편지를 쓴다. 그녀는 시고모들이 입에 담는 악의적인 이야기들을 별생각 없이 흉내 냈다. 따분한 궁중 생활에 갑자기 흥미진진한 관심거리가 생긴 셈이었다.

베르사유 궁전의 예절에 따르면 서열이 낮은 부인은 자기보다 서열이 더 높은 여성에게 절대 먼저 말을 걸 수 없으며, 높은 지위의 여성이 말을 걸어 줄 때까지 기다려야 했다. 왕비가 없으니 마리 앙투아네트는 가장 높은 서열을 가지고 있었다. 그녀는 쌀쌀한 미소를 지으며 부인에게 도전하듯이 말 한마디도 하지 않았다. 그렇게 몇 주, 몇 달 동안 말을 걸어 주기를 기다리는 상대를 괴롭혔다. 이런 상황을 수다쟁이들과 아첨꾼들이 눈치 못 챘을 리가 없으니, 그들은 이 결전에 은근히 재미를 느꼈다. 열다섯 살의 무례한 소녀는 유쾌한척하며 다른 모든 여자와는 수다를 떨면서, 뒤바리 부인이 옆에 있을 때는 합스부르크 집안 특유의 입 모양으로 입술을 꼭 다물고는 한마디도 하지 않았다.

뒤바리 부인은 사실 그리 나쁜 사람은 아니었다. 순수한 평민 출신이었던 그녀는 권위도 없고 너그러웠으며 자신에게 호의를 품는 사람이라면 누구에게나 거리낌 없이 상냥하게 대했다. 빠르게 권력을 얻은 뒤바리 부인은 단지 그 권력을 즐기고, 그 영광에 푹 잠겨있고 싶을 뿐이었다. 가장 아름다운 다이아몬드, 옷, 마차 원하는 것은 모두 얻어낼 수 있었다. 하지만 가장 바랐던 것은 왕궁의 퍼스트레이디로부터 자신의 존재를 인정받아 왕세자비로부터 다정한 환대를 받는 것이었다. 나폴레옹도 그랬듯이, 편법으로 권력을 얻어낸 사람들의 최종적인 야망은 정당한 권력에 의해 그 권력을 인정받는 것이다. 하지만 불어도 제대로 못 하는 열여섯 살 소녀가 자신을 공공연하게 비웃고 있으니 그것만은 참을 수 없었다.

호메로스에 나올 법한 이 서열 다툼은 누가 봐도 마리 앙투아네트 쪽이 유리했다. 백작 부인의 신분은 왕세자비보다 한참 아래에 있기 때문이다. 하지만 뒤바리의 배후에는 실질적인 권력인 국왕이 있었다. 뒤바리 부인은 매일 루이 15세를 재촉했다. 왕궁의 웃음거리가 되는 일은 참을 수 없으니 국왕이 그녀의 명예를 지켜 주어야 국왕의 명예도 지킬 수 있다고 말이다. 국왕은 마리 앙투아네트의 시녀인 드 노아유 부인을 불러 자초지종을 듣는다.

그는 왕세자비가 조금 경솔한 것 같다며 그런 태도는 화목한 가족 사이에 좋지 않다고 주의를 준다.

이 이야기를 보고받은 마리아 테레지아는 난처했다. 그녀는 신앙심이 깊어 첩을 둔 신하들을 엄격하게 처벌하곤 했다. 그런데 뒤바리 부인에게 예의를 다하라고 해야 할 것인가? 정부라는 존재가 마땅치 않긴 했지만 그렇다고 타국의 관습에 함부로 개입해서는 안 되는 일이었다. 국왕을 적대할 수 없는 노릇이었으니 그녀는 노련한 외교관으로서 이 사안에서 은근슬쩍 빠져버렸다. 딸에게 직접 편지를 쓰지는 않고, 메르시에게 이번 문제에 대한 해법을 마리 앙투아네트에게 알려주라고 명했다.

"국왕께서 받아들인 사람을 무시하는 것은 국왕을 모욕하는 것이며, 그 누구도 국왕의 신임이 정당한지 정당하지 않은지를 감히 판단해서는 안 됩니다. 군주의 선택은 어떠한 이의도 없이 존중되어야 합니다." 그런 것은 누구나 잘 알고 있었다. 하지만 마리 앙투아네트는 시고모들의 방 안에서 이 편지를 읽으며 건성으로 대답했다. 속으로는 아무리 재상이라도 나의 개인적인 일까지 참견할 자격이 없다고 생각했다. 뒤바리 부인이 얼마나 화를 내고 있는지 알게 되자, 이 어린 소녀는 그녀를 놀리는 일이 이전보다 훨씬 더 재밌어졌다.

마침내 국왕은 짜증이 나기 시작했다. 눈썹만 깜짝여도 모든 사람들이 절대적으로 복종하는 왕궁 안에서 마리 앙투아네트가 자신의 명령을 무시하고 반항했기 때문이다. 하지만 이 타락한 왕의 마음속에도 일말의 부끄러움은 남아있었다. 자신의 애첩에게 말을 걸어 달라는 명령을 내리는 것은 참 당혹스러운 일이었다. 그래서 루이 15세는 오스트리아의 대사 메르시를 불러 "지금까지 경은 마리아 테레지아의 대사였지만, 이제 잠시 짐의 대사가 되어줘야겠소, 부탁이오." 이렇게 말하고는 마리 앙투아네트에 대한 생각을 아주 솔직하게 털어놓는다. 왕세자비는 아직 어려서 여러 가지 음모와 다른 이들의 손아귀에 빠져 나쁜 조언을 듣고 있으니, 태도를 바꿀 수 있도록 노력해 주기를 부탁한다는 이야기였다. 메르시는 이 문제가 이제 정치적인 문제가 되어 간다고 느꼈다. 그리고 이 솔직하고 분명한 국왕의 부탁은 무슨 일이 있어도 들어주어야만 했다.

메르시는 이 난처한 상황을 조금이라도 풀기 위해 빈에 편지를 썼다. 뒤바리 부인이 그렇게까지 나쁜 사람은 아니며, 그녀의 소원은 단지 왕세자비가 딱 한 번이라도 공개적으로 말을 건네주는 사소한 일이라고 전했다. 동시에 그는 마리 앙투아네트를 찾아가 위협하는 말투로, 프랑스 궁정에서는 이미 지위가 높은 인물이 몇 명이나 독살되었다고 말하며, 이번 일로 합스부르크와 브루봉 집안 간에 갈등이 일어날지도 모른다고 말했다. 마리 앙투아네트는 겁을 잔뜩 먹고 대사에게 약속한 날 트럼프 놀이에서 부인에게 말을 걸겠다고 전했다. 메르시는 안도의 한숨을 쉬었다.

이제 왕궁의 사람들은 화려한 연극을 기대하기 시작했다. 오늘 밤에는 드디어 왕세자비가 뒤바리 부인에게 처음으로 말을 건넬 예정이다! 조심스럽게 무대 배경이 설치되었고, 대사까지 이미 준비되어 있었다. 저녁 모임에서 트럼프 놀이가 끝날 때쯤 메르시가 백작 부인에게 다가가 대화를 나눌 것이다. 그러면 우연인 척 왕세자비가 지나가다가 대사에게 인사를 하고, 그 틈에 부인에게도 말을 건넨다. 계획은 완벽했다. 저녁이 되자 마리 앙투아네트는 착한 마음을 먹고 모임에 나갔다. 막이 올라가고, 메르시가 먼저 연기를 시작했다. 그는 우연인 듯 뒤바리 부인에게 다가가 대화를 건넸다. 그 사이에 약속한대로 마리 앙투아네트는 장내를 돌기 시작했다. 자리를 옮겨 가며 사람들과 이야기를 나누는 동안, 이제 그녀와 뒤바리 부인 사이에는 마지막 한 사람만이 남아있었다. 1, 2분만 더 있으면 그녀는 곧 부인과 대화를 나누게 될 것이었다.

그러나 이 결정적인 순간에, 세 시고모 중 주도자인 마담 아델라이드가 작전을 수행한다. 그녀는 마리 앙투아네트에게 가까이 다가가며 소리쳤다. "이제 갈 시간이에요! 우리는 빅투아르의 방에서 왕을 기다려야 합니다." 그렇게 미워하는 여자가 성공을 거두는 것을 시고모들이 그냥 두고 볼 리가 없었다. 마리 앙투아네트는 깜짝 놀라서 잠시나마 있었던 용기도 잃어버리고 말았다. 안 가겠다는 말도 못 하겠고, 기다리는 뒤바리에게 아무 말이나 던질 만한 기지도 없었다. 그녀는 어쩔 줄 몰라 하며 도망치듯이 자리를 떠났다. 모두가 기다린 연극은 결국 불발로 끝이 났다. 화해는커녕 부인의 모욕감만 더 커졌을 뿐이었다. 하인들의 방에서까지 뒤바리가 허탕 친 이야기가 들려왔다. 이제 여제가 나서야 할 차례였다. 이 고집 센 소녀를 다룰 수 있는 건 오직 그녀뿐이었다. 딸을 프랑스로 보낼 때, 딸만은 어두운 정치 세계에서 멀리 떼어놓으리라 다짐했었다. 그래서 처음부터 대사에게 이런 편지를 보냈었다.

"솔직히 고백하자면, 내 딸이 공적인 일에 어떠한 영향력을 가지게 되는 건 바라지 않습니다. 거대한 제국을 지배하는 일이 얼마나 힘든 일인지 나 스스로 경험했기 때문입니다. 게다가 프랑스처럼 쇠퇴하고 있는 왕국을 통치하는 일에 대해 어떠한 기대도 품을 수 없어요. 만일 왕국의 상황이 개선되지 못하거나 오히려 악화된다면, 나는 그것이 딸보다 차라리 어느 재상의 책임이었으면 좋겠습니다. 그녀에게 정치나 국사에 대해 이야기할 결심이 서지 않는군요."

그러나 불행히도, 이 노년의 여인은 스스로를 배신해야 했다. 그녀는 얼마 전부터 정치적인 문제로 골머리를 앓고 있었다. 빈에서는 불미스러운 일이 벌어지고 있었다. 몇 달 전 그녀가 인간의 탈을 쓴 악마라며 증오해 온 프리드리히 대왕과 러시아의 예카테리나 여제로부터 폴란드를 분할하자는 난처한 제안이 들어왔다. 그녀가 생각하기에 모든 분할은 근본적으로 부당했다. 정치적 의도의 본질은 도덕적인 범죄이자 아무 저항력도 힘도 없는 국민에 대한 약탈 행위였다. "우리가 무슨 권리로 무고한 자들을 약탈한단 말인가? 파렴치하다는 소리보다는 차라리 약하다는 소리를 듣겠다."라고 그녀는 위품 있고 현명하게 말했다. 하지만 마리아 테레지아는 더 이상 왕정의 단독 통치자가 아니었다. 그녀는 오스트리아라는 불안정하고 인위적인 국가를 지혜롭게 다스리기 위해 오직 유지와 보존만을 생각했다. 그러나 그녀의 아들이자 공동 통치자인 요제프 2세는 오직 전쟁과 제국의 확장, 개혁만을 꿈꿨다. 또한 그는 어머니의 영향력에서 벗어나기 위하여 어머니가 그토록 싫어한 프리드리히 대왕을 추종하고 있었다. 어머니로서나 통치자로서 모든 현실에 환멸을 느낀 그녀는 그저 국가권력을 내려놓고 싶었다. 하지만 책임감이 그녀를 내버려 두지 않았다.

"내 일생 동안 이렇게 마음 졸여본 적 없음을 고백합니다. 나의 국가가 공격당할 때, 나는 마땅히 정의와 신의 도움에 의지했습니다. 그러나 지금 정의는 내 편에 있지 않을 뿐더러 의무, 공정과 같은 것들이 나를 압박해 옵니다. 지금까지 타인을 속이거나 하는 표리부동한 짓들은 용납한 적이 없지만, 오히려 불안한 심정이 듭니다. 군주의 가장 귀중한 보물이자 진정한 힘인 충실함과 믿음은 사라지고 말았습니다." 그러나 프리드리히 대왕은 양심의 가책을 느끼는 인물이 아니었다. 그는 베를린에서 요제프 2세를 압박해왔다. 오스트리아가 이에 따르지 않는다면 전쟁이 불가피해진다고 위협을 했다. 결국 마리아 테레지아는 눈물을 흘리며 서명하고 말았다. * "나 홀로서는 일을 수행할 만한 힘이 없기에 말할 수 없이 비통하지만 그들과 같은 길을 가기로 했소." 하지만 그녀는 마음속 깊이 자신이 공범자임을 알고 있었다. 그녀는 이 비밀스러운 서약이 만천하에 드러날 날을 두려워하고 있었다. 프랑스에서는 뭐라고 할까? 프랑스가 동맹 관계를 고려해 폴란드에 대한 이런 날강도 같은 행동을 눈감아 줄까? 아니면 문제를 삼으려 할까? 이것은 오직 루이 15세의 마음에 달려 있었다.

이런 근심과 괴로움 속에 있을 때 메르시의 서한이 날아들었다. 국왕이 마리 앙투아네트에게 격노하여 대사에게 불만을 표했다는 것이다. 마리 앙투아네트가 뒤바리 부인을 계속 무시하다간, 폴란드 분할이 논란을 불러일으켜 곧 전쟁이 터질지도 모르는 일이었다. 마리아 테레지아는 기겁을 했다. 쉰다섯 살인 내가 국가 때문에 고통스럽게 양심을 팔아넘기는 판국인데, 아무것

---

* 폴란드 분할은 1772년 오스트리아, 프로이센, 러시아에 의해 이루어졌다. 주변 국가들은 국력이 약한 폴란드를 이용해서 영향력을 확장하고자 했다. 마리아 테레지아는 개인적으로 강제적인 영토 확장에 반대하는 미덕을 가지고 있었기 때문에 처음에는 반대했다. 하지만 러시아와 프로이센의 압박에 못 이겨 결국 협상에 참여한다. 덕분에 오스트리아는 넓은 영토를 나눠 갖게 되고 많은 경제적 이익을 얻게 된다.

도 모르는 열여섯 살 딸이 어머니보다 더 도덕적일 필요가 어디 있겠는가. 그녀는 어린 딸의 고집을 단호하게 꺾어버리기 위해서 강력한 어조로 편지를 써야 했다. 물론 폴란드의 일은 언급하지 않고 딸의 문제를 아주 하찮은 일로 치부했다.

"그저 안녕하세요 한마디 하는데 뭐 그리 두려울 게 있느냐? 사소한 말 한마디 하는 것이 그렇게 불쾌한 일인 게냐? 나도 이제 더는 입을 다물고 있을 수만은 없다. 국왕이 원하는 것이 곧 너의 의무가 되는 것임을 알고도 말을 듣지 않다니. 내게 어떤 변명을 할 수 있겠느냐? 그저 말 한마디 하는 일이 그렇게 어렵단 말이냐? 그 여자를 위해서가 아니라 통치자이신 시할아버지를 위해서라고 생각하거라."

이 편지는 마리 앙투아네트의 기를 꺾었다. 그녀는 어머니의 권위에 저항한 적은 한 번도 없었다. "싫다고 하지는 않겠어요. 그 여자와 절대로 말을 하지 않겠다는 것도 아니에요. 하지만 정해진 시간과 날짜에 이야기를 하고 싶지 않을 뿐이에요. 그 여자가 미리 알고 승리감에 취해 있는 걸 지켜보라고요?"

정월 초하루, 이 우스운 싸움에 결전이 일어난다. 연극 무대는 다시 꾸며지고, 또다시 궁정 사람들이 증인이자 관객으로 초대되었다. 국왕을 위한 신년 하례가 시작되었다. 궁중 귀부인들은 서열에 따라 한 사람씩 차례로 왕세자비 앞을 지나갔다. 그중에는 대신의 부인인 에귀용 공작부인과 뒤바리 부인이 함께 있었다.

마리 앙투아네트는 에귀용 공작부인에게 몇 마디 말을 건 뒤, 뒤바리 부인 쪽으로 고개를 약간 돌렸다. 그리고 오래 기다렸던, 전대미문의 위력을 지닌, 아직까지도 유명한 그 말을 그녀에게 전했다. "오늘은 베르사유에 사람들이 많네요(Es sind heute viele Leute in Versailles)." 모두가 한마디도 놓치지 않으려 숨을 죽였다. 그녀는 어색한 표정으로 이 일곱 단어를 마침내 입에 올렸다. 마담 뒤바리의 승리였고, 마리 앙투아네트에게는 굴욕이었다.

국왕은 두 팔을 벌려 잃어버린 아이를 찾은 듯 마리 앙투아네트를 열렬히 맞이했고, 메르시는 감동하여 감사를 표했으며, 시고모들은 날뛰었다. 뒤바리는 공작새처럼 궁정을 돌아다녔다. 온 왕궁이 다락에서 지하실에 이르기까지 모두 이 이야기만 했다. 그 모든 것이 단지 마리 앙투아네트가 건넨 "오늘은 베르사유에 사람들이 많이 왔군요."라는 말 때문이었다. 그러나 이 일곱 단어에는 보이지 않는 깊은 의미가 숨어 있었다. 이 단어로 인해 거대한 정치적 범죄가 확정되었다. 그리고 오스트리아는 폴란드 분할에 대한 프랑스의 무언의 동의를 얻게 되었다.

◢ 베르사유 궁전 루이 16세의 도서관 Georges Rémon, 1907

파리의 밤

어두운 밤이면 베르사유의 언덕에서는 파리의 빛나는 불빛들을 볼 수 있다. 파리는 왕국에 그토록 가까이 있었다. 마차로 두 시간, 걸어서도 여섯 시간이면 도착할 수 있었다. 하지만 베르사유와 파리 사이에는 눈에 보이지 않는 울타리가 존재했다. 프랑스의 왕세자는 특별히 왕의 허가를 받은 후에야 비로소 신부를 데리고 수도에 첫발을 들여놓을 수 있었다. 시고모들, 뒤바리, 그리고 왕세자의 두 동생 프로방스 백작과 아르투아 백작은 파리로 가는 길을 막기 위해 애를 썼다. 마리 앙투아네트의 서열이 너무나도 분명히 확인될 것이 두려웠기 때문이다.

그리하여 3년의 시간이 흘렀지만 부부는 여전히 베르사유의 황금빛 철책 속에 갇혀 있었다. 마침내 1773년 5월, 마리 앙투아네트는 루이 15세에게 직접 호소한다. 왕에게는 그런 부탁이 별스러운 것이 아니었다. 게다가 예쁜 여자에게는 약했으므로 그 요청을 바로 허락하는 바람에 친족들을 모두 화나게 해버렸다.

6월 8일, 베르사유에서 파리로 이어지는 길은 한줄기로 모여든 사람들로 가득했다. 시장 상인들은 그해 처음 수확한 과일과 꽃을 왕가에 바쳤다. 앵발리드, 시청, 그리고 바스티유에서 축포가 우렁차게 울려 퍼졌다. 왕실 마차는 천천히 시내를 지나며 튈르리 궁의 강변을 따라 노트르담 사원으로 향했다. 오늘을 위해 특별히 세워진 개선문 몇 개를 지나 사원, 수도원, 대학교, 어디서나 부부는 축하 인사를 받았다. 누구보다도 매력적인 마리 앙투아네트는 뭐라 말할 수 없는 열광을 불러일으켰다. 그녀는 튈르리 궁의 발코니에서 열광하는 엄청난 사람들을 보고 경악했다.

"맙소사, 웬 사람들이 이렇게 많지!" 그때 옆에 서 있던 파리의 브리삭 원수가 프랑스다운 기사도를 발휘하며 대답한다. "마담, 이런 말씀을 드리면 전하께서는 언짢으실 수도 있겠습니다만, 여기 있는 20만 명은 모두 마담께 반한 것입니다." 대중이 뜨거운 파도처럼 밀려오는 순간, 그녀는 비로소 지위의 영광과 위대함을 예감할 수 있었다. 지금까지 베르사유에서는 "마담 왕세자비 (Madame la Dauphine)"로 불렸지만 그것은 수천 개의 다른 칭호 중 하나였을 뿐이었다. 그녀는 이제 처음으로 "프랑스 왕세자비"라는 단어에 담긴 뜨거운 의미와 자랑스러운 약속을 감각적으로 이해하게 되었다. 그녀는 감동하여 어머니에게 이렇게 편지를 쓴다.

"지난 화요일, 평생 잊지 못할 축제를 경험했습니다. 파리로의 입성. 우리는 상상할 수 없는 영광과 존경을 받았지만, 가장 감동이었던 것은 백성들의 애정과 열정이었습니다. 그들은 무거운 세금에 고통받고 있지만 우리를 보고 기쁨에 가득 차 있었어요. 튈르리 궁의 정원에는 사람들이 너무 많이 몰려들어 45분 동안이나 앞으로도 뒤로도 움직일 수가 없었어요. 그 순간에 백성들이 우리에게 보여주었던 사랑과 기쁨은 말로 표현할 수 없어요. 우정보다 귀중한 것은 세상에 없죠. 저는 그것을 생생하게 느꼈고 앞으로도 영원히 잊지 않을 거예요."

하지만 그녀는 이해력이 빠른 만큼 잊어버리는 것도 빨랐다. 파리 방문이 계속될수록 환호를 당연한 경외심의 표시로 받아들였다. 또한 자신의 지위에 당연히 어울리는 것으로 생각했다. 그녀는 이 수만 명의 사랑을 자신의 권리로 즐기며, 그들의 사랑에는 대가가 따른다는 것을 알지 못했다. 아무리 순수한 사랑이라도 보답을 받지 못하면 결국 지치게 된다.

그날부터 마리 앙투아네트는 파리에 매료됐다. 낮에는 모든 궁궐 신하들을 데리고, 밤에는 측근 수행원 몇 명만 거느리고 극장이나 무도회에 가기 위해서 은밀히 이 도시로 향하곤 했다. 이제야 왕궁의 단조로운 스케줄 표에서 벗어난 소녀는 아침에는 미사에 참석하고 저녁에는 양말 뜨기를 해야만 했던 시간들이 얼마나 짜증 나는 일이었는지 알게 되었다. 이제 예절이라는 것은 모두 단조롭고 인위적으로만 느껴졌다. 늘 판에 박은 행동을 요구하면서, 조금이라도 실수하면 어김없이 경악을 부르는 미뉴에트 같았다. 거대한 도시의 혼란 속에서는 인파 속에 모습을 감추고 그 속에 숨어들 수 있었다. 그리하여 매주 화려하게 차려입은 여인들을 태운 마차는 밤의 파리를 향해 달려갔다가 새벽녘에 돌아오곤 했다.

처음 며칠간은 호기심에 곳곳의 명소와 박물관, 큰 상점들, 축제를 구경하고 미술 전시회에도 가보았다. 오페라, 코메디 프랑세즈, 이탈리아 코미디, 무도회에 참석하고 도박장에도 갔다. 그 가운데 그녀의 마음을 사로잡은 것은 오페라극장의 무도회였다. 가면이야말로 그녀에게 허락된 유일한 자유였다. 가면을 쓰면 왕세자비로서는 생각도 할 수 없는 농담도 할 수 있었다. 페르센이라는 젊고 매혹적인 스웨덴 귀족과 대화를 나누고, 춤을 출 수도 있었다. 이곳에서는 마음 놓고 걱정 없이 웃을 수 있었다.

하지만 그녀는 서민의 집이나 의회, 학술원 회의, 자선병원, 시장에는 방문한 적도 찾아간 적도 없었다. 서민의 일상생활을 경험해 보려는 노력은 한 번도 한 적이 없었다. 그녀는 파리의 좁고 화려한 세계 속에 머물렀다. 선량한 백성들에게는 웃으며 되는대로 인사를 받아주기만 하면 충분하다고 생각했다. 밤의 극장에서 발코니에 나가면 귀족과 부유한 상류층 사람들이 환호를 보냈다. 파리로 향하는 밤은 사람들이 하루 일에 지쳐서 집으로 돌아오는 때였고, 다시 궁전으로 돌아가는 새벽은 사람들이 다시 일하러 나가는 시간이었다. 그녀는 어리석은 청춘의 소용돌이에 휩쓸려 온 세상 사람들도 모두 즐겁고 근심이 없으려니 여겼다. 유리로 만들어진 호화로운 마차를 타고 20년 동안이나 진정한 민중과 진정한 파리를 그저 지나치기만 한 것이다.

루이 16세

1774년 4월 27일, 사냥에 나섰던 루이 15세는 갑자기 어지러운 두통을 호소하며 자신이 좋아하던 트리아농궁 *으로 돌아온다. 주치의들은 왕을 진찰하다 열이 떨어지지 않자, 뒤바리 부인을 병상으로 불렀다. 이튿날 아침에는 불안한 눈빛으로 왕을 베르사유 궁으로 옮기도록 했다. 무자비한 죽음조차도 보다 더 무자비한 의례를 따라야 했기 때문이다. 프랑스 국왕은 국왕용 침대가 아닌 곳에서는 중병에 걸릴 수도 죽을 수도 없었다. 베르사유에서는 6명의 의사, 5명의 외과 의사와 3명의 약사 총 14명이

---

* 베르사유 궁전 정원에 있는 별궁 중 하나이다. 루이 15세가 자신의 정부 퐁바두르 부인을 위해 지었다. 하지만 완공되기 전 부인이 사망하면서 또 다른 정부 뒤바리 부인과 주로 이곳에서 시간을 보냈다. 후에 루이 16세는 마리 앙투아네트에게 이 궁전을 선물한다.

병상을 둘러싸고 한 시간에 여섯 번씩 맥을 짚었다. 정확한 병명을 알게 된 것은 우연에 의해서였다.

저녁이 되어 하인이 등불을 들어 올리자, 둘러서 있던 의사 중 한 명이 끔찍한 붉은 반점을 발견한다. 천연두다! 이 소식은 당장 모든 곳에 퍼져나갔고 전염될지도 모른다는 공포의 바람이 왕궁을 휩쓸었다. 며칠 뒤에는 실제로 몇몇의 감염자가 나왔지만 전염병에 대한 두려움보다는 왕이 죽고 나면 자신들의 지위는 어떻게 될 것인가에 대한 두려움이 더 컸다. 낮에는 딸들이 진정 깊은 신앙심을 보여주며 줄곧 병상을 지켰고 밤에는 뒤바리 부인이 헌신적으로 침실을 지켰다. 그러나 왕위 계승자인 왕세자와 왕세자비는 전염될 위험이 있다는 이유로 병실 출입이 금지되었다. 왕이 앓아누운 지 사흘째 되는 날부터는 두 사람의 생명이 전보다 더욱 귀중해졌다.

이제 왕궁은 두 파로 나뉘었다. 루이 15세의 병상 곁에는 어제의 권력, 시고모들과 뒤바리 부인이 병자를 지켜보며 몸을 떨고 있었다. 그들은 이 열병의 마지막 숨결과 함께 자신들의 영광도 끝난다는 것을 정확히 알고 있었다. 또 다른 방에는 미래의 세대, 곧 왕이 될 루이 16세와 곧 왕비가 될 마리 앙투아네트, 형 루이가 자식을 낳지 않는다면 왕위계승자가 될 수도 있는 프로방스 백작이 모여 있었다. 그 사이에 있는 '황소의 눈'이라는 커다란 대기실에는 수많은 신하들이 어느 쪽에 희망을 걸어야 할지, 죽어가는 왕에게 걸어야 할지 아니면 새로 떠오르는 왕에게 걸어야 할지, 일몰일지 아니면 일출일지 결정하지 못한 채 기다리고 있었다.

그 사이에도 병마는 노쇠하고 기진맥진한 왕의 육체를 잠식하고 있었다. 끔찍하게 부어오른 수포들로 뒤덮인 몸은 끔찍한 분해의 과정을 겪고 있었다. 딸들과 뒤바리 부인에게는 엄청난 용기가 필요했다. 창문을 열어놓아도 천연두의 악취가 방을 가득 채웠다. 이윽고 의사들도 포기하고 물러났다.

그러자 이번에는 다른 싸움이 시작됐다. 놀랍게도 사제들이 병상 곁으로 가서 고해를 듣고 성찬식을 베푸는 일을 거부한 것이다. 병상에 누워있는 왕은 너무나도 오랫동안 신앙생활을 멀리했으며 욕망에 물들어 살아왔으므로 먼저 마음속 깊이 뉘우칠 준비를 해야 고해성사를 해줄 수 있다는 것이다. 사제들은 먼저 그 죄의 근원을 들어내야 한다고 말했다. 즉, 그리스도교를 멀리하며 함께 지내온, 절망 속에 루이 15세를 간호 중인 정부부터 내보내야 한다는 것이다. 마지막으로 혼자가 되는 이 두려운 시간에 진심으로 사랑하는 사람을 쫓아내는 것은 어려운 결심이었다. 하지만 지옥 불에 대한 공포가 점점 더 다가오자, 왕은 숨 가쁜 목소리로 뒤바리 부인에게 작별 인사를 한다. 그녀는 곧 사람들 눈에 띄지 않도록 가까운 별궁으로 보내졌다.

왕이 회개의 뜻을 보여주자 비로소 고해와 성찬식이 시작되었다. 지난 38년 동안 왕궁에서 가장 한가로웠던 왕의 고해를 담당하는 신부가 들어온다. 호기심 많은 신하들은 애석하게도 왕의 죄상들은 들을 수가 없었다. 하지만 루이 15세가 모든 죄와 방탕을 낱낱이 고백하는 데 얼마나 걸릴지 그 시간이라도 알고 싶어 시계를 보며 기다리고 있었다. 정확히 16분 후 문이 다시 열리고 고해신부가 나왔다. 하지만 루이 15세는 아직 최종적인 사면을 허락받지 못했다. 38년 동안이나 오욕과 육체적 쾌락만을 추구했던 군주에게 교회는 이 비밀 고해보다 더한 겸허를 요구했다. 루이 15세는 자신이 종교의 율법을 초월하는 존재라고 생각해 왔을 것이다. 그래서 교회는 왕이 신 앞에서 더 깊이 머리 숙이기를 요구했다. 공개적으로, 모든 사람들 앞에서 그는 왕의 위엄에 걸맞지 않았던 삶에 대한 회오의 뜻을 밝혀야 했다.

다음 날 아침, 궁정 계단을 따라 무장한 근위병들이 늘어섰다. 예배당에서 임종의 방까지는 스위스 근위병이 정렬해 있었다. 임종의 방에서 추기경은 낮은 목소리로 말한다.

"여러분, 국왕을 대신하여 여러분에게 전합니다. 국왕은 하느님께 저지른 모욕들의 용서를 구하고 있습니다. 하느님이 다시 건강의 은총을 내려주실 때는 속죄하는 마음으로 신앙을 지키며 백성들의 무거운 짐을 가볍게 덜어줄 것을 약속하셨습니다." 침대에서는 낮은 신음소리가 들렸다. 국왕은 바로 곁에 있는 사람들만 알아들을 수 있는 소리로 중얼거렸다. "내게 그런 말을 직접 할 만한 힘이 남아있으면 좋으련만⋯⋯."

그 뒤에 일어난 일들은 온통 끔찍한 일뿐이었다. 육체는 부풀어 오르고 검게 변한 살은 분해되어 갔다. 그러나 그는 부르봉 조상의 힘을 모두 모은 것처럼 파멸에 저항했다. 시종들은 끔찍한 악취에 진이 빠졌고 딸들이 마지막 힘을 다해 간호했다. 의사들은 벌써 물러가 버리고 없었다. 온 궁중은 이 무서운 비극이 빨리 끝나기를 바랐다. 저 아래에는 며칠 전부터 의장 마차가 대기하고 있었다.

모든 사람들의 눈은 죽어가는 왕의 창가에 세워진 작은 촛불에 향해있었다. 이 촛불은 모두에게 알리는 신호 같은 것으로 왕이 세상을 떠나는 순간 끄도록 되어 있었다. 1774년 5월 10일, 드디어 촛불이 꺼졌다. 수군대던 소리가 웅성거림으로 변하고, 방에서 방으로 소문이 번져가는 소리가 바람처럼 전해졌다.

"국왕께서 서거하셨다! 신왕 만세!"

마리 앙투아네트는 남편과 함께 방에서 기다리고 있었다. 함성 소리가 점점 높아지고 방에서 방으로 알아들을 수 없는 말들이 물밀듯이 밀려왔다. 폭풍에 문이 열린 듯 드 노아유 부인이 들어왔다. 그녀는 무릎을 꿇고 왕비가 된 마리 앙투아네트에게 첫인사를 올렸다. 너도나도 충성을 맹세하기 위해 얼굴을 내밀고 경의를 표했다. 마리 앙투아네트는 왕세자비로 들어갔던 방에서 왕비가 되어 나왔다. 검푸르게 변해 알아볼 수도 없어진 루이 15세의 주검을 관에 서둘러 넣으려는 동안, 새 왕과 새 왕비를 태운 마차는 베르사유 궁전의 황금빛 문을 빠져나왔다. 백성들은 환호했다. 선왕과 함께 지난 고통의 시간이 끝나고 새로운 세계가 시작되는 듯했다.

시녀 마담 캉팡은 눈물 젖은 회고록에 이렇게 적었다. 루이 16세와 마리 앙투아네트가 서거 소식을 듣고는 무릎을 꿇고 앉아 흐느꼈다.

"신이시여, 우리를 지켜주소서. 우리는 나라를 다스리기엔 너무 어립니다. 너무나 어립니다." 하지만 이런 감동적인 에피소드는 초등학교 교과서에나 싣기 딱 좋은 것이다. 유감스럽게도 마리 앙투아네트에 관한 대부분의 에피소드와 마찬가지로 그 날조 방법이 너무나 서툴고 비심리학적이었다. 냉혈한인 루이 16세는 온 왕실이 일주일 전부터 이젠가 저젠가 하고 기다렸던 사건에 마음이 흔들릴 이유가 없었다. 더욱이 마리 앙투아네트도 시간이 건네준 선물을 태연하게 받아들였을 뿐이다. 그렇다고 그녀가 권력에 욕심이 있거나 정권을 쥐고 흔들고 싶어 했던 것은 아니다. 엘리자베스 여왕, 예카테리나 여제, 마리아 테레지아 같은 인물이 되려고 꿈꾼 적은 한 번도 없었다. 역사에 남기고 싶은 정치적 이념도 없었을뿐더러 다른 사람들을 지배하고 굴복시키려는 마음은 더 없었다. 남을 지배하려고도 하지 않았지만 타인에게 지배되는 것도 결코 바라지 않았다.

왕비라는 것은 그녀에게 자유로움 그 자체였다. 행동을 속박하던 자들이 사라진 지금 그녀는 무한한 자유를 느꼈다. 시고모들의 잔소리도 듣지 않아도 되고, 오페라극장 무도회에 가도 될지 국왕에게 여쭈어볼 필요도 없어졌다. 증오하던 뒤바리의 오만도 이제 끝이다. 내일이라도 그 여자를 추방시킬 수 있었다. 마리 앙투아네트는 자신에게 주어진 왕관에 자랑스럽게 손을 내밀었다. 그녀는 어머니에게 편지를 썼다.

"당신의 막내딸인 저를 위해 유럽에서 가장 아름다운 왕국을 택해주신 하느님의 은혜에 감사합니다." 마리 앙투아네트는 자신의 지위에 대한 위대함만을 느꼈을 뿐 그것에 따르는 책임은 느끼지 못했기 때문에 활짝 핀 얼굴로 거리낌 없이 왕좌에 올랐다. 두 지배자는 아직 아무것도 약속한 것이 없었지만, 환호가 그들을 맞이했다. 국왕의 애첩은 추방되었고, 늙은 왕 루이 15세는 땅에 묻혔다. 소박하고 겸손한 젊은 왕과 매혹적이고 사랑스러운 왕비가 프랑스를 다스리게 된 지금, 민중들은 황금시대가 찾아올 것이라는 영원한 기적을 꿈꿨다.

루이 15세의 죽음으로 암울한 예감에 사로잡혀 있던 사람은 유럽에서 단 한 사람뿐이었다. 마리아 테레지아는 군주로서 왕관의 무게가 얼마나 무거운 것인지 잘 알고 있었다. 어두운 예감이 그녀의 마음을 괴롭혔다. 그녀는 메르시 대사에게 편지를 보냈다.

"나도 루이 15세의 소식을 듣고 너무나 충격이었소. 그리고 그보다 더욱 걱정되는 건 바로 딸아이의 운명이오. 엄청난 행운이거나, 엄청난 불행이거나 둘 중 하나일 터이니. 왕과 대신들과 나라를 생각해 보면 전혀 안심할 수 있는 상황이 아니라오." 그리고 딸의 편지에는 우울한 기색으로 답장을 썼다.

"네가 얻은 새로운 지위에 대해 축하의 말은 하지 않겠다. 그것은 값비싼 대가를 치르며 얻은 것이다. 시할아버지의 자비와 관용으로 지난 3년 동안 누려온 평안한 생활, 그리고 프랑스 국민들이 너희에게 안겨준 사랑. 그 감사한 일들을 앞으로도 계속 이어 나가겠다는 결심을 하지 못할 때에는 더욱더 비싼 대가를 치르게 될 것이다. 국민의 지지와 사랑을 받는 것은 너의 지위에 큰 도움이 될 것이다. 지금은 그 지위를 유지하며, 국왕과 국가의 안녕을 위해 올바르게 사용하는 법을 배워야 한다. 너희 둘은 아직 너무 어린데…… 이 어미는 걱정이구나. 지금 내가 너희에게 조언할 수 있는 것은 너무 서둘러서는 안 된다는 것이다. 모든 것을 스스로의 눈으로 살펴보고 아무것도 바꾸려 하지 말고, 흐르는 대로 두거라. 그렇지 않으면 혼란과 음모가 끊이질 않을 것이다."

수년간의 경험으로 카산드라의 눈을 지니게 된 여제는, 멀리 떨어져 있음에도 프랑스의 불안한 정세를 잘 파악하고 있었다. 그녀는 무엇보다 오스트리아와 우호적인 관계를 유지하고 세계 평화를 지킬 것을 간곡히 부탁했다.

"양국의 문제들을 처리하는 데 필요한 것은 오직 평화뿐이란다. 우리가 앞으로 긴밀한 협조 속에서 나아간다면 누구도 우리를 방해할 수 없을 것이고, 유럽은 행복과 평온을 누릴 수 있을게다."

어머니의 간곡한 걱정에 감동한 마리 앙투아네트는 약속을 맹세하고 또 맹세했다. 하지만 어머니의 근심은 그것만으로 가라앉지 않았다. 여제는 왕관이 행복을 가져다줄 것이라 믿지 않았다. 온 세상이 마리 앙투아네트를 둘러싸고 환호하는 동안 그녀의 어머니만은 한숨을 쉬며 메르시 대사에게 편지를 적어 보냈다.

"그 아이의 아름다운 시절들은 모두 지나간 것 같구려."

◀ 루이 16세 Antoine-François Callet, 1779

로코코 스타일 왕비

마리 앙투아네트가 프랑스의 왕비가 된 순간, 오스트리아의 오랜 숙적이었던 프리드리히 대왕은 불안해지기 시작했다. 그는 프로이센의 대사에게 거듭 편지를 보내어 그녀의 정치적 계획을 주의 깊게 정탐하도록 했다. 사실 그에게는 아주 위험한 상황이었다. 마리 앙투아네트는 원하기만 한다면 프랑스 외교의 모든 실권을 손에 쥘 수 있었고, 그렇게 되면 유럽은 마리아 테레지아, 마리 앙투아네트, 그리고 러시아의 예카테리나, 이 세 여성의 지배 아래에 놓일 형세였다. 하지만 프로이센에게는 운이 좋게도, 마리 앙투아네트는 세계사적인 사명에 기여하는 것에는 전혀 관심이 없었다. 시대를 이해하려는 생각은 하지 않고 오직 어떻게 하면 하루를 지루하지 않게 보낼 수 있을까 궁리만 했다.

이 점이 애당초 마리 앙투아네트가 저지른 운명적인 실수였다. 놀면서 세월을 보낸 그녀는 왕비의 이념에 정신적인 의미를 부여할 줄 모르고 다만 완성된 형태만을 가질 뿐이었다. 그녀의 손안에 들어가면 위대한 임무는 덧없는 놀이로, 높은 지위는 배우의 역할로 축소되어 버렸다. 마리 앙투아네트에게 왕비라는 것은 궁정에서 가장 우아하고 매혹적이며, 제일 귀한 대우를 받는 사람. 무엇보다 가장 행복한 여성으로 추앙받는 것, 즉 자신을 세계의 중심으로 여기는 가장 영향력 있는 여인이 되는 것이었다. 20년 동안 그녀는 베르사유라는 무대 위에서 프리마돈나로서 우아한 로코코 왕비의 역할을 연기했다. *

Table d'appartement

* 로코코 양식은 18세기 유럽, 특히 프랑스에서 발달한 예술 스타일이다. 바로크 양식을 이어받은 것으로 경쾌한 디테일, 부드러운 곡선, 정교한 장식이 특징이었다. 유희와 쾌락에 몰두해 있던 프랑스 귀족사회가 추구한 우아하고 사치스러운 예술형식이다.

마리 앙투아네트가 거의 20년 동안 아무것도 아닌 것들을 위해 본질적인 것을 희생한 것. 작은 베르사유 궁을 위해 프랑스를 희생한 것. 그 역사적인 과오는 참으로 이해하기 어렵다. 그 허무함을 감각적으로 이해해 보고 싶다면 프랑스 지도를 가져와서 그녀가 20년 동안 통치한 작은 생활 영역을 그려보면 된다. 그 범위는 워낙 좁아서 지도에는 겨우 점 하나로밖에 표시되지 않는다. 마리 앙투아네트는 다 돌아도 몇 시간 걸리지 않는 베르사유, 트리아농, 마를리, 퐁텐블로, 생클루, 랑부예 이 여섯 개의 성에서 공간적으로나, 정신적으로 갇혀 있었다. 왕궁을 알아보거나, 자신이 다스리는 지방들을 방문한다거나, 해안을 씻어 내리는 바다, 산과 요새, 도시와 성당들, 이 넓고 다양한 세상을 둘러본 적은 한 번도 없었다. 그녀를 둘러싼 귀족 사회 밖에 있던 진정한 세계는 그녀에게는 사실상 존재하지도 않는 것이었다. 파리 오페라극장 주변에는 빈곤과 불만으로 가득한 거대한 도시가 펼쳐져 있었다. 건축가가 궁정 안에 설계한 작은 오두막 저편에서는 진짜 농가가 허물어져 가고 있었다.

어쩌면 세상의 모든 비애와 어둠에 관해 무지했기에 로코코라는 예술 양식이 그토록 우아하게 아무런 근심 없는 아름다움을 간직할 수 있었던 건지도 모른다. 백성을 잊어버린 왕비는 참으로 위험한 도박을 한 셈이다. 세계는 마리 앙투아네트에게 문제를 던져 주었지만 그녀는 의문을 품으려고도 하지 않았다. 시대에 한 번만 눈길을 주었다면 이해할 수 있었을 것을 이해해 볼 생각조차 하지 않았다. 도깨비불에 홀려, 왕궁의 꼭두각시 인형극 속에서 자신의 인생에서 돌이킬 수 없는 시간들을 놓치고 있었다. 역사상 가장 중대한 임무 앞에 너무나도 경솔하게 다가선 것, 유약한 마음으로 가장 치열한 세기의 대결에 휩쓸린 것은 부정할 수 없는 그녀의 죄과이다.

하지만 부정은 못 해도 용서할 수는 있을지도 모른다. 아무리 올곧은 성격의 사람이라도 이런 유혹은 뿌리치기 어려웠을 것이다. 궁궐의 뒷방에서 정신적으로 채 성장하기도 전에 하룻밤 사이 최고 권력의 자리에 부름을 받은 그녀. 게다가 18세기라는 이 시대는 그녀를 유혹하기에 절묘했다. 마리 앙투아네트는 왕비가 된 첫날부터 자신을 신격화하는 숭배의 향연에 휩싸였다. 그녀가 하는 말은 무엇이든 현명한 것으로 간주되었고, 그녀의 행동은 곧 법이 되었으며 원하는 대로 모든 것이 이루어졌다. 변덕을 한 번 부려주면 그다음 날에는 벌써 유행이 되어 있었다. 어리석은 짓을 하더라도 궁중은 열광적으로 따랐다. 허영심에 찬 이들에게는 그녀 곁에 한 번 서는 것이 소원이었다. '지불한다'는 단어 한 마디를 종이 위에 휘갈겨 쓰기만 하면 수천 두카트가 쏟아져 나왔다. 빛나는 날개가 하늘에서 내려왔는데 어찌 경솔해지지 않을 수 있겠는가?

이러한 경솔함은 역사적인 관점에서 의심할 여지 없이 그녀의 잘못이었지만, 동시에 그녀가 살아간 시대 전체의 잘못이기도 했다. 마리 앙투아네트는 시대정신에 완전히 휩싸이며 18세기의 전형적인 대표주자가 되었다. 로코코의 시대, 유약한 정신의 세기는 몰락하기 직전의 한 인간의 모습으로 자신을 표현하고 싶었던 것이다. 마담 드 스탈 *은 그녀에 대해 이렇게 말했다. "더 이상의 우아함과 친절을 담는 것은 불가능하다. 그녀에게는 치명적인 붙임성이 있는데, 자신이 왕비임을 결코 잊지 않으면서도 항상 잊고 있는 사람처럼 행동한다." 그녀는 후대에 인간적으로 위대한 인물이 되지는 못했지만, 단 한 가지는 이루었다. *그녀를 통해 18세기가 완성되었고, 그녀와 함께 18세기가 끝났다.*

로코코 왕비가 베르사유 궁전에서 아침에 눈을 뜰 때 머릿속에 가장 먼저 떠올린 생각은 무엇이었을까? 다른 나라들에서 온 소식이었을까? 전쟁에서 승리했는지 아니면 영국에 선전포고를 했는지 이런 것들을 알리는 사신의 편지였을까? 아니었다. 마리 앙투아네트는 보통 파리에서 새벽 네다섯 시가 되어 돌아왔기 때문에 몇 시간 밖에 잠을 못 잔 상태였다. 곧 소란스러운 의식과 함께 하루가 시작되었다. 의상실 소속 시녀가 내의 몇 가지와 손수건을 가지고 아침 화장을 위해 들어온다. 시녀는 모든 의상을 작

---

* 마담 드 스탈(1766~1817) 루이 16세 때 재무대신을 지낸 네케르의 딸로 프랑스의 낭만주의 소설가이자 비평가이다.

은 천 샘플로 만들어 핀으로 꽂아 둔 앨범을 그녀에게 보여준다. 마리 앙투아네트는 오늘 어떤 드레스를 입을지 결정해야 한다. 얼마나 어렵고 고민되는 선택이었을까? 계절마다 준비된 열두 벌의 예복, 유행하는 옷 열두 벌, 의식을 위한 복장 열두 벌이 규정되어 있었으며 매년 수백 벌의 옷이 새로 지어졌다. 궁중의 패셔니스타가 같은 옷을 입는다는 수치는 상상할 수가 없다. 옷은 그녀에게 너무나 중요한 것이었기 때문에 의상가 베르탱이 왕비에게 재상보다도 더 큰 힘을 행사하는 것은 놀라운 일이 아니었다. 재상은 수십 명이든 상관없이 교체할 수 있지만, 베르탱은 그 누구도 대신할 수 없었다.

베르탱은 최하층 계급의 평민 출신이었지만 역사에 이름을 남긴 최초의 디자이너이자, 최고급 기술자로서 왕비의 마음을 완전히 사로잡았다. * 베르탱은 하층민 출신의 여성이 왕비의 내실에 들어가는 것을 금하는 규정을 깨트렸다. 볼테르나 다른 시인들, 화가들은 이루지 못한 것이었다. 베르탱이 일주일에 두 번 새로운 디자인과 함께 나타나면, 마리 앙투아네트는 귀부인들을 모두 물리치고 그녀와 의논하기 위해 밀실로 들어갔다. 사업에 능했던 재단사는 자신의 이익을 위해 이런 성공을 마음껏 이용했다. 마

---

* 로즈 베르탱 (Rose Bertin, 1747–1813)은 18세기의 프랑스의 패션 디자이너로 왕비를 위해 다양한 드레스와 액세서리를 제작하였다. 그녀의 디자인은 유럽 전역의 귀족과 상류층 사이에서도 유행했다.

리 앙투아네트를 교묘하게 유도하여 실컷 돈을 쓰게 만들고, 그 다음엔 온 왕궁과 귀족들의 돈을 다 빼앗아 갔다. 생토노레에 있는 자신의 상점위에 큰 글씨로 왕비 의상 담당자라는 간판을 걸었다. 고객들에게는 거만한 목소리로 말했다. "방금 왕비님과 함께 일을 하고 오는 길이랍니다." 곧 수많은 재봉사들과 자수공들이 베르탱의 밑에서 일하게 되었다. 귀부인들은 아직 왕비가 안 입은 모델을 제작해달라며 그녀를 금화로 매수했다. 하지만 딸이 좀 더 의미 있는 역할을 하길 바랐던 마리아 테레지아는 지나치게 화려한 치장을 한 딸의 초상화를 보고 화가 나서 그림을 돌려보냈다.

"너도 알겠지만 유행은 적당히 따르되, 지나치게 추종해서는 안 된다. 젊고 기품 있는 왕비에게 그런 것들은 다 필요하지 않다. 오히려 소박한 복장이 더 잘 어울리며 그것이 왕비의 지위에도 합당하다. 온 세상 사람들은 왕비의 실수도 따라 하려 애를 쓰겠지만, 나는 귀여운 왕비를 사랑하고 아끼는 까닭에 이런 작은 경솔함도 그냥 보고 지나칠 수가 없구나."

마리 앙투아네트가 아침에 일어나 두 번째로 관심을 갖는 것은 헤어스타일이었다. 다행히 이 분야에도 뛰어난 예술가인 레오나르가 있었다. 그는 누구도 따라 할 수 없는 로코코 시대의 피가로였다. 레오나르는 매일 아침 파리에서 육두마차를 타고 베르사유로 왔다. 그는 빗과 헤어 향수, 에센스로 매일 매일 왕비에게 고귀하고 창의적인 예술을 시험했다. 대건축가 망사르의 이름을 딴 '맨사드 지붕'처럼 그는 귀부인들의 머리 위에다 머리카락 탑을 쌓아올렸다. 우선, 거대한 머리핀과 단단한 포마드를 사용해서 머리를 뿌리부터 직선으로 세워 올렸다.

그 다음 머리 위 50센티미터 되는 공중에 진정한 예술가의 입체적인 창작 세계를 펼쳤다. '푸프' 스타일이라고 불리는 이 머리 스타일 위에 과일, 정원, 집, 배, 출렁이는 바다와 같은 풍경과 색채를 표현했다. 새로운 유행을 주도하기 위해 언제나 그날의 사건을 상징적으로 표현했다. 글루크의 오페라에 감명을 받은 날에는 검은 리본과 다이애나 여신의 반달을 표현한 이피게니아 헤어스타일을 만들어 냈다.

국왕이 천연두 예방 접종을 맞는 날에는 종두 스타일의 헤어스타일을 창조해 냈다. 프랑스에 기근이 들어 파리의 빵 가게가 약탈당했을 때, 부박한 궁정 사교계는 이 사건을 '반란의 모자'라는 스타일로 자랑하고 다녔다. 텅 빈 머리 위에 지은 예술적인 건축물은 점점 더 황당해져 갔다. 머리는 점점 더 높이 치솟아 마침내 귀부인들은 그런 머리를 하고는 마차에 앉을 수 없게 되었다. 귀부인

들이 허리를 굽힐 필요가 없도록 궁전의 문틀은 점점 높아졌고 극장의 칸막이 천장도 볼록하게 올라갔다.

빈에서는 또다시 메아리 소리가 울려왔다. "요즘 신문에 자주 오르내리는 일에 대해 언급할 수밖에 없구나. 네 머리매무새 말이다. 머리카락을 36인치나 올리고 그 위에다 또 깃털이니 리본을 단다고 하더구나." 딸은 사랑하는 어머니에게 변명을 늘어놓으며, 여기 베르사유에서는 그런 머리가 너무 흔해서 온 세상이 아무 일도 아니라고 생각한다고 했다. 하지만 여기서 마리 앙투아네트가 말하는 온 세상은 궁중에 있는 백 명의 귀부인만을 의미한다. 레오나르 선생은 신이 나서 계속 머리를 높이 쌓아 올렸다.

마리 앙투아네트의 세 번째 관심사는 옷을 갈아입을 때마다 함께 바꿔주어야 하는 장신구였다. 왕비에게는 더 큰 다이아몬드와 진주가 필요했다. 그녀는 이미 빈에서 많은 다이아몬드를 가져왔다. 결혼식 때도 루이 15세에게 왕가의 보석함을 받았다. 하지만 날마다 더 아름답고 값진 새 보석을 살 수 없다면 무엇을 위해 왕비가 되었겠는가? 마리 앙투아네트는 보석에 빠져있었다. 독일에서 온 유대인 뵈머와 바상주가 벨벳 천위에 귀걸이, 반지 등 새 작품들을 보여주면 그녀는 결코 뿌리칠 수가 없었다. 그들은 왕비에게 두 배의 가격을 부르는 대신 외상으로 사게 해주었다. 부득이한 경우에는 그전에 판 다이아몬드를 반값으로 되돌려 받았다. 마리 앙투아네트는 이런 고리대금업자를 상대하며 여기저기 빚을 졌다.

빈에서는 경고문이 날아왔다. "파리에서 온 소식은 한결같구나. 네가 또다시 25만 리브르 *짜리 팔찌를 샀고 그 때문에 빚더미에 오르고, 빚을 갚기 위해 다이아몬드를 헐값으로 팔아치웠다는 이야기뿐이다. 이런 이야기를 들으면 무엇보다 나는 네 장래가 걱정되어 마음이 너무나 아프다. 너는 대체 언제쯤 철이 들 테냐?" 어머니는 절망적인 마음으로 편지를 썼다.

"왕비가 그렇게 겉치레를 하는 것은 품위를 떨어뜨리는 일이다. 그것도 하필 이런 힘든 시기에 그렇게 낭비를 한다는 것은 더더욱 너 자신을 낮추는 격이다. 널 몹시 사랑하기에 말하는 것이다. 그런 경솔한 행동으로 네가 얻은 존경과 명성을 잃어버리지 않도록 조심하여라. 국왕이 검소한 것은 이미 널리 알려진 사실이니 모든 책임이 너에게 돌아갈지도 모른다. 나는 그런 파국을 보고 싶진 않다."

너그러운 남편은 아내의 연금을 두 배로 올려주었지만 그 가득했던 금고 어딘가에 구멍이 난 것이 분명했다. 그녀 이전에 왕궁에서는 도박을 당구나 무도와 같은 무해한 취미로 여겼다. 하지

---

* 프랑스의 화폐 단위. 후에 프랑으로 대체되었다. 당시 평민의 하루 일당은 1리브르였으며 군인은 1년에 300리브르를 받고, 스트라스부르의 주교는 1년에 40만 리브르를 받았다.

만 왕비는 도박의 판돈을 늘리기 위해 돈을 가져오는 누구에게든 그녀의 카지노에 입장할 기회를 주었다. 그래서 온갖 상인들과 도박꾼들이 몰려들었고 곧 왕비의 사교계에서는 사기도박이 판을 친다는 불명예스러운 소문이 퍼지기 시작했다. 그 소문을 모르는 사람은 쾌락에 눈이 먼 마리 앙투아네트뿐이었다.

국왕은 도박은 종류를 불문하고 처벌하겠다고 거듭 경고했다. 하지만 왕비 패거리들은 눈 하나 깜짝하지 않았다. 왕비의 방에는 경찰이 출입할 수 없었기 때문이다. 국왕은 금화가 가득한 도박판을 막으려 했지만 그들은 국왕이 없는 곳에서 계속해서 몰래 도박을 했다. 문지기에게는 왕이 나타나는 즉시 경보를 울리라고 지시해 두었다. 경보가 울리면 카드들은 마법처럼 탁자 아래로 사라졌다. 착하고 우직한 왕을 비웃으며 게임은 계속되었다 그녀는 혼자 있는 것도, 집에서 책을 읽거나 남편과 시간을 보내는 것도 질색했고 언제나 쾌락만을 좇았다. 새로운 유행이 시작되면 누구보다 먼저 열을 올렸다. 아르투아 백작이 영국에서 경마를 들여오자 한동안은 이 게임에 몰두했다. 하지만 그녀의 열정은 짚불 같이 오래 가는 법이 없었다. 끊임없이 쾌락을 바꾸는 것만이 그녀의 불안을 잠재워 주는 것 같았다.

수백 가지 다양한 취미 중 그녀가 가장 좋아했던 것은 바로 가면무도회였다. 가면무도회에서는 검은 벨벳 가면을 쓰고 왕비의 신분을 감춘 채 이성과의 매혹적인 모험에 빠질 수 있었다. 위험에 끌리는 짜릿한 기분과 떨림을 느끼면서 스웨덴의 기사 한스 악셀 폰 페르센 *의 팔에 기대어 대화를 나눌 수도 있었다. 그러자 염문설이 사람들의 입에 올라 퍼져 나갔다. 어머니는 또다시 헛된 경고를 보냈다.

"국왕과 동행했다면 모르겠지만, 국왕은 동반하지도 않고 파리의 젊은것들과 놀러 다니다니! 일찍이 너의 관대함과 따뜻한 마음을 칭송해 주던 신문과 잡지들도 이젠 등을 돌려버렸구나. 경마와 도박으로 밤을 새우는 이야기뿐이니. 이젠 신문도 보고 싶지 않다. 난 이제 그런 이야기라면 듣기가 싫어서 사교모임에 나가는 것을 피하게 돼버렸다."

사람들이 자신을 이해해 주지 못한다는 것조차 이해할 수 없게 된 마리 앙투아네트에게는 어떤 간절한 훈계도 효과가 없었다. "어머니는 대체 원하시는 게 뭔가요? 저는 인생이 지루해질까 봐 겁나는걸요."

18세기는 끝나가고, 그 의의를 다했다. 왕국이 설립되고, 베르사유 궁전이 축조되고, 예법이 완성되었다. 이제 왕궁에는 더 할 일이 없었다. 이 세대는 더 이상 신을 믿지 않았다. 대주교들은 그저 보랏빛 수도복을 입은 우아한 신사들일 뿐이었다. 모두들

---

*한스 악셀 폰 페르센(1755~1810) 스웨덴의 군인, 백작. 스웨덴 명문 귀족이자 왕실 고문관인 프레드릭 악셀 폰 페르센 후작의 아들이다. 후에 왕비의 애인이 된다.

힘차게 밀려오는 시대의 파도 앞에 멍하니 서 있었다. 몇몇은 호기심에 찬 손을 파도 속에 집어넣고 반짝이는 조약돌 몇 개를 손에 쥐려고 했다. 그리고 어린아이들처럼 웃으며 그 무시무시한 물가에서 장난을 치곤했다. 하지만 아무도 시시각각 거세지는 파도를 느끼지는 못했다.

트리아농 성

마리 앙투아네트는 뜻밖의 선물을 받는 사람처럼 왕관을 쥐었다. 그녀는 운명으로부터 받는 모든 것들은 비밀스럽게 값이 매겨져 있다는 걸 알지 못했다. 그 값을 지불해야 한다는 것은 생각지도 않았다. 오직 왕위의 권리만을 받아들이고 그 책임과 의무는 무시해 버렸다. 그리고 사람의 힘으로는 동시에 할 수 없는 것을 하려 했다. 나라를 통치하면서 인생을 즐기는 것이다. 지배자의 권력과 자유를 동시에 원하면서 젊고 격렬한 인생을 누리고자 했다.

하지만 베르사유에서 자유란 불가능했다. 밝게 비추는 거울이 달린 회랑에서는 한 발짝도 남몰래 숨을 수가 없었다. 말 한마디 한마디는 악의의 바람에 날려 퍼져나갔다. 국왕은 한 치의 오차도 없이 움직여야 하는 거대한 시계의 중심이었다. 탄생에서 죽음까지, 일어나서 잠에 들 때까지 모든 생활이 국가적인 행위로 바뀌었다. 그러나 마리 앙투아네트는 규제라면 뭐든지 싫어했다. 그리하여 왕비가 되자 남편에게 왕비 역할에서 벗어날 수 있는 은신처를 마련해 달라고 부탁한다. 루이 16세는 그녀를 위해 별궁 트리아농 성을 선물한다. 이 성은 아주 작은 성이었지만, 오직 그녀만의 공간이었다.

트리아농 성은 그녀의 무료함을 10년 넘게 달래주며 마음을 사로잡았다. 루이 15세는 애첩 뒤바리와 이곳을 자주 애용했었다. 유명한 기계공이었던 레포렐로는 아래위로 오르내리는 식탁을 발명했다. 다 차려진 식탁은 지하 주방에서 곧장 식당으로 올라와, 하인이 식사 장면을 엿볼 수 없도록 설계되었다. 그렇게 건축가는 별장 전체에 들어간 비용 73만 6천 리브르 외에도 1만 2천 리브르의 특별 보상을 받았다.

트리아농 성은 섬세한 선과 완벽한 규모로 설계되어 왕비에게 딱 어울리는 보석함 같았다. 소박하면서도 고풍스러운 건축양식으로 아름다운 정원 속에 빛나고 있었다. 뒤바리의 소유였다가 이제는 왕비의 소유가 된 이 궁에는 기껏해야 여덟 개의 방, 대기실, 식당, 침실, 목욕탕, 작은 서재가 있을 뿐이었다. 이 작은 공간이 마리 앙투아네트에게는 2천만 신민들이 있는 프랑스 전부보다도 더 중요하고 의미 있는 공간이었다. 여기서는 의무를 지지 않아도 되고, 관습이나 예의범절에 얽매이지 않는 자유를 느

◢ 트리아농 Franz Alt , 1867

낄 수 있었다. 남편조차도 이곳에 올 때는 언제나 손님 자격으로 왔다. 게다가 남편은 매우 예의 바른 손님이었다. 초대되지 않았는데도 갑자기 방문하는 일은 절대 없었고 아내가 정한 이곳의 규칙을 잘 따라주었다. 단순했던 남편은 이곳에 오기를 즐기곤 했는데 왕궁에서보다 편히 쉴 수 있었기 때문이었다.

왕궁의 생활양식을 떠나 가벼운 옷차림으로 잔디에 앉아 시간을 보낼 때면, 계급도 사라지는 것만 같았다. 그녀는 이곳에서의 자유로운 삶에 익숙해져서 저녁이면 베르사유로 돌아가기가 싫어졌다. 가능하면 언제까지나 트리아농에 머물고 싶었다. 아무것도 할 일이 없었던 그녀는 트리아농에 오게 되면서 마침내 일거리를 얻었다. 자신의 작은 왕국을 꾸미기 위해 계속 새로운 것을 주문했다. 의상 디자이너, 보석상, 발레 교사, 음악 교사, 댄스 교사 그리고 건축가, 원예사, 화가, 실내 장식가들이 별궁에 새 대신들로 등장했다. 그들은 지루했던 시간을 채워주는 동시에 국고를 막대하게 축냈다. 그녀가 가장 관심을 쏟았던 장소는 정원이었다. 베르사유의 정원과는 절대로 비슷해서는 안 됐기 때문에 그 공간은 가장 현대적이고, 유행하는 스타일의 로코코 정원이어야 했다. 사람들은 베르사유 정원을 만들었던 당시 최고의 정원사, 르 노트르가 만든 자로 그어 놓은 듯한 잔디밭에 싫증을 느꼈다. 그래서 그녀는 가장 인공적인 방법으로 가장 자연스러운 정원을 만들어달라며 가장 정교하고 정제된 예술가들을 소집했다.

그녀의 의도는 정원 안에 단순히 자연뿐만 아니라 자연 전체의 모습을, 몇 제곱킬로미터 크기의 소우주 안에 전체 우주를 장난감처럼 축소해 표현해 놓는 것이었다. 그러려면 그 좁은 땅 안에 모든 것을 집어넣어야 했다. 인도와 아프리카의 나무, 네덜란드의 튤립과 풍차, 연못과 시내, 산과 동굴, 낭만적인 폐허와 시골 농가, 그리스 신전과 동양의 풍경. 이 모든 것이 인공적이면서도 가장 자연스러운 모습으로 갖추어져 있어야 했다. 수백 명의 일꾼들은 건축가와 화가의 계획에 따라 가능한 한 자연스러운 풍경들을 만들어 갔다.

먼저 목장에는 작은 시냇물을 만들었다. 여기에 들어가는 물은 마를리에서 2천 피트 길이의 관을 통해 끌어와야 했기 때문에 많은 돈이 함께 흘러 들어가야 했지만, 가장 중요한 것은 굽이굽이 휘돌아 가는 물줄기가 아름답고 자연스러워보여야 한다는 점이었다. 시냇물은 부드럽게 흐르며 인공 연못으로 이어졌고 다리를 지나 백조의 흰 깃털을 빛내주었다. 이끼를 심고 사랑의 동굴을 만들고, 낭만적인 누각을 지은 바위산은 마치 아나크레온의 시에서 바로 튀어나온 것 같았다.

왕비는 이 무대를 더욱 실제처럼 보이게 하기 위해 조연들까지 고용한다. 농부, 농촌 아낙네, 소와 송아지, 돼지, 토끼, 양들과 목동, 양치기, 사냥꾼, 치즈 만드는 사람들까지 데려다 놓았다. 그들은 풀을 베고 세탁을 하고 젖을 짜며 이 연극을 쉴 새 없이 연기했다. 위대한 건축가 미크와 화가 위베르 로베르에게 설계를 맡겨 농가와 초가지붕, 닭장과 거름 더미까지 똑같이 만들어 놓았다. 심지어 바깥쪽에는 무너져 가는 오두막까지 지어 놨다. 망치로 벽에 금이 가게하고, 지붕 널빤지도 몇 군데 떼어냈다. 한편 밖에서는 프랑스 각지에서 무거운 세금에 시달리던 농민들이 변화를 요구하며 봉기하고 있었다. 마리 앙투아네트는 천진난만하게 자연을 즐기는 취미에 열중했다. 낚시를 하고 꽃을 꺾고 길을 산책하며 풀밭 위를 달렸다. 성실한 농부 역할을 하는 배우들을 바라보며 숨바꼭질을 하고 놀았다.

트리아농의 최종 비용 청구서는 1791년 8월 31일이 되어서야 제출됐다. 총 1,649,529리브르였지만 기록되지 않은 자질구레한 것들까지 합하면 실제로는 200만 리브르 이상이었다. 밑 빠진 독 같은 왕실의 재정 상황에 비하면 물방울 하나에 불과했지만, 백성들의 형편없는 생활을 고려하면 분명 과도한 지출이었다. 왕비가 베르사유를 떠나 트리아농 성에서 지내게 된 이후부터 왕비에게 반대하는 프랑스 귀족들의 태도는 점점 더 노골적으로 드러났다. 왕비를 담당하던 시녀들과 궁정 사람들은 하릴없이 베르사유 궁에 남겨져 방치됐다. 불만이 쌓여갔다. 레비 공작은 이 상황을 이렇게 묘사했다.

"최고의 권력에 취해 왕비는 자제력을 잃었다. 사람들이 모든 편견에서 해방된 계몽의 세기에는 지배자들도 관습이 만든 속박의 굴레에서 벗어나야 한다. 백성의 충성은 국왕 일가가 신하들과 얼마나 지루한 시간을 많이 보내느냐에 따라 달려있다고 생각하는 것은 어찌나 우스꽝스러운 생각인지. 왕비에게 선택된 몇몇 총신을 제외하고는 모든 사람들이 궁중에서 내쫓겼다. 지위나 공적, 명망, 출신 따위는 이제 왕가의 모임에 참석할 수 있는 이유가 되지 못했다. 오직 일요일에 미리 소개받은 사람들만이 아주 잠깐 왕족을 만날 수 있었다.

그러나 그런 사람들도 멀리 찾아가봤자 제대로 된 대우도 받지 못한다는 현실을 깨닫고는 포기했다. 이전에는 유럽 각지에서 세련된 생활양식과 예절을 배우려고 찾아왔던, 루이 14세의 영광의 무대였던 베르사유가 지금은 마지못해 들어갔다가 급히 나오게 되는 작은 시골 마을에 불과해졌다."

베르사유에서 겨우 30분 정도 되는 거리에서 생활할 뿐인데 이게 무슨 소란이람! 그러나 실제로는 이 2, 3마일 때문에 그녀는 궁정에서, 백성들에게서 영영 멀어져 버렸다. 만약 그녀가 베르사유에 머물면서 전통적인 관습들을 따랐다면 위기의 순간에 왕자와 제후, 귀족의 군대가 그녀 곁에 남아 있어 주었을지도 모른다. 만약 그녀가 오빠 요제프 황제처럼 민주적으로 백성들에게 다가갔다면 수십만 파리 시민, 수백만 프랑스 국민들은 그녀를 신처럼 받들었을 것이다. 하지만 그녀는 절대적인 개인주의자였고 귀족에게도 백성들에게도 호감을 살만한 행동은 하지 않았다. 그녀는 결국 트리아농 성 때문에 제1계급, 제2계급, 제3계급 모두에게 불만을 사게 된다. * 자신만의 행복 속에 너무 오래 빠져 있었던 나머지, 그녀는 불행 속에서도 고독해야 했다.

---

* 제3신분

프랑스 사회는 성직자, 귀족, 그리고 제3신분으로 나뉘어져 있었다. 성직자는 사회적으로 가장 많은 특권을 누리고 있었다. 귀족은 병역이나 부역의 의무가 없었으며 소유한 땅에서 나오는 수익으로 돈을 벌어들였다. 제3신분은 나머지 90%의 인구를 차지하며 농민, 노동자, 무역상, 지식인 등 다양한 사람들로 구성되어 있었다. 제3신분의 사람들이 대부분의 세금을 부담했다.

마리 앙투아네트는 많은 시간을 트리아농 성에서 보내게 되면서 사람들을 물갈이하기 시작했다. 먼저 늙은 사람부터 내보내 버렸다. 춤출 줄도, 즐겁게 할 줄도 모르면서 항상 조심해라, 신중해져라, 잔소리만 늘어놓는 사람들이었다. 그녀는 겉보기에는 게으른 것 같지만 사실은 이기적이고, 왕비를 이용해 연금을 챙기려 드는 파리의 패거리들에게 둘러싸여 있었다.

가끔 한 명의 지루한 신사가 이 난잡한 모임에 방해를 놓았다. 하지만 그를 쫓아낼 수는 없었다. 잊고 있었지만, 그는 이 여인의 남편이자 프랑스의 국왕이었기 때문이다. 아내에게 푹 빠진 루이 16세는 미리 허락받고 때때로 트리아농으로 건너와 젊은 사람들이 어떻게 재밌게 놀고 있나 구경하곤 했다. 너무 아무렇지도 않게 관습을 어기거나, 지출이 터무니없이 늘어나면 조심스럽게 질책하기도 했다. 그럴 때면 왕비는 그저 웃어넘길 뿐이었다. 이 미소하나면 모든 것이 다 해결되었다.

하루는 루이 16세가 생각보다 너무 오래 머문 날이 있었다. 친구들과 함께 파리에 가고 싶어 조바심이 난 왕비는 추시계를 몰래 한 시간 빠르게 돌려놓았다. 국왕은 속임수를 눈치채지도 못하고 평소 같으면 11시에 잘 것을, 10시에 잠들게 되었다. 왕비와 무리들은 배꼽을 잡고 웃었다. 그는 유머도 없었고 가면무도회에도 가지 않았고 도박도 하지 않았고 여자를 찾지도 않았다. 로코코 왕국인 트리아농의 사교계, 이 경박하고 오만이 넘치는 정원과 그는 전혀 어울리지 않는 인간이었다. 국왕은 이 사교계의 일원이 될 수 없었다. 겉으로는 무관심해 보이지만 속으로는 야망을 감추고 있었던 왕의 동생 프로방스 백작도 이 젊은이들과 어울려 자신의 품위를 손상시키는 것은 현명하지 않다고 생각했다.

그러나 왕비가 밖으로 놀러 갈 때는 왕실의 남자 한 명을 반드시 대동해야 했다. 결국 루이 16세의 막내 동생인 아르투아 백작이 수호자의 역할을 해야 했다. 멍청하고 경박하고 무례하지만 유연하고 능수능란했던 그는 마리 앙투아네트처럼 삶이 지루해지면 어쩌나, 골치 아픈 일이 생기면 어쩌나 하는 불안을 안고 있었다. 여자를 좋아하고 한량인 데다 새로운 유행이 있는 곳이면 늘 앞장섰던 그는 왕과 왕비와 온 궁정의 빚을 합친 것보다도 많은 빚을 지게 되었다. 하지만 오히려 그런 인물이었기 때문에 마리 앙투아네트와는 완벽하게 어울렸다. 말 많은 사람들은 두 사람의 관계에 대해 안 좋은 소문을 퍼뜨렸지만, 그녀는 이 뻔뻔한 인간을 그리 좋게 생각하지도 않았다. 두 사람은 그저 노는 것에 미쳐 떼어놓을 수 없는 단짝이 되었다.

열일곱, 여덟 살의 마리 앙투아네트는 결혼은 했지만 학교 친구들과 어울릴 나이였다. 어린 나이에 사랑하는 어머니의 품에서 서툴고 무뚝뚝한 남편 곁으로 왔기에 고민을 털어놓으면서 하소

연할 수 있는 친구가 필요했다. 왕비가 첫 친구로 랑발 공작부인을 사귄 것은 행운이었다. 그녀는 프랑스 최고 가문 출신으로 돈이나 지위에는 욕심이 없었다. 감수성이 풍부하며 총명하지는 않았지만 음모나 탐욕에는 관심이 없었다. 왕비의 호의에는 진정한 우정으로 보답했다. 친구나 가족을 위해 후원을 구걸하지도 않았고 국사나 정치에 끼어들지도 않았다.

그러나 1775년, 마리 앙투아네트는 푸른 눈이 천사처럼 맑은 한 여인을 만나게 된다. 그녀의 겸손함과 우아함은 마음을 끌기에 충분했다. 그녀의 이름은 폴리냑 백작부인이었다. 마리 앙투아네트는 이 여인에게 다가가 왜 그동안 왕궁에 나타나지 않았냐고 물었다. 폴리냑 백작부인은 자신의 신분에 맞는 생활을 할 만큼 집안 사정이 넉넉하지 못하다고 솔직하게 털어놓았다. 이 솔직함이 왕비를 사로잡았다. 순수하고 깨끗한 영혼임에 틀림없었다. '이 부인이야말로 내가 꿈에 그리던 친구가 아닐까?' 하고 그녀를 곧바로 왕궁으로 불러들였다. 그리고 모든 사람들이 시샘할 정도로 눈에 띄는 총애를 퍼부었다. 어디든 함께 부인을 데리고 다녔다. 몇 달 사이에 가난했던 귀족 부인은 베르사유 궁전에서 생활하게 되었다.

하지만 안타깝게도 이 순수한 천사는 하늘에서 내려온 것이 아니었다. 빚더미에 앉은 집에서 온 것이었다. 폴리냑 백작 부인은 뜻밖의 기회를 어떻게든 이용하려했다. 재무대신들은 속을 달래

▲ 폴리냑 공작부인 Vigée Le Brun, 1783

느라 염불을 외워야 했다. 마리 앙투아네트는 부인을 위해 40만 리브르의 빚을 갚아주었다. 딸에게는 80만 리브르를 주었고 사위에게는 해군 대령 계급과 함께 7만 두카트의 연금이 나오는 토지를 주었다. 남편에게는 공작 지위를 부여했다. 이제 공작 부인이 된 폴리냑은 왕실 아기들을 돌보는 가정교사가 되었다. 폴리냑을 위해 프랑스는 매년 50만 리브르를 부담해야 했다. 충격을 받은 메르시 대사는 유례없는 일이라며 빈으로 소식을 전했다.

"짧은 기간에 그토록 많은 금액을 한 가문에 하사한 일은 없었습니다."

루이 14세나 루이 15세의 애첩조차 이렇게 많은 돈을 받은 적은 없었다. 사람들은 어안이 벙벙해졌고 자신의 이름과 명성을 함부로 남용하는 왕비를 이해할 수 없었다. 그러나 인간관계에서 중요한 것은 힘이 아니라 재간이다. 지성적 우월함이 아니라 의지의 우월함이다. 폴리냑 일가는 야심에 차 있었고, 끈질겼다. 그들은 계획적으로 왕비를 다른 사람들로부터 차단했다. 서로 팔짱을 끼고 다니고, 달콤하게 이야기를 나누는 친구 사이에 무슨 충고가 필요하겠는가. 또, 매일 매일 계산된 교활한 계획에 무슨 수가 있겠는가. 몇 년이 지나자 마리 앙투아네트는 철저하게 계산된 폴리냑 일가에게 완전히 예속되고 말았다. 그렇게 마지막 국고의 황금 물줄기가 몇몇 사람들의 손으로 흘러 들어가게 되었다. 대신들은 이런 물줄기를 막을 길이 없었다. 왜냐하면 프랑스에서 계급과 지위, 연금을 주는 것은 오로지 왕비 손에 달려 있었고, 그것을 보이지 않는 곳에서 조종하고 있었던 것이 폴리냑이었기 때문이다.

울타리 밖으로 추방되어 트리아농에 들어갈 수 없게 된 유서 깊은 귀족 가문들, 공을 세운 세대들은 분노했다. 그들의 탐욕스러운 손에는 절대 황금비가 내리지 않았다. "우리가 하찮은 폴리냑 가문만 못하단 말이야?" 이제야 애첩에게 휘둘리지 않는 겸손하고 정직한 국왕을 섬기게 되나 싶었는데 퐁파두르 *와 뒤바리가 없어진 지금 마땅히 우리에게 돌아와야 할 것들을 이제는 왕비가 총애하는 여자에게 구걸하란 말인가? 수 세기에 걸쳐 자리 잡은 귀족들을 제쳐두고, 갑자기 나타난 수상한 녀석들에게 둘러싸인 왕비가 주는 수모를 참아야만 하는가? 그들은 증오에 가득 찬 눈빛으로 왕비의 세계를 바라보고 있었다.

---

* 퐁파두르 부인(1721~1764)은 루이 15세에게 가장 많은 총애를 받았던 정부이다. 정치와 외교 분야에도 적극적으로 관여했다. 현재 프랑스 대통령 관저로 사용 중인 엘리제 궁전은 루이 15세가 퐁파두르에게 선물한 것이다.

요제프 2세의 방문

마리 앙투아네트는 경마, 오페라 극장 무도회, 가면무도회에 빠지지 않고 참석하여 날이 새기 전에 귀가하는 일이 없었다. 그렇게 새벽 네 시까지 도박에 빠져 그녀가 잃은 돈과 빚은 이미 세간의 분노를 불러일으키고 있었다. 자포자기한 메르시 대사는 빈에 연이어 보고를 올렸다.

"왕비 폐하께서는 모든 위엄을 잃으셨습니다. 갖가지 오락들이 워낙 쉴 새 없이 이어지기 때문에 왕비 폐하와 진지한 대화를 나눌 틈을 마련하는 건 쉬운 일이 아닙니다." 그해 겨울처럼 베르사유 궁전이 버림받은 적은 없었다. 메르시 대사는 그녀의 신경질적인 태도와 우울증에 관해 보고하기도 했다. 그리고 이제는 요제프 황제께서 몸소 베르사유로 오셔서 상황을 사실대로 보시고 왕비를 설득해 달라고 요청했다. 왕비를 줄곧 지켜봐 왔던 메르시는 지금이 왕비를 왕비 자신으로부터 구할 수 있는 마지막 기회라는 것을 알았던 것이다.

요제프 2세의 파리 여행에는 세 가지 목적이 있었다. 첫째, 매제인 국왕과 남자 대 남자로서 아직도 이루어지지 못한 결혼 생활의 불임 소문에 대해 진지한 대화를 나누는 것. 둘째, 오빠로서 도박에 빠진 동생을 꾸짖고 그 위험을 깨우쳐 주는 것. 셋째, 프랑스와 오스트리아 두 왕가 사이에 맺은 동맹을 견고하게 다지는 것이다. 하지만 그가 몰래 세운 목적은 한 가지가 더 있었다. 세상의 이목을 끄는 이번 방문을 통해 가능한 한 더 많은 존경과 찬사를 받는 것이었다. 고결하고 뛰어난 재능은 없지만 특히 허영심이 강한 그는 몇 년 전부터 전형적인 황태자 병에 걸려 있었다. 그는 성인이 되었는데도 여전히 명성을 떨치는 어머니의 그늘에 가려져 마음대로 할 수 있는 것이 없었다. '마차의 다섯 번째 바퀴' 같았다. 자신의 능력이 지적으로도, 도덕적 권위에서도 여제를 뛰어넘을 수 없다는 사실은 이미 알고 있었다. 어머니는 영웅적인 지배관을 유럽에 보여주었으므로 자신의 몫은 근대적이며 박애적이며 편견 없는 '계몽적인 민중의 황제' 역할이라고 생각했다. 그는 노동자처럼 일해보고, 평민의 옷을 입고 군중 속에 섞이기도 했다. 간이 군용침대에서 자기도 하는 동시에 이런 자신의 과시적인 검소한 행동들이 세상에 널리 널리 소문나기를 원했다. 여태까지는 이런 연기를 자기 나라에서만 보여줄 수 있었다. 그런데 드디어 넓은 세계무대에 나설 기회가 생긴 것이다. 여행을 앞둔 그는 몇 주 전부터 자신이 보여줄 수 있는 겸손한 모습들을 철저히 연습하고 있었다.

요제프 황제의 의도는 반쯤 성공했다. 하지만 역사는 속일 수 없었다. 그의 기록들에는 조급하게 시행했다 실패한 개혁들, 경솔한 처사들이 남겨졌다. 그나마 요제프 황제가 요절하는 바람에 오스트리아가 파멸을 면했던 것인지도 모른다. 그는 역사보다는 사람들이 쉽사리 믿는 전설을 자기편으로 만들었다. 오랫동안 자비로운 황제를 칭송하는 노래가 들려왔다. 수많은 소설에는 소박한 외투를 입은 무명의 귀족이 따뜻한 손길로 선행을 베풀고, 평민 출신의 소녀와 사랑에 빠지는 이야기가 그려졌다. 마지막 장면은 항상 "내 이름을 절대 알 수 없을걸. 내가 바로 요제프 황제요." 이런 말로 끝났다. 한편으로는 겸손한 척 하면서 사람들에게 존경받고자 어필했던 요제프 황제의 성격을 희화화한 것이다.

요제프 2세는 황제의 이름 대신 팔켄슈타인이라는 가명을 쓰고 베르사유의 진상을 확인하러 떠났다. 그 누구도 그를 '무슈' *외의 다른 호칭으로 불러서는 안 되며 그것은 프랑스 국왕도 예외가 아니었다. 또한 왕궁에 머무르지도 않고 빌린 마차만 이용했다. 물론 유럽의 모든 국가들은 그의 방문 일정을 소상히 파악

---

* Monsieur, 프랑스어로 남성에 대한 높임말

하고 있었다. 슈투트가르트에서는 뷔르템베르크 공작 *이 장난을 쳐서 모든 여관 간판을 다 치우도록 명령했기 때문에 이 민중의 황제께서는 공작의 성에서 묵을 수밖에 없었다. 하지만 그는 온 세상이 다 알아버린 익명을 끝까지 고집했다. 빌린 마차로 파리에 도착한 그는 무명의 팔켄슈타인 백작 신분으로 호텔에 묵었다. 베르사유에서는 더 저렴한 숙소를 얻었다. 그리고는 마치 캠핑을 하는 것처럼 야전용 침대에서 외투만 덮고 잤다.

놀랍게도 그의 예상은 적중했다. 사치에 휩싸인 국왕 일가만 보던 파리 민중들에게 이런 군주는 새로운 반향을 일으켰다. 그는 빈민들에게 나누어주는 죽을 맛보고, 학술원 회의와 의회에 참석하며, 농아 학교, 식물원 등 여러 공장에도 방문했다. 그는 사람들을 매료시켰다. 이렇게 진실과 거짓을 이중으로 연기하는 그는 자기분열을 항상 의식하고 있었다. 프랑스를 떠날 때 동생에게 이렇게 편지를 쓴다. "네가 나보다 낫기는 하지만, 사기를 치는 데는 내가 너보다 선수인 것 같다. 나의 겸손함과 소박함은 일부러 과장된 것이다. 하지만 나는 이곳에서 정말 과분한 영광을 받았고 아주 만족스러운 마음으로 이 왕국을 떠난다. 아쉬움은 전혀 없다. 이미 내 역할은 이걸로 충분하기 때문이다."

---

* 뷔르템베르크 왕국. 독일 제국을 구성했던 왕국으로 당시에는 공국이었다. 수도는 슈투트가르트였다.

요제프는 개인적인 성공과 더불어 계획했던 몇 가지 정치적 목적도 달성했다. 특히 매제와의 대화는 민감한 주제였는데도 불구하고 놀랍도록 원활히 진행되었다. 성실하고 상냥한 루이 16세는 깊은 신뢰로 처남을 맞이했다. 둘은 솔직하게 마음을 터놓고 이야기했다. 요제프 2세는 루이 16세에게 인간적인 존경을 느끼게 되었다. "프랑스 국왕을 처음 봤을 때는 바보 같고 허약한 줄 알았는데 차분하게 이야기를 나누어 보니 생각보다 지성인임을 알겠더라. 그에게는 아직 창세기에서 말하는 '빛이 있으라'의 순간이 찾아오지 않은 것뿐이다."

마리 앙투아네트는 복잡한 심경으로 오빠의 방문을 기다렸다. 가족과 솔직한 이야기를 터놓고 나눌 수 있다는 것은 기뻤지만, 늘 그랬듯이 황제에게 매섭게 혼날까 두려웠다. 얼마 전에도 그녀는 오빠에게 꾸중을 들어야 했다. "너는 또 무슨 일을 벌이고 있는 게냐. 대신들을 갈아 치우고, 예전 대신들은 시골로 추방시키고, 돈이 드는 관직들을 많이도 만들었더구나. 네가 무슨 권리로 프랑스 왕국에 간섭을 하고 있는 건지 한 번이라도 스스로에게 물어본 적이 있느냐? 네가 무슨 자격으로 감히 끼어드는 것이냐. 국가의 문제에는 각별히 깊이 있는 지식이 필요한데 말이다. 하루 종일 오락 외에는 아무것도 하지 않으면서, 한 달에 15분도 깊이 있는 대화를 나누지 않고, 결과는 생각하지 않고 행동하는 너는 내가 봤을 때는 너의 말과 행동이 초래할 결과들을 전혀 생각하지 못하고 있다." 트리아농 성에서 마음대로만 살아왔던 여인은 이 가혹한 말들을 참을 수 없었다.

그러나 상황은 그녀가 생각했던 것보다는 좋게 흘러갔다. 요제프 2세는 첫 만남에 비난을 퍼붓는 외교관은 아니었다. 그는 오히려 동생의 매력적인 외모에 대해 칭찬하며 또 한 번 결혼할 수 있다면 동생과 닮은 미모의 여성을 만나겠다고 매너 있게 말을 건넸다. 요제프 2세는 동생이 베푸는 다양한 파티에 흡족한 듯 참석하면서도 예리하게 관찰하고 있었다. 마리 앙투아네트가 남편에게 전혀 사랑을 느끼지 못하고 무관심한 태도로 일관한다는 걸 알아차렸다. 또 그녀의 악독한 친구들, 폴리냑 일족의 정체를 파악하는 것은 어려운 일이 아니었다. 두 달 동안 프랑스 전역을 다 돌아본 그는 국왕보다도 이 나라에 대해 더 많이 파악했다. 동생이 직면할 위험에 대해서도 동생보다 더 잘 알게 되었다. 그리고 경솔한 동생은 무슨 말을 들어도 한 귀로 듣고 한 귀로 흘리고 자신이 듣기 싫은 말은 싹 잊어버린다는 것을 알게 되었다. 그는 조용히 관찰하고 생각한 것들을 정리하여 30쪽이 넘는 교훈집을 썼다. 그리고 작별 인사를 나눌 때 동생에게 건네주었다. 글은 말보다 오래 남으니, 종이에 쓴 말들이 자신이 없더라도 그녀 곁에 남아 있으리라 생각한 것이다.

이 교훈집은 남아있는 기록들 중 마리 앙투아네트의 성격을 가장 잘 담고 있다. 요제프 2세는 동생에게 비위를 맞춰줄 필요가 전혀 없었다. 오로지 정신을 차리게 하려는 선의를 담아 꾹꾹 내려썼다. 황제는 직접적인 행동 지침을 적어 두지는 않았다. 그는 질문을 나열해 놓고, 생각하기 귀찮아하는 동생이 스스로 깨달을 수 있도록 하였다. 하지만 의도와는 달리 이런 질문들은 결국 그녀의 문제점들을 나열한 고발문이 되어버렸다.

"너는 성인이니까 이제 '어린아이니까'하는 변명은 통하지 않는다. 이렇게 계속 허송세월을 보내다간 앞으로 무슨 일이 일어나게 될지 아느냐?" 그리고는 자문자답을 한다. "불행한 사람이 되고 왕비로서는 더욱 불행한 왕비가 될 것이다."

"정말로 모든 기회를 다 찾아보았느냐? 국왕이 네게 표현한 감정들에 대답해 주었느냐? 국왕이 너와 대화를 나눌 때 네가 냉담하고 건성으로 대답한 것은 아니냐? 네가 그런 식으로 행동하는데 천성이 그런 사람이 어떻게 네게 접근하여 널 사랑한다고 할수 있겠느냐? 국왕에게 정말로 필요한 존재가 되어줄 수 없단 말이냐? 그 누구보다 너만큼 국왕의 명예와 행복을 바라는 사람은 없다고 자신 있게 말할 수 있겠느냐?" 국왕의 힘을 빌려 너 자신을 빛나게 하려는 욕심을 참아본 적이 있느냐?

"국왕도 도박에 손을 대지 않는데 네가 모든 왕족 가운데 유일하게 그 나쁜 짓을 하는 것이 어떤 의미인지 생각해 보거라. 또한 나에게 직접 말해줬던 가면무도회에서의 발칙한 모험들을 떠올려봐라. 나는 너의 모든 취미생활 중에 그게 제일 부적절하다고 생각한다. 시동생이 동행해도 소용없다. 그런 곳에서 누군지도 모르는 사람에게 왕비인걸 숨기는 일이 도대체 무슨 의미가 있단 말이냐? 가면을 쓴다 해서 네가 누군지 정말 못 알아볼 거라고 생각하느냐? 대체 무얼 위해 그곳에서 얼굴도 모르는 낯선 자들에게 음담패설을 듣고 왕비로서 적절치 못한 그런 모험을 한단 말이냐? 그건 정말 안 될 일이다. 국왕은 밤새도록 베르사유에 내버려 두고 파리의 불량배들과 어울리다니!"

이렇게 긴 설교 가운데 갑자기 소름끼치도록 미래를 예지하는 말이 튀어나온다.

"나는 지금 너를 생각하며 두려움에 떨고 있다. 계속 이런 식으로 살아갈 순 없다. 네가 대처하지 않는다면 혁명은 잔혹할 것이다." 다른 의미에서 쓰인 말이었겠지만, 무서운 예언가의 발언이었나.

요제프 2세의 방문은 마리 앙투아네트 생애에서 사소한 에피소드처럼 보일 수 있지만, 사실은 가장 결정적인 변화를 가져오게 된다. 황제가 루이 16세와 침실 문제를 두고 나눈 대담의 효과가 몇 주 만에 벌써 나타났기 때문이다. 격려를 받은 국왕은 용기를 내어 부부생활의 의무에 임했다.

1777년 8월 30일 마침내 승리의 팡파레가 울린다. 7년에 걸친 에로스의 전쟁에서 패배만을 거듭해 온 남편이 처음으로 승리를 거둔 것이었다. "저는 인생에서 최고의 행복에 잠겨있어요. 처음에는 어머니에게 급사를 보낼까 생각했지만 사람들 소문에 오르내릴까 겁이 나는 데다, 우선은 제가 이 일에 대한 완전한 확신을 갖고 싶었어요. 조금만 시간이 지나면 곧 아이를 갖게 될 거라는 희망이 있어요." 누구보다 이 소식에 관심이 많았던 스페인 대사는 자국 정부에 이 운명적인 일이 일어난 날짜(8월 25일)까지 보고했는데, 이렇게 덧붙인다. "이 사건은 흥미롭고 공적으로도 중요하기 때문에 모르파, 베르젠 두 재상과 이야기 나눈바, 두 사람 모두에게 확인을 받았습니다."

4월이 되어서야 마리 앙투아네트의 간절한 소원이 이루어졌다. 임신 징후가 느껴지자 그녀는 당장 어머니에게 급사를 파견하라고 했지만, 궁정의 의사는 일단은 기다리자며 조언했다. 5월 5일 메르시는 확실한 것 같다며 보고를 올렸고, 8월 4일 임신 사실이 공식적으로 발표되었다.

"그 이후로 아기가 자주 움직여서 얼마나 기쁜지 모릅니다." 왕비는 마리아 테레지아에게 편지를 썼다. 그녀는 왕에게 아버지가 되었다는 사실을 놀리며 알리는 일이 마냥 즐겁기만 했다. 남편에게 가서 불쾌한 표정을 지으며 "무엄하게도 제 배를 발로 마구 차는 폐하의 신하에 대해 하소연을 좀 해야겠습니다."하고 말했다. 국왕은 처음에는 이해하지 못하다가, 자랑스럽게 웃어 보이며 아내를 끌어안았다. 그때부터 다양한 공식 행사들이 시작되었다. 교회에서는 감사의 찬미가가 울리고, 파리 대주교는 산모와 아기의 안녕을 비는 기도회를 열었다. 신중을 다해 유모를 고르고, 가난한 이들에게 나눠줄 10만 리브르를 준비했다. 온 세상이 이 대사를 긴장하며 지켜보고 있었다. 프랑스 왕비의 출산은 단순히 개인적인 가정사가 아니었다. 출산은 오랜 관습에 따라 모든 공자와 공녀들이 참석한 가운데 온 궁정의 감독하에 이루어져야 했다. 왕실에 속하는 모든 사람과 최고 서열의 고위 관직자들은 출산할 때 산실에 들어갈 수 있는 권리를 가지고 있었다. 물론 누구도 이런 야만적이고 비위생적인 특권을 포기할 생각이 없었다. 작은 도시 베르사유는 가장 작은 다락방까지 사람들로 가득 찼다. 많은 인파가 몰려드는 바람에 생필품 가격은 세 배로 치솟았다.

드디어 12월 18일 밤, 온 궁중에 종소리가 울려 퍼졌다. 진통이 시작된 것이다. 몇 분이 지나지 않아, 귀족들이 우르르 몰려들었다. 좁은 방을 빼곡하게 채운 구경꾼들은 침대를 중심으로 계급순으로 늘어놓은 의자에 앉았다. 앞줄을 차지하지 못한 사람들은 왕비의 움직임을 하나라도 놓칠까 의자와 소파 위에 올라가기까지 했다. 방 안 공기는 50여 명의 숨결과 식초 그리고 향료 냄새로 점점 더 탁해져갔다. 하지만 아무도 창문을 열거나 자리를 떠나지 않았다. 이 고통의 시간이 7시간이나 흘러서야 오전 열한 시 반에 마리 앙투아네트는 아기를 분만했다. 딸이었다. 왕녀는 옆방으로 옮겨져 첫 목욕을 하고 국왕은 그 뒤를 따라갔다. 왕에 이어 호기심 많은 왕궁 사람들이 우르르 따라가려고 할 때 산과 의가 높은 목소리로 외친다.

"환기하고 뜨거운 물을 가져오시오! 사혈을 해야겠소."

피가 머리에 치솟아 왕비가 기절하고 만 것이다. 탁한 공기 때문에, 어쩌면 50명의 구경꾼들 앞에서 고통을 참으려 긴장했던 것일지도 모른다. 그녀는 베개에 머리를 묻은 채로 꼼짝도 하지 않고 숨을 거칠게 몰아쉬고 있었다. 깜짝 놀란 국왕은 창문을 직접 열었고 모두가 놀라 우왕좌왕하고 있었다. 그러나 아무리 기다려도 뜨거운 물은 오지 않았다. 신하들은 출산에 대비해 중세적인 의식들을 죄다 준비했다. 하지만 가장 기본적인 조치인 따뜻한 물을 준비하는 것은 생각지 못했다. 외과의는 더 이상 기다릴 수 없어 준비도 없이 사혈을 감행했다. 발끝을 따주니 혈관에서 피가 솟구치고 왕비가 눈을 떴다. 안도의 환호성이 터져 나오고 사람들은 서로 포옹하며 축하의 기쁨을 나누었다.

이제 어머니로서의 행복이 시작되었다. 새로 탄생한 왕손을 위해 축포가 터졌다. 왕세자의 탄생을 알리는 101발이 아닌 공주를 위한 21발이었지만 베르사유와 파리는 환호했다. 전국의 가난한 사람들에게 하사금이 분배되고 죄수들은 감옥에서 석방되었다.

백 쌍의 커플이 국왕에게 새 옷을 선물 받아 결혼식을 치루었다. 불꽃축제가 벌어지고 분수에서는 포도주가 넘쳐흘렀다. 그러나 오직 한 사람만은 완전히 만족할 수 없었다. 바로 마리아 테레지아였다. 외손녀가 태어남으로써 딸의 지위가 나아지기는 했으나 아직 견고한 것은 아니라고 생각했다. 정치인으로서 그녀가 생각했던 것은 사적인 가정의 행복뿐만 아니라 왕가의 계승이었다. 그녀는 딸에게 경거망동해서는 안 된다고 거듭 조언했다.

"국왕은 일찍 자고 일찍 일어나는데 왕비가 정반대의 생활을 하니 어떻게 좋은 결과를 기대할 수가 있겠느냐? 지금까지는 삼가왔지만 이제는 나서지 않을 수가 없구나. 왕가의 핏줄을 잇지 못한다는 것은 범죄나 다름없다." 그녀는 딸이 왕세자를 낳는 것을 생전에 보지 못할까 초조했다.

그러나 그녀에게 합스부르크가의 혈통을 이을 장래의 프랑스 국왕을 볼 수 있는 마지막 기쁨은 주어지지 않았다. 마리 앙투아네트의 다음 임신은 유산되었다. 마리아 테레지아는 1780년 11월 29일 폐렴으로 세상을 떠나고 말았다. 이미 오래전에 인생에 환멸을 느낀 노부인에게는 삶에 두 가지 미련이 있었다. 프랑스 왕좌를 이어받을 손자를 보는 것. 그리고 사랑하는 자식이 불행에 빠지는 것을 보지 않았으면 하는 소망이었다.

두 번째 소망만은 다행히도 신이 들어주었다. 마리아 테레지아가 세상을 떠난 지 1년이 지나고 마리 앙투아네트는 그토록 바라던 아들을 낳았다. 첫 출산 때의 기절 소동을 생각해서 이번에는 극히 가까운 가족들만 산실에 들어오도록 했다. 이번 출산은 순산이었지만 왕비는 더 이상 힘이 남아나질 않아 아들인지 딸인지 물어볼 기운도 없었다. 그때 국왕이 침상으로 다가와 눈물을 흘리며 "왕세자가 들어오기를 바라오."라고 말한다. 환호성이 터져 나오고, 곧 두 문이 열려 포대기에 싼 아기, 노르망디 공작이 어머니의 품에 안겼다. 그러나 세례 의식을 거행한 사람은 바로 결정적인 순간에 언제나 그녀의 길을 가로막는 로앙 추기경이었다.

성대한 축제가 연이어 열렸다. 성당에서는 미사를 진행하고, 파리 시청에서는 상인들이 연회를 개최했다. 영국과의 전쟁, 궁핍, 모든 불쾌한 일들은 잊혀졌다. 이 순간 지상에는 불화도 불만도 존재하지 않았다.

마리 앙투아네트는 1785년에 둘째 아들, 루이 17세를 낳는다. 1787년에는 넷째이자 막내인 소피 베아트릭스를 낳았으나 겨우 열한 달 만에 죽는다. 어머니가 된 마리 앙투아네트에게 큰 변화가 찾아왔다. 아이를 가질 때마다 향락에서 멀어졌고, 아이들과 보내는 시간이 도박 테이블에서 한심한 놀이를 하는 것보다 훨씬 더 행복했다. 이제 드디어 스스로를 되돌아볼 수 있는 길이 열린 것이다. 조용하고 평화로운 시간이 몇 년만 더 주어졌다면 그녀의 마음도 그녀의 아름다운 눈동자처럼 차분해질 수 있었을 것이다. 무의미한 혼란에서 벗어나 천천히 아이들이 성장하는 것을

지켜볼 수 있었을지도 모른다. 하지만 운명은 그녀에게 시간을
주지 않았다. 내면의 동요가 끝나는 순간, 세상의 동요가 시작되
었다.

◀ 마리 앙투아네트와 마리 테레즈, 루이 17세 Adolf Ulrik Wertmüller, 1785

음모의 그림자

왕세자의 탄생은 마리 앙투아네트의 권력 그 정점을 의미했다. 그녀는 왕국에 왕위 계승자를 안겨줌으로써 또 한 번 진정한 왕비가 되었다. 백성들의 열광적인 환호는 온갖 논란에도 불구하고 프랑스 사람들의 마음속에 전통적인 왕가에 대한 무한한 애정과 신뢰가 얼마나 강한지 보여주었다. 이제 트리아농에서 베르사유와 파리로, 로코코에서 현실 세계로 돌아오기만 하면 모든 것을 얻게 되는 판이었다.

하지만 어려운 시간들이 지나가자 그녀는 다시 향락의 생활로 돌아갔다. 백성들의 축제가 끝나자 트리아농에서는 다시 사치스러운 축제가 시작되었다. 이제는 무한한 인내심도 바닥을 드러내어 행복의 분수령에 다다르게 되었다. 이제부터 물길은 심연을 향해 흘러 들어가기 시작했다.

베르사유 궁전은 점점 더 고요해졌다. 접대에 나타나는 귀족과 귀부인들이 점점 줄어들고, 그 몇 안 되는 사람들마저 노골적으로 냉담하게 굴었다. 아직 예의는 지키고 있었지만, 형식적일 뿐이었다. 궁중의 예법에 따라 손등에 입을 맞추었지만, 왕비가 말 한마디라도 걸어 주길 바라는 은총에는 더 이상 매달리지 않았다. 그들의 시선은 어두우면서도 낯설었다. 마리 앙투아네트가 극장에 들어설 때도 관중들은 전처럼 열광적으로 기립하지 않았다. 익숙했던 "왕비 마마 만세" 소리도 거리에서 사라져갔다. 더 이상 그녀에게 충성을 맹세하지 않았다. 그녀의 의견에 거역하지는 않았지만, 침묵했다. 그것은 모반의 침묵이었다.

이 은밀한 모반의 본부는 왕실이 소유한 네다섯 개의 성에 분산되어 있었다. 뤽상부르, 팔레 루아얄, 벨뷔 궁 그리고 베르사유였다. 그들은 왕비의 트리아농 성에 반기를 들었다. 이 증오의 합창을 지휘한 것은 세 명의 늙은 시고모들이었다. 어리기만 했던 꼬마가 자신들의 손에서 벗어나 왕비가 되고, 자기들 위에 군림하게 될 정도로 커 버렸다는 것이 탐탁지 않았던 모양이다. 시고모들은 아무것도 할 수 없는 채로 벨뷔 궁으로 쫓겨나고 말았다. 마리 앙투아네트가 승승장구하는 동안 아무도 그들을 돌보지 않았다. 그들은 소외되어 방에 틀어박혀 지냈다.

그러나 마리 앙투아네트가 점점 백성들의 사랑을 잃어갈수록 벨뷔 궁의 문이 다시 활짝 열리기 시작했다. 트리아농에 초대받지 못한 귀족들, 자리에서 밀려난 대신들, 오랜 프랑스의 전통을 그리워하는 모든 사람들이 세 여성의 살롱에서 정기적인 모임을 가졌다. *

벨뷔 궁에 있는 세 시고모의 방은 비밀스러운 독약을 조제하는 약방이 되었다. 세간의 험담, 오스트리아 여자가 저지른 괴상한 행동들과 악담들이 한 방울씩 모여 병에 담겼다. 그곳은 뒷담화의 아틀리에였다. 신랄한 시들이 지어져 낭독되고 곧 베르사유도 시끌벅적해졌다. 시간의 톱니바퀴를 다시 돌려놓고 싶어 하는 이들, 권세를 잃고 좌절한 사람들, 버려진 구세대의 사람들이 모두 복수를 위해 모였다. 하지만 증오의 독은 가엾고 선량한 국왕을 향하지는 않았다. 원한은 오직 젊고 발랄하고 행복한 왕비 마리 앙투아네트만을 향했다. 이빨 빠진 옛 세대보다 더 위험한 것은 새로운 세대였다.

베르사유는 배타적이고 무심했다. 프랑스가 놓인 상황과 나라를 움직이고 있는 새로운 조류를 전혀 눈치채지 못했다. 지성 있

---

* 프랑스의 살롱 문화는 주로 상류층 여성들이 자신들의 집에서 정기적인 모임을 주최하며 발달했다. 살롱은 지적 대화의 중심지로 작가, 철학자, 예술가, 정치인 등 다양한 사람들이 참여했다.

는 시민 계급은 잠에서 깨어나 루소 *의 작품을 통해 자신의 권리에 대한 깨우침을 얻었다. 또한 이웃 나라인 영국의 민주적인 정치체제를 목격하고 있었다. 미국의 독립 전쟁에서 돌아온 사람들은 자유와 평등의 이념으로 신분과 계급이 철폐되었다는 소식을 전해주었다. 그러나 프랑스에는 궁정의 무능으로 정체와 쇠퇴만이 남아있었다. 주변 국가들은 모두 강국으로 발전해 가고 있는 마당에 프랑스의 정치적 지위는 흔들렸다. 부채는 늘어나고, 군대의 힘은 약해지고, 식민지는 잃어가고. 이런 모습을 바라보며 계몽된 이들은 격노했다. 그리고 이 그릇된 통치의 종지부를 찍고 종말을 고하려는 세력이 자라나고 있었다.

마리 앙투아네트에게는 어떤 것도 기대할 수 없었다. 어머니나 오빠의 위임을 받은 대사가 재촉할 때면 "내가 어떻게 해야 할지 말씀해 보세요. 그대로 할 테니까요."라고 말했다. "심각한 문제가 발생하면 왕비는 행동하기를 불안해하고 두려워하십니다." 메르시가 말했다. "하지만 사악하고 교활한 무리의 부탁을 들어주기 위해서라면 무슨 일이든 하십니다." 이제 장군, 외교가, 대신

---

* 장 자크 루소(1712~1778)는 스위스 출신의 프랑스 철학자이다. 현대 민주주의 발전에 큰 영향을 끼쳤다. 사람들은 사유 재산이 발생함과 동시에 불평등한 상태에 처하게 되는데 이를 극복하기 위해 계약을 맺어 국가를 구성한다고 주장했다. 루소에 따르면 사회 계약의 주체인 구성원 모두가 주권자가 된다. 따라서 군주가 권력을 남용할 경우 국민은 그 권력에 저항할 수 있다.

들은 한 명도 쓸 만한 인물이 없었다. 제멋대로 정치가 파국에 이르렀을 때 프랑스 왕국은 재정 파탄을 향해 가고 있었다. 그사이에 새로운 시대, 보다 나은 세상, 정의로운 책임의 분배를 요구하는 사람들의 불만은 오를레앙 공작 *의 루아얄궁에 집결되고 있었다.

루아얄궁과 벨뷔궁 그 어디에도 소속되지 않았지만 왕비의 가장 위험한 적이었던 인물은 남편의 친동생이자 훗날 루이 18세가 되는 프로방스 백작이었다. 소리 없이 움직이는 책략가인 그는 조심스럽게 행동하며 성급하게 일에 말려들지 않았다. 일부러 어떤 쪽에도 속하지 않고 운명이 그에게 선사해 줄 그 순간만을 기다렸다. 왜냐하면 루이 16세와 17세가 처리되고 나서야 마침내 국왕이, 루이 18세가 될 수 있었기 때문이다. 그는 야망과 명예욕을 어린 시절부터 가슴에 품고 있었다. 하지만 왕세자의 탄생은 왕위 계승의 마지막 꿈을 꺾어놓았다. "이제 정상적인 길은 막혔으니, 뒷길을 노리는 수밖에 없다!" 그길로 그는 비록 30년 후이기는 하지만 바라던 목표를 이루게 된다.

---

* 오를레앙 공작(1747~1793)은 프랑스 왕국의 5%를 영지로 갖고 있었던 최대 영주였다. 그는 루이 16세의 먼 친척으로 프랑스 직계 왕실이 끊어지면 왕위계승권 순위가 1순위였다. 그는 왕이 되고자 프랑스 혁명의 물주가 되어 혁명가들을 지원한다. 자택 루아얄 궁을 개방하고, 많은 자유주의 사상가들을 불러 모은다. 왕국 최대 귀족이 혁명가들을 보호한 덕에 혁명 세력은 힘을 키워 나갈 수 있었다.

1785년 8월의 첫 주, 왕비는 분주했다. 하지만 정치적 상황이 어려워졌다거나 네덜란드의 반란이 프랑스와 오스트리아의 동맹을 가장 위험한 시험대에 올려놓았기 때문은 아니었다. 왕비에게는 트리아농의 로코코식 극장이 더 중요했다. 그녀가 신이 난 이유는 보마르셰가 쓴 희곡『세비야의 이발사』의 첫 공연이 임박했기 때문이다. 보마르셰는 10년 전 루이 16세의 무능함을 온 세상에 떠들어대다가 마리아 테레지아의 공분을 사서 체포된 인물이었다. 하지만 국왕의 아내만은 그 사실을 새카맣게 잊어버리고 있었다.

1781년에 발표된 보마르셰의 희곡『피가로의 결혼』*에서 불길한 냄새를 맡은 검열관들은 상연을 금지시켰다. 작품을 공연할 수 있는 방법을 백방으로 알아보던 보마르셰는 드디어 국왕 앞에서 직접 작품을 선보이는 데 성공했다. 하지만 아무리 선량한 국왕이라도 이 작품에 담긴 반항적인 선동 요소들을 못 알아볼 리는 없었다.

"존중받아야 할 가치들을 모두 우스꽝스럽게 만들어 놓았군."

---

*『피가로의 결혼』은 사회풍자 희곡으로 계급 간의 불평등을 비판했다. 프랑스 혁명 전의 사회적 불만이 잘 나타난다.

"그럼 이 작품은 공연될 수 없단 소리인가요?"

재미있는 연극을 나라의 안녕보다 중요하게 생각했던 왕비는 실망해서 물었다.

"안 돼, 절대로 안 되지." 국왕은 이 공연을 극구 반대했다. 하지만 국왕은 지폐와 공문서 위에만 존재할 뿐, 군주는 왕비가 지배하고 왕비 위에는 폴리냑 일당이 있었다.

자기 파괴적인 충동에 사로잡혀 있던 당시 귀족들은 이 희극에 빠져들었다. 그 이유는 첫째로 귀족들 자신들을 조롱했기 때문이고, 둘째로 루이 16세가 이 희곡을 금지시켰기 때문이다. 왕비를 둘러싼 패거리들은 힘을 합치면 왕관을 쓴 허약한 한 사람 정도는 꺾을 수 있다는 것을 증명해 보이고 싶었다. 그들은 국왕에게 간청하기 위해 아르투아 백작과 마리 앙투아네트를 보냈다. 언제나 그렇듯 주관이 없었던 국왕은 아내가 요청하자 고개를 끄덕였다. 1784년 4월 17일 테아트르 프랑세에서 『피가로의 결혼』이 상영되었다. 보마르셰가 루이 16세에 승리를 거둔 것이다.

마리 앙투아네트는 그런 상황에서 보마르셰의 희극을 멀리하고 최소한의 이성이라도 지켜야 했다. 자신의 명예에 먹칠을 한, 국왕을 파리의 웃음거리로 만든 보마르셰의 배역을 직접 맡았다는 사실만은 뽐내고 다니지 말았어야 했다. 그러나 그녀는 본능적으로 유행을 따랐다. 보마르셰는 국왕에 승리를 거둔 후 엄청난 인기를 누리고 있었다. 왕비는 그 인기에 휩쓸렸다. '겨우 연

극일 뿐이잖아. 더구나 장난꾸러기 소녀, 얼마나 탐나는 역할인지!'

『세비야의 이발사』 리허설이 끝났다. 마리 앙투아네트는 극도의 불안감에 휩싸여 바쁘게 움직였다. 로지네 역에 어울릴 만큼 어려 보일 수 있을까? 초대한 친구들이 객석을 꽉 메웠는데 아마추어 배우보다 못하게 보이면 어떡하지? 연기를 봐 주기로 한 마담 캉팡은 왜 안 오는 걸까?

마침내 그녀가 나타났다. 그런데 무슨 일이 벌어진 걸까? 그녀는 뛰어오면서 숨이 찬 목소리로 말했다. 어제 궁중 보석상 뵈머가 그녀의 집에 와서 왕비를 찾아뵙기를 청하더라고 더듬거렸다.

"뵈머에게 아주 이상한 이야기를 들었어요. 왕비께서 몇 달 전에 뵈머에게 비싼 다이아몬드 목걸이를 가져오게 하셨고, 대금은 할부로 지불하시기로 했다는 겁니다. 그런데 할부금의 첫 지불일이 벌써 한참 전에 지났는데도 일절 한 푼도 지불되지 않았고… 채권자들은 돈이 필요하다며 불같이 독촉을 하고 있다고 합니다."

"뭐라고? 다이아몬드라니! 어떤 목걸이를 말하는 거지? 할부금이라니?" 왕비는 이해할 수가 없었다. 뵈머와 바상주, 이 두 보석상이 만들었다는 비싼 목걸이를 물론 알고는 있었다. 그 두 사람이 두 번, 세 번이나 160만 리브르에 팔려고 했었다. 왕비는 그 화려한 작품이 갖고 싶었지만 재상들은 번번이 적자라며 돈을 내주지 않았다.

'참, 이제야 기억나는군. 일주일전쯤에 감사하다느니, 값비싼 장신구가 어떻다더니 하는 이상한 편지 한 통이 보석상에게 온 적이 있었다. 그 편지가 어디 있더라? 아 맞다, 태워버렸지.' 그녀는 편지를 제대로 읽은 적이 없었기 때문에 그때도 감사하다는 이해할 수 없는 이상한 편지를 그 자리에서 태워버렸다. 마리 앙투아네트는 즉시 비서를 시켜 뵈머에게 편지를 썼다. 당장 오라는 것은 아니었고 8월 9일에 찾아오라고 했다. 맞다, 바보를 상대하는 일은 그리 급할 것도 없지. 지금은 '세비야의 이발사'를 연습하는 것만으로도 바쁘니까.

8월 9일, 얼굴이 하얗게 질린 창백한 모습으로 보석상 뵈머가 나타났다. 그가 하는 이야기들은 도무지 이해가 가질 않았다. 처음에 왕비는 이 사람이 미치광이인 줄 알았다. 발루아라는 부인이 그 목걸이를 보더니 왕비가 남몰래 사고 싶어 한다고 했다는 것이다.

"뭐라고? 내 친한 친구라고? 그런 이름의 여자는 만나본 적도 없는걸!" 그리고는 로앙 추기경께서 왕비 폐하 대신 목걸이를 받아 갔다는 것이다. "뭐라고, 그 꺼림칙한 작자가? 그와는 말 한 마디도 한 적이 없는데?" 이 모든 이야기는 어처구니없게 들려도 말하는 태도를 보아하니 완전 거짓말은 아닌 듯싶었다. 그 불쌍한 남자는 손발을 덜덜 떨고 있었다. 왕비는 누군지도 모르는 사람이 자신의 이름을 함부로 도용한 것에 대해 화가 났다. 이것은 사기극이 분명했다. 하지만 아직 대신들에게는 알려선 안 될 것 같았다. 친구와도 상의하지 않았다. 8월 14일, 국왕에게만 이 사안을 털어놓고 자신의 명예를 지켜달라고 부탁했다.

루이 드 로앙 추기경. 몇 년 전부터 그녀가 마음속으로 증오해 왔던 이름이었다. 로앙와 마리 앙투아네트 사이에 처음으로 쐐기를 박은 사람은 마리아 테레지아였다. 어머니의 증오는 마리 앙투아네트로 이어졌다. 스트라스부르에서 추기경이 되기 전 로앙은 빈 주재 대사직을 맡고 있었다. 여제는 유능한 외교관을 기대하고 있었으나 오만한 허세꾼이 나타난 것이었다. 그저 정신적으로 부족한 것이라면 참을 수 있었을 것이다. 다른 나라의 사신이 좀 모자라는 건 자기 나라 정치에 오히려 좋은 일이기 때문이다. 하지만 그는 허영심에 가득 차 있었다. 그는 오색빛깔 비단 제복에 레이스를 늘어뜨린 하인들 숲에 둘러싸여, 대담하게도 황제의 궁정을 그림자처럼 만들어 버릴 만큼 호화롭게 빈에 입성했다.

마리아 테레지아는 종교와 법도에 관한 문제만큼은 용납할 수 없었다. 신성한 의식을 치르는 성직자가 성스러운 의복을 벗어던지고 여자들에게 둘러싸여 하루 만에 야생동물 130여 마리를 사냥하는 광경은 신앙심 깊은 그녀에게 큰 충격이었다. 방탕하고 경박하기 짝이 없는 그의 행동이 빈에서 비난의 대상이 되는 대신, 오히려 환영을 받자 그녀의 분노는 걷잡을 수 없이 커져갔다. 쇤브룬 궁의 엄격한 생활에 진저리가 났던 귀족들은 로앙이 여는 파티에 몰려갔다. 그녀는 엄격하게 가톨릭을 신봉하는 빈이 경박한 베르사유나 트리아농처럼 되는 걸 지켜보지만은 않았다.

마리 앙투아네트는 왕비가 되자 어머니의 뜻에 따라 루이 로앙을 빈에서 소환했다. 그는 대사 자리를 잃은 대신 주교로 올라앉았다. 그는 백성들을 위해 국왕의 자선 물품들을 나누어 주는 자선 주교가 되었다. 그의 수입은 엄청났다. 스트라스부르 주교가 되었을 뿐만 아니라, 알자스의 태수가 되고 바아스트 수도원의 원장이 되었다. 또한 왕립 구빈소의 소장과 소르본의 관리인을 겸하였다. 어떤 공로인지 프랑스 학술원 회원이기도 했다. 수입은 막대하게 늘어갔지만 놀랍게도 지출은 언제나 그 수입을 뛰어넘었다. 그는 수백만을 들여 스트라스부르에 주교의 궁전을 새로 지었고, 사치스러운 축제를 계속 열었다. 곧 주교의 재정 상태가 매우 안 좋다는 소문이 퍼지게 되었다. 고등법원에서도 로앙이 주도하는 구빈소의 적자 문제에 대해 조사하기 시작했다. 마리 앙투아네트는 이 경박한 작자가 돈을 마련하기 위해 왕비 이름으로 사기극을 꾸몄구나 확신했다.

"추기경 로앙이 제 이름을 도용했어요. 아무도 몰래 약속한 기일까지 보석상들에게 돈을 지불할 수 있기를 바랐을 거예요."

그녀는 자신의 명예에 가장 뻔뻔스럽게 도전한 추기경을 처벌해달라고 국왕에게 요청했다. 아내의 말이면 그저 따랐던 국왕은 보석상이나 추기경을 불러 물어보거나, 서류를 검토해 보지도 않은 채 노여움을 달래주기에 바빴다. 2월 13일 국왕은 갑자기 추기경을 체포하겠다고 명을 내린다.

"추기경을?" "로앙 추기경을?"

대신들은 깜짝 놀라 어안이 벙벙했다. 마침내 누군가가 조심스럽게 나서서 그렇게 높은 신분의 종교지도자를 한낱 범죄자처럼 공개적으로 구속하는 것은 좀 그렇지 않냐는 고견을 내놓았다. 그렇지만 마리 앙투아네트는 공공연하고 수치스러운 형벌을 요구하고 있었다. 이번 일을 본보기로 왕비의 이름은 어떤 비열한 일에도 남용되어서는 안 된다는 확실한 선례를 남겨야 했다. 국왕은 단호하게 공개적인 절차를 요구했다. 각료들은 불길한 예감이 들고 내키지 않으면서도 압박에 굴복했다. 몇 시간이 지나지 않아 예기치 못한 장면이 펼쳐졌다. 성모 승천 일을 맞아 베르사유 궁정 사람 모두가 축하 문안을 드리기 위해 나타난 것이다. 회랑은 궁중 신하들과 고위 관료들로 가득 차 있었다. 영문을 모르는 주인공 로앙도 추기경복을 입고 국왕 방 앞에서 대기하고 있었다.

그러나 루이 16세가 미사에 참여하기 위해 납시는 대신 시종한 사람이 로앙에게 다가갔다. 국왕께서 그를 따로 부르셨다는 전갈이었다. 로앙이 방에 들어섰을 때 왕비는 입술을 깨물고 외면한 채 그의 인사도 무시하고 있었다. 그 앞에는 얼음처럼 냉랭하게 바롱 브레퇴이유 대신이 서 있었다. 국왕은 단도직입적으로 질문을 시작했다.

"친애하는 추기경, 왕비의 이름으로 산 다이아몬드 목걸이는 대체 어찌 된 것이오?" 로앙은 얼굴이 창백해졌다. 전혀 예상치 못했던 질문이었다.

"폐하, 저도 속은 것입니다. 저는 목걸이를 사지 않았습니다." 그는 더듬거리며 대답했다.

"만약 상황이 그렇다면, 친애하는 추기경, 걱정할 것 없소. 사실대로 말씀해 보시오."

로앙은 대답할 수 없었다. 마리 앙투아네트는 그를 위협적으로 째려보았다. 말문이 막힌 그의 모습에 국왕은 연민이 생겼는지 보고할 것을 글로 적어오라 명했다. 혼자 남은 추기경은 열다섯 줄 정도를 종이에 적어 국왕에게 넘겨주었다. 발루아라는 이름의 어떤 여자가 왕비를 위해 목걸이를 구입하도록 설득하는 바람에 그러겠다고 했는데 이제야 자신이 속았음을 깨달았다는 이야기였다.

"그 여자는 지금 어디에 있는가?"

"폐하, 저도 모릅니다."

"그렇다면 그 목걸이는 지금 자네가 가지고 있는가?"

"그것은 그 여자의 손에 있습니다."

국왕은 옥새를 지닌 대신들을 불러들여 두 보석상이 낸 진정서를 낭독하게 했다. 국왕은 왕비의 손에 의해 쓰였다는 위임장의 행방에 대해 물었다. 당황한 추기경은 실토할 수밖에 없었다.

"전하, 그것은 제 집에 있습니다. 하지만 그것은 위조된 것입니다."

"어쨌든 있긴 있군." 국왕이 말했다.

추기경이 목걸이값을 치르겠다고 했으나 국왕은 엄격히 말을 끊었다.

"추기경, 이런 정황에서는 경의 집을 압류하고 경을 체포할 수밖에 없소. 지금 소중한 왕비의 이름이 위태로운 상황에서 짐으로서는 한시도 지체할 수가 없소."

로앙은 그런 불명예스러운 일을 당할 순 없었다. 지금은 신 앞에 나아가 미사를 집전해야 할 시간이니 그것만은 면하게 해달라고 간청했다. 마음이 약했던 국왕은 사기당했다는 남자가 이토록 절규하며 매달리니 마음이 흔들렸다. 그러자 마리 앙투아네트는 더 이상 참지 못하고 눈물을 글썽이며 말했다. 내가 국왕 몰래 거래를 맺자고 어찌 8년 동안 말 한마디 섞은 적 없는 당신을 중개인으로 이용할 수가 있겠냐며 따졌다. 이런 비난에 추기경은 아무 말도 하지 못하고 서 있었다. 자신도 어찌하여 이 바보 같은 사건에 휘말리게 된 것인지 도무지 알 수가 없었다. 왕은 안타까웠지만 "로앙 경이 스스로 정당함을 밝혀주길 바라오. 짐은 국왕으로서, 남편으로서 책임을 다할 뿐이오."라고 말했다.

밖에서는 알현실을 가득 메운 귀족들이 호기심에 들떠 기다리고 있었다. 미사를 드릴 시간은 벌써 한참 지났는데 왜 이렇게 오래 걸리는 걸까? 무슨 일일까? 심상치 않은 공기가 흘렀다. 갑자기 어전으로 통하는 문이 활짝 열렸다. 추기경은 자주색 제의를 입고 입술을 꽉 다문 채 창백한 얼굴로 나타났다. 브레퇴이유는 얼굴이 벌게져서 그 뒤를 따랐다. 그는 방 한가운데서 일부러 큰소리로 외쳤다.

"추기경을 체포하라!" 모두가 멍하니 얼어붙었다. 추기경이 체포되다니! 브레퇴이유가 술에 취한 거 아닐까? 로앙은 반항하지도 화를 내지도 않고 순순히 경비병 쪽으로 갔다. 구석진 방에서 궁정 경비병에게 넘겨질 때 드디어 정신을 차린 로앙은 사람들이 혼란스러워하는 틈을 타 잽싸게 종이에 몇 줄을 적어 던졌다. 로앙의 시종은 황급히 말 위에 몸을 날려 그 쪽지를 들고 스트라스부르 대저택으로 향했다. 집안일을 돌보는 신부에게 쓴 편지로, 붉은 가방에 들어 있는 편지들을 빨리 모조리 불태워 없애라는 명령이었다. 후에 재판에서 밝혀진 바로는, 그 문서들은 위조된 왕비의 편지들이었다. 프랑스의 자선 주교가 국왕과 궁정 사람들 앞에서 미사를 집전해야 할 순간에 바스티유로 보내진 것은 전례 없는 일이었다. 동시에 아직 분명히 밝혀진 것 없는 이 사건에 관여된 공범자들을 모조리 구속하라는 명령이 떨어졌다. 결국 베르사유에서는 미사가 거행되지 못했다.

왕비는 너무나 어이가 없는 나머지 아직도 정신이 혼미했다. 이제 그녀의 명예를 더럽히던 자들, 비방하던 자들은 제거될 것이다. '다들 그런 악당을 구속한 것을 축하하러 몰려오겠지? 오랫동안 겁쟁이라 무시당하던 국왕이 성직자 중에서 가장 품위 없던 이 신부를 단호하게 잡아넣었으니 온 왕궁이 칭찬하러 올거야.' 하지만 그녀의 예상과는 다르게 아무도 나타나지 않았다. 친구들조차 곤란한 눈빛으로 그녀를 피했다. 그날 밤 트리아농과 베르사유는 아주 조용했다. 귀족들은 자신과 같은 특권층의 사람이 이렇게 갑자기, 모욕적으로 잡혀간 것에 대해 분노를 감추지 못했다. 왕은 로앙 추기경에게 판결에 승복한다면 자비를 베풀어주겠다고 했다. 하지만 정신을 차린 로앙은 국왕의 은혜를 냉담하게 거절했다. 그는 의회에서 심판받을 작정이었다.

목걸이 사건

희극의 진짜 주인공은 한 여성이었다. 목걸이 사건의 주인공은 몰락한 귀족과 그의 하녀 사이에서 태어났다. 어린아이는 맨발로 밭에 들어가 감자를 훔쳤다. 그리고 빵 한 조각을 위해 농장에서 소를 돌보았다. 아버지가 죽자 어린 아이는 오갈 데 없는 방랑자 신세가 되었다. 그렇게 일곱 살짜리 소녀 잔은 거리에서 구걸을 하고 있었다. "불쌍한 발루아 가문의 후손에게 자비를 베풀어 주세요!" 불랭빌리에라는 후작 부인이 길을 지나치다 그녀의 외침을 듣고는 문득 의구심이 들었다. '뭐라고? 저 지경으로 굶주린 아이가 발루아 왕족 *의 후손이라고?' 후작부인은 마차를 세

---

* 발루아 왕조는 부르봉 가문 이전에 프랑스를 다스렸던 왕조이다. 잔의 아버지는 발루아 가문의 피를 타고났지만 집안의 재산을 모두 팔고 술주정뱅이로 가난한 삶을 살았다.

워 어린아이에게 이것저것 물어보았다. 잔은 술주정뱅이이며 농부들이 두려워하던 악인 자크 드 생레미의 딸이었다. 그녀는 서열로 보나 연륜으로 보나 부르봉 집안에 뒤질 것이 없는 발로아 가문의 직계 후손이었다. 소녀는 우연찮은 행운을 만나지 않았더라면 길에서 굶어 죽었을지도 모른다.

불랭빌리에 후작 부인은 비참한 처지에 놓인 옛 왕족의 후예를 가엾게 여겼다. 그녀는 잔과 그녀의 여동생을 자비로 수도원 기숙학교에 보내 교육시켰다. 당시 수도원 학교에서 공부한 뒤에 수녀가 되는 것은 귀족 자녀들의 일반적인 코스였다. 하지만 그녀는 수녀가 될 소질이 없었다. 스물두 살이 되자 잔은 동생과 함께 수도원 울타리를 넘어 탈출한다. 그녀는 고향인 바르 쉬르 오브로 돌아갔다. 그리고 하급 귀족 장교인 니콜라스 드 라 모트를 만나 결혼하게 된다. 곧 부부는 합심하여 발루아 드 라모트 '백작 부부'로 사칭하기 시작했다. *

잔은 가난했어도 자신이 발루아 왕가의 후손이라는 사실에 엄청난 자부심을 가지고 있었다. 그리고 무슨 수를 써서라도 성공하리라는 욕망에 가득 차 있었다. 우선 그녀는 은인이었던 불랭빌리에 후작 부인에게 부탁해서 로앙 추기경의 사베른 성으로 들

---

* 프랑스에서 귀족들은 성 앞에 'De'를 붙였다. 영어로 of 라는 뜻으로 출신 가문과 지역을 나타냈다.

어갔다. 라모트 부인은 아름답고 능수능란했기에 친절하고 마음씨가 따뜻한 추기경의 약점을 남김없이 이용했다. 그녀의 남편은 추기경의 추천을 받아 경기병 연대 대위로 임명되었다. 잔은 그 정도에서 만족해야 했다. 하지만 이런 일들은 단지 성공을 위한 발판이라고 생각했다. 곧 그녀의 남편은 기병 대위에 임명되었다.

'발루아 드 라 모트 백작 부인' 이런 품격 있는 이름을 두고 시골에서 장교 봉급이나 받으면서 파묻혀 지내야 할까? 그녀는 오만하고 바보 같은 사람들에게 돈을 뜯어낼 자신이 있었다. 두 공범은 파리의 집 한 채를 빌려서 호화로운 파티를 열었다. 고리대금업자들에게는 발루아 가문의 후손으로서 거액의 재산을 물려받을 예정이라고 했다. 은식기는 늘 세 시간만 쓸 것이라며 가까운 상점에서 빌려왔다. 그러다 마침내 파리의 채권자들이 돈을 요구하며 조여 오자 라모트 백작부인은 베르사유 궁정에 가서 자신의 권리를 주장하겠다고 공언한다.

물론 그녀는 궁정에 아는 사람이라곤 한 명도 없었다. 하지만 이 교활한 사기꾼은 이미 그녀만의 작전을 세워두었다. 라모트 백작부인은 다른 청원자들과 함께 마담 엘리자베트(루이 16세의 여동생)의 현관 앞에 서 있다가 갑자기 기절하며 쓰러져 버렸다. 사람들이 놀라서 달려오자 남편은 눈물을 글썽였다.

"발루아 드 라 모트 백작 부인께서 여러 해 동안 굶주려 기력이 쇠하셨습니다……."

건강한 환자는 동정심을 온몸에 받으며 들것에 실려 집으로 돌아왔다. 왕국에서는 200리브르가 따라왔다. 연금도 800리브르에서 1500리브르로 올라갔다. 발루아 가문의 자손으로서 구걸하는 것은 아니지 않은가? 하지만 그녀는 더욱 열심히 연기에 임했다. 두 번째 기절 소동은 아르투아 백작 부인 현관에서, 세 번째 기절은 왕비가 다니는 베르사유 거울의 회랑에서 했다. 하지만 불행히도 마리 앙투아네트는 이 소식을 전해 듣지 못했다. 네 번째로 실신한다면 의심을 받을 것 같아 그녀는 이쯤에서 파리로 되돌아왔다. 그리고 왕비께서 친척인 자기들을 얼마나 따뜻하게 환영해 주었는지 떠벌리고 다녔다. 그녀는 높아진 신용으로 여기서기 빚을 끌어다 썼다. 곧 비서, 마부, 하인까지 두게 되었다. 날마다 도박 파티가 열렸다. 마침내 또 다시 채권자니 집행관들이 끼어들어 몇 달 안으로 돈을 받아내겠다며 협박해 왔다. 여태까지 번 돈으로는 턱없이 모자랐다. 크게 한탕을 칠 때가 온 것이다.

제대로 된 사기를 치기 위해서는 두 가지가 필요했다. 대단한 사기꾼과 대단한 바보였다. 운 좋게도 그런 바보는 이미 이들 손아귀에 있었다. 그건 바로 프랑스 학술원의 회원이자 스트라스부르 대주교이며 프랑스 자선 주교인 로앙 추기경이었다. 겉만 번

지르르했던 그는 특별히 똑똑하거나 어리석지는 않았지만 귀가 너무나도 얇다는 고질병이 있었다. 아무 말이나 쉽게 믿어버리는 병, 인류는 무언가를 믿지 않으면 결코 살아갈 수가 없다. 그는 방탕한 생활 때문에 평판이 안 좋았다. 특히 오스트리아 대사로 있을 때 많은 추문을 일으켰기에 마리 앙투아네트는 어머니를 따라 그를 싫어했다. 로앙은 프랑스의 수석 재상 자리를 탐내고 있었다. 하지만 마리 앙투아네트가 그를 멀리했기 때문에 궁정 내의 입지가 위태로운 상태였다. 라 모트 백작부인은 로앙 추기경의 약점을 파악해 버렸다. *

1784년 4월, 라 모트 백작부인은 '다정한 친구' 왕비가 자신에게 얼마나 많은 속 이야기를 털어놓는지 모른다며 조금씩 말을 흘리기 시작한다. 순진한 추기경은 "왕비께 봉사할 기회만 있다면 그것보다 행복한 일이 없을 텐데... 폐하께서는 눈길도 주시지 않더군요. 누군가 왕비께 내 마음을 전해준다면 얼마나 좋을지!"하고 털어놓는다. 부인은 왕비에게 이야기를 꼭 전해주겠다

---

* 루이 드 로앙 추기경(1734~1803)은 프랑스 왕국의 성직자로 스트라스부르의 추기경이었다. 1772년에는 폴란드 분할에 관한 정보를 수집하기 위해 빈 대사관에 파견되었다. 마리 앙투아네트는 자신과 모국인 오스트리아에 관해 안 좋은 소문을 퍼뜨렸던 로앙 추기경을 멀리했다. 로앙 추기경은 과거에 경솔했던 행동들을 후회하며 왕국에 중용되기 위해 왕비의 호감을 사려했다. 왕비에게 잘 보여 재상으로 출세하려고 한 것이다.

며 약속한다.

로앙은 깜짝 놀라버렸다. '왕비가 벌써 마음을 돌렸다고?' 왕비께서 마음이 바뀌었다는 증거로 몰래 신호를 보내겠다고 했다는 것이다. 백작부인은 왕비께서 다음번 궁정 문안 때 남들 몰래 고개를 끄덕일 것이라고 언질을 주었다. '사람들은 보고 싶은 대로 보고 듣고 싶은 대로 듣는다. 순진한 추기경은 접견 때 왕비가 머리를 끄덕여 준 듯한 '느낌'을 받았다고 믿었다. 그리고 마음을 움직여 준 중재자를 위해 상당한 돈을 지불했다. 그렇게 백작부인은 로앙에게서 금품을 갈취한다. 하지만 추기경을 꼼짝 못하게 잡아두려면 왕비가 총애한다는 더 그럴듯한 표식이 필요했다. '편지가 좋지 않을까? 이럴 때 써먹으려고 비서를 고용해 두었지!' 그녀의 비서 레토는 친서를 만들어 냈다. 로앙의 금고를 바닥까지 털어내기 위해 로앙과 왕비 사이에 비밀 서신을 꾸며냈다. 백작 부인의 조언에 눈이 먼 추기경은 해명이 담긴 편지를 몇 날 며칠 동안 고쳐썼다. 며칠 뒤 라 모트 부인은 흰 물결 무늬 종이에 프랑스 국화인 백합이 찍힌 편지를 가지고 왔다. 늘 자신을 거부했던 교만한 왕비가 편지를 써온 것이다.

"당신을 더 이상 죄인으로 여기지 않아도 되어 기쁩니다. 나는 아직 경이 청한 알현에는 응할 수 없지만 상황이 허락하는 대로 즉시 알려드리겠어요. 그때까지는 비밀로 하세요." 로앙은 속은 줄도 모르고 가슴이 두근거려 정신을 못 차렸다. 그는 라 모트 부인의 말에 따라 감사 답장을 썼다. 마리 앙투아네트의 총애를 받는다는 기대로 마음이 부풀수록 그의 지갑은 점점 비어갔다. 대담한 사기극은 척척 진행되었다. 하지만 왕비가 이 희극에 진정 등장하지 않는다면 이 위험한 파티는 오래갈 수 없었다. 아무리 귀가 얇아도 그렇지, 왕비가 말 한마디 건네지 않았는데 고작 눈길과 인사 정도로 계속 속일 수는 없는 일이었다. 이 바보가 수상쩍은 기색이라도 느낄까 백작부인은 어서 방도를 찾아야 했다.

왕비가 추기경과 직접 대화할 리는 없으니 그 바보가 왕비와 이야기를 나누었다고 믿게 만들면 되지 않을까? 고양이들도 잿빛으로 보이는 한밤중에, 베르사유 궁전의 그늘진 뜰에서 왕비와 비슷한 여자를 만나게 하면 어떨까? 백작부인은 마리 앙투아네트와 얼굴과 체격이 비슷한 니콜이라는 여자를 매수해 베르사유로 데려왔다. 대역을 찾은 그녀는 비제 르 브룅이 그린 초상화에서 왕비가 입은 옷을 그대로 만들어 입혔다. 그리고 얼굴을 가릴 챙 넓은 모자를 머리에 올리고 밤의 정원으로 데려갔다. 역사상 가장 대담한 도둑질의 막이 올랐다.

사기꾼 부부는 가짜 왕비를 데리고 베르사유의 언덕을 넘나들었다. 하늘은 도둑 일당에게 호의를 베풀며 달도 없는 어둠을 쏟아내고 있었다. 그들은 나무들이 빽빽이 들어차서 사람의 윤곽조차 제대로 알아보기 힘든 비너스의 숲으로 내려갔다. 거짓 연기를 하기에는 완벽한 곳이었다. 니콜은 손에 장미와 편지를 쥐고 몸을 덜덜 떨며 잔뜩 겁에 질려있었다. 여기서 말을 걸어오는 귀족 신사에게 그것을 건네주도록 되어 있었다. 그때 자갈 소리가 들려오고 한 남자가 모습을 드러냈다. 로앙은 경외심에 가득 찬 모습으로 그녀의 옷자락에 입을 맞추었다. 이제 그에게 장미와 미리 준비한 편지를 건네주어야 할 차례였다. 그러나 당황한 나머지 장미는 떨어뜨리고, 편지를 주는 것도 잊어버리고 말았다. 그녀는 어렴풋이 부부가 거듭 강조했던 몇 마디를 건넨다.

"과거의 일들은 모두 잊으시오."

추기경은 기쁨 속에서 거듭 인사를 했다. 니콜은 왜인지 알 수가 없었다. 혹시라도 말을 잘못해서 정체가 들통날까 하는 두려움밖에 없었다. 그러나 다행히도 때마침 급한 걸음 소리가 들려오고 누군가가 작지만 떨리는 목소리로 "빨리 떠나세요! 아르투아 백작 부부가 아주 가까이에 계십니다!"라고 외쳤다. 추기경은 놀라 황급히 라 모트 부인과 함께 그곳을 떠났고 사기꾼 남편은 니콜을 데리고 돌아왔다. 가짜 왕비가 도망치는 왕궁 뒤편에는 어두운 창문 뒤에서 아무것도 모르는 왕비가 잠들어 있었다. 아리스토파네스의 희극에나 나올 듯한 사기극은 성공을 거두었다. 이제 백작 부인은 로앙을 마음대로 조종할 수 있게 되었다. 그날 밤 프랑스에서 로앙보다 더 행복한 사람은 없었다.

부부는 왕비의 이름으로 편지만 몇 글자 휘갈기면 얼마든지 돈을 벌 수 있었다.

"왕비 폐하께서 어려움에 처한 귀족 가문에 5만 리브르를 주고 싶으신데 지금은 돈이 없다고 하십니다." 로앙 추기경은 왕비의 자비로운 마음을 이해했다. 왕비의 금고에 돈이 없다는 말은 조금도 의심하지 않았다. 왕비가 늘 빚에 시달린다는 것은 온 프랑스가 아는 사실이었으니 놀랄 것도 없었다. 이틀 뒤 그는 라 모트 부인 탁자 위에 금화를 쏟아 놓았다. 내일은 생각하지 말자! 오늘을 즐기자! 부부는 호화로운 정원과 농장이 딸린 별장을 바르 쉬르 오브에 짓고, 황금 그릇에 식사를 하고, 크리스탈 잔으로 술을 마시며 게임과 음악을 즐겼다.

세 번 연속으로 가장 높은 카드를 뽑은 자는 당연히 네 번째에도 배팅을 하기 마련이다. 예기치 못한 우연이 라 모트 부인에게 최고의 카드를 안겨 주었다. 어느 날 파티에서 그녀는 궁중 보석상 뵈머와 바상주가 큰 곤경에 빠져있다는 이야기를 듣는다. 루이 15세는 뵈머와 바상주에게 세상에서 가장 좋은 다이아몬드 목걸이를 달라고 주문했다. 그들은 빚까지 내면서 전 재산을 털어 가장 멋진 다이아몬드 목걸이를 구해왔다. 본래 다이아몬드 목걸이는 루이 15세가 그의 애첩 뒤바리 부인을 위해 선물하려고 주문한 것이었다. 천연두로 세상을 떠나지 않았더라면 그는 그 목걸이를 160만 리브르를 주고 살 예정이었다.

고액의 목걸이를 떠맡게 된 보석상들은 스페인 궁전에도 팔아 보고, 마리 앙투아네트에게도 세 번이나 권유했지만 실패했다.

보석상들은 판로를 찾지 못한 채로 아름다운 목걸이의 이자를 치루고 있어야 했다. 귀족이나 왕족들도 탐을 낼 뿐 그 값이 너무 비쌌기에 엄두를 내지 못하고 있었다. 그러다 마리 앙투아네트와 친하다고 소문난 백작부인에게 부탁을 하면 설득할 수 있지 않을까 하고 파티에 찾아온 것이었다. 부인은 기꺼이 말해보겠다고 수락했다. 목걸이를

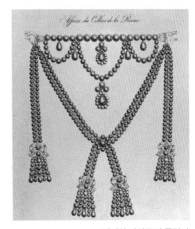

🔵 뵈머와 바상주의 목걸이
Nicolas-Antoine Taunay, 1786

보고 감탄하던 백작 부인에게 그 순간 좋은 아이디어가 번뜩이며 떠올랐다. 로앙 추기경을 이용해 보는 거야! 왕비를 위해 목걸이를 사게 하면 어떨까? 추기경이 알자스에서 돌아오자마자 라 모트는 그를 강하게 몰아붙였다.

"왕비께서 국왕 몰래 아주 귀중한 보석을 사길 원하십니다. 비밀스러운 일에는 입이 무거운 중개인이 필요한 법이니, 이 은밀하고 영광스러운 임무를 믿음의 표시로 추기경께 맡기실 생각이라네요." 며칠 후 라 모트 부인은 뵈머에게 의기양양하게 목걸이를 사줄 사람을 찾았다고 말했다. 그 사람은 바로 로앙 추기경이었다.

1월 29일, 거래는 추기경의 스트라스부르 대저택에서 성사되었다. 160만 리브르를 2년 동안 6개월 간격으로 4번에 나누어 지불하기로 했다. 목걸이는 2월 1일에 받기로 하고, 할부금은 8월부터 지불하기로 했다. 주교는 직접 서명을 하고 계약서를 라 모트 부인에게 넘겨주었다. 그 다음날, 그녀는 왕비 폐하가 동의하셨다는 대답을 전해온다. 하지만 바보 같은 추기경도 160만 리브르 앞에서는 망설여졌다. 160만 리브르는 아무리 사치스러운 제후라도 무시할 수 없는 거액이었다. 이런 거금에 보증을 서는데, 적어도 왕비가 서명한 서류 한 장쯤은 손에 쥐고 있어야 하는 것이 아닌가? "좋아! 비서는 이럴 때 써먹어야지!" 라 모트 부인은 다음 날 계약서를 가져왔다. 각 조항 옆에는 동의한다고 쓰여 있었고 계약서 말미에도 "Marie Antoinette de France"라는 서명이 되어있었다.

전직 대사인 데다가 앞으로 재상을 꿈꾸고 있는 사람이라면 프랑스에서는 왕비가 서류에 이름만 쓸 뿐 따로 서명은 하지 않는다는 것은 단번에 알아차려야 하는 것이 아닌가? '마리 앙투아네트 드 프랑스' 같은 서명은 정말 미숙한 위조수법이었다. 하지만 왕비께서 친히 비너스 숲에서 그를 맞아 주셨는데 어찌 의심할 수 있겠는가? 눈이 멀어버린 추기경은 계약서를 절대 타인에게 보여주지 않겠다고 약속했다.

다음 날, 보석상은 추기경에게 목걸이를 가져왔다. 그날 저녁

추기경은 라 모트 부인에게 목걸이를 전달했다. 계단을 올라오는 발걸음 소리가 들렸다. 라 모트 부인은 추기경에게 옆방에 가서 유리창 너머로 목걸이가 전달되는 모습을 확인하라고 했다. 검은 옷을 입은 남자가 나타났다. 그는 비서 레토였다.

"왕비의 명을 받고 왔습니다." 백작 부인은 얼마나 사려 깊게 친구를 도와주는 여인인가. 추기경은 이런 생각을 했음에 틀림없다. 그는 안심하고 보석함을 부인에게 건네주었다. 그리고 그녀는 목걸이를 은밀한 심부름꾼 손에 넘겨주었다. 그 뒤로 그 목걸이는 최후의 심판 날까지 영영 사라져 버리고 말았다. 추기경은 감동하며 작별 인사를 했다. 이렇게 깊은 우정을 나누었으니 머지않아 왕비와 친해져 프랑스의 대재상이 될 것이라는 생각에 한껏 들떠있었다.

며칠 뒤 유대인 보석상이 파리 경찰을 찾아와 레토 드 비예트라는 남자가 어마어마하게 비싼 다이아몬드를 형편없이 싼 값으로 팔려고 하니, 도둑질을 의심해야 한다고 신고했다. 경찰청장은 레토를 소환했다. 그는 국왕의 친족인 발루아 드 라 모트 백작 부인으로부터 부탁받은 일이라며 해명했다. 발루아 백작 부인이라는 이름에 기가 죽은 관리는 새파랗게 질려 있던 레토를 석방시켜주었다. 백작 부인은 목걸이를 분해하여 몰래 팔아넘기려 했지만, 파리에서 싼값에 보석을 넘기는 것은 위험하단 것을 깨달았다. 그래서 남편의 주머니에 보석을 가득 채워 런던으로 보냈다. 런던의 뉴 본드 스트리트와 피카딜리 보석상들은 품질 좋은 보석들을 이렇게 싼 값에 살 수 있냐며 입이 벌어질 지경이었다.

"우와! 엄청난 돈이 들어왔잖아?" 무모한 사기꾼에게도 꿈꾸기 어려운 액수였다. 기막힌 성공을 거둔 그녀는 일말의 망설임도 없이 부를 과시하고 다녔다. 영국산 말 네 마리가 끄는 마차, 화려한 제복을 입은 마부들, 주홍색 벨벳으로 만든 침대, 깃 장식이 달린 모자, 벨기에 레이스와 금 단추가 달린 비단 정장. 이 부부가 사들인 귀중품을 실어 나르는 데만 마차 42대가 필요했다. 바르 쉬르 오브 사람들은 부부의 이사 행렬을 축제라도 열린 것처럼 구경했다. 여태껏 이런 부자는 본 적이 없었다. 부부가 마차에서 덮은 담요에는 "선조인 국왕에게 피와 이름과 백합을 물려받았노라"라는 문장이 새겨져 있었다. 이웃 귀족들은 그의 저택으로 몰려들어 루쿨루스 스타일의 호화로운 파티를 즐겼다. 시중들은 은그릇에 담긴 요리를 이리저리 나르고, 악사는 클래식을 연주했다. 백작은 크로이소스왕처럼 호화스러운 방들을 지나가며 양손에 한 움큼씩 쥐고 있던 돈을 뿌려댔다.

이 시점에서 목걸이 사건은 너무나 터무니없고 황당무계한 국면으로 접어들었다. 이런 사기는 3주, 5주, 8주 늦어도 10주 안에는 그 실상이 드러나야 할 것이 아니겠는가. 보통의 사람이라면 의문을 가지게 될 것이다. 어떻게 이 두 사기꾼은 경찰 따위는 없는 듯 능청스럽게 재물을 자랑할 수 있을까? 그러나 라 모트 부인은 처음부터 철저한 계산을 해두었다. 사태가 악화된다 하더라도 무적의 방패인 추기경이 있으니, 로앙 추기경이 어떻게든 해주겠지. 프랑스 자선단체의 거물이니까 웃음거리가 되느니 입막음을 시켜주겠지. 그는 별수 없이 목걸이 대금을 지불하는 쪽을 택할 거야. 그렇담 우리가 조마조마할 필요가 뭐가 있겠어? 이런 믿음직한 동료가 있었으니 그녀는 맘 편히 비단 침대에서 잠들 수 있었다. 그렇게 해서 라 모트 부부는 아무런 걱정 없이 인간의 어리석음이라는 무한한 자본에서 끌어다 쓴 이자를 마음껏 누리고 있었다.

그러는 동안 추기경도 무엇인가 이상하다고 느끼고 있었다. 공식 행사 때에는 분명 왕비가 값비싼 목걸이를 하고 나오겠지? 왕비께서 말을 걸든가, 상냥하게 고개를 끄덕이든가, 아무도 모르게 고마움의 표시라도 해줄 거라고 기대했다. 하지만 왕비는 전과 마찬가지로 차갑게 눈길을 돌렸다. 그녀의 흰 목에 목걸이는 보이지 않았다.

"왕비께서 왜 내가 바친 목걸이를 하시지 않을까요?" 그는 아무래도 이상하다는 듯 라 모트 부인에게 물었다. 부인은 막힘없이 대답했다.

"모든 돈이 지불되기 전까지는 그 목걸이를 하고 싶어 하지 않으세요. 모든 일이 깔끔하게 정리된 후 국왕을 깜짝 놀라게 하실 작정인가 봐요." 참을성이 많은 늙은 당나귀는 또 한 번 건초 속으로 머리를 박고 좋을 대로 생각했다. 그러나 시간은 점점 지나고 40만 리브르를 지불해야 하는 8월 1일이 점점 다가오고 있었다. 지불을 최대한 늦추기 위해 사기꾼들은 새로운 묘책을 생각해 냈다. 왕비께서 곰곰이 생각해 보시니 아무래도 값이 너무 비싸서 20만 리브르로 깎아 주지 않으면 목걸이를 돌려주겠다고 하셨다는 것이다. 교활한 보석상은 흥정에 나설 것이므로 시간을 꽤나 벌 수 있겠거니 생각했다. 그러나 그것은 큰 오산이었다. 보석상들은 원래도 값을 터무니없이 높게 불러 놓았던 데다가 마침 돈이 급했기 때문에 금세 승낙해 버렸다. 그들은 동의한다는 편지를 써서 왕비에게 전달했다.

그날은 마리 앙투아네트에게 다른 장신구들을 배달하기로 되어 있었다. 편지에는 이렇게 쓰여 있었다.

"폐하, 지난번 제시하신 지불 조건을 저희는 열의와 모든 존경을 다해 받들겠습니다. 지상 최고의 다이아몬드 목걸이를 가장 고귀하고 뛰어나신 왕비님 목에 걸어 드릴 수 있어 진정으로 기쁠 따름입니다."

말을 이렇게 돌려서 하니 무지한 마리 앙투아네트는 편지를 읽고서도 도통 무슨 말인지 알 수가 없었다. 조금이라도 생각해 보았다면 다이아몬드 목걸이가 어떤 것인지 물어봤겠지만 그녀는 인쇄된 글자라면 주의 깊게 읽는 법이 없었다. 뵈머가 물러간 뒤에야 편지를 읽어본 왕비는 꼬이고 꼬인 문장의 뜻을 전혀 이해할 수 없었다. 그녀는 무슨 일인지 알아보기 위해 시녀에게 뵈머를 불러오도록 일렀다. 그러나 불행히도 보석상은 이미 궁전을 떠난 뒤였다.

'뵈머가 무슨 말을 하는 건지 언젠간 알 수 있게 되겠지. 할 수 없지!' 왕비는 편지를 불 속에 던져버렸다. 왕비가 이렇게 편지를 불태워 버리고 더 이상 사실을 캐묻지 않았다는 것은 사실이라기엔 믿기 힘든 일이다. 역사가들조차 이렇게 빨리 편지를 처분해 버린 것은 왕비 쪽에서도 이 일에 대해 뭔가 알고 있었던 건 아닌지 의심할 정도였다. 하지만 왕비가 편지를 그렇게 재빨리 태워 버린 것은 별다른 뜻이 있어서가 아니었다. 그녀는 일생동안 자신의 부주의와 왕궁의 감시를 두려워한 나머지 자신에게 온 모든 문서는 읽은 즉시 불태워 버렸다. 튈르리 궁이 습격받았을 때도 왕비의 책상에서는 단 한 장의 서류도 발견되지 않았다. 그러나 이번에는 조심성이 오히려 부주의한 짓이 되었을 뿐이다.

이제는 우연의 연속으로 미루고 미뤄오던 순간이 다가오고 있었다. 이제 와서 무슨 수를 쓴다 해도 소용없는 일이었다. 8월 1일이 되자 뵈머는 돈을 요구했다. 라 모트 백작 부인은 끝까지 추기경이 돈을 지불하길 바랐다. 그녀는 보석상 앞에서 카드를 뒤집어 보이며 능청스럽게 말했다.

"당신들은 속았어요. 추기경이 갖고 있는 담보 문서 서명은 가짜예요. 그렇긴 해도 그분은 부유하니까 돈을 지불할 수 있을 거예요." 이런 말을 하면 돈을 줄 필요가 없으리라 기대했다. '보석상들은 화를 내며 로앙에게 달려가 모든 일을 일러바칠 테고, 추기경은 평생토록 사교계의 놀림거리가 되는 일이 수치스러워 묵묵히 160만 리브르를 지불하겠지?'

하지만 뵈머와 바상주가 생각한 방법은 이렇게 논리적이지도, 심리적이지도 않았다. 단지 돈이 없어 벌벌 떨고 있을 뿐이었다. 그들은 추기경을 상대할 생각은 추호도 없었다. 그들에게는 왕비 쪽이 훨씬 더 지급 능력 있는 채무자였다. 그들은 마리 앙투아네트까지 한패로 보았다. 자신들이 보낸 편지에 그녀가 침묵했기 때문이다. 최악의 경우에도 왕비가 목걸이를 가지고 있으니 그것은 귀중한 담보물이었다. 뵈머는 베르사유 궁전으로 왕비를 찾아가 알현을 요청하였다. 거짓과 미혹으로 굳혀진 바빌론 탑은 한순간에 무너져 내렸다. 1분 뒤 보석상도 왕비도 비열한 사기극에 걸려들었음을 깨달았다. 과연 누가 진짜 범인인지는 이제 재판이 밝혀내야 했다.

모든 진술과 증언을 고려해 보면 한 가지는 분명했다. 마리 앙투아네트는 그녀의 이름과 명예를 이용한 이 비열한 연극에 조금도 관여한 바가 없었다는 사실이다. 그녀는 법적으로 전혀 무관했다. 역사상 가장 철저하고 대담한 사건의 희생자였을 뿐 공범자는 전혀 아니었다. 추기경을 만난 백작 부인은 본 적도 없었고, 목걸이에 달린 보석 하나 만져본 일이 없었다. 왕비는 아무것도 모른 채 사기꾼, 위조범, 도둑들, 이 바보 같은 일당들에게 휘말린 것이었다.

그럼에도 도덕적인 측면에서 보면 마리 앙투아네트가 완전히 무죄라고 할 수 없었다. 온 거리에는 이미 왕비의 나쁜 평판들이 퍼져있었다. 사기꾼들도 모든 일을 쉽게 믿어버리는 경솔한 왕비가 없었다면 이런 일을 꾸밀 용기도 내지 못했을 것이다. 그동안 트리아농에서 저지른 어리석은 행동들이 없었더라면 이런 엉터리 희극은 일어나지도 않았을 것이다. 마리아 테레지아 같은 진정한 군주였다면 남편 몰래 비밀편지를 보내고, 어두운 정원 나무 사이에서 밀회를 가졌을 거라고 그 누구도 상상하지 못 했을 것이다. 베르사유에서 한밤중에 정원을 산책하고, 사들인 보석으로 또 다른 보석을 사고, 빚을 갚지 않는다는 소문이 퍼지지 않았다면 로앙이나 보석상이, 돈이 궁해진 왕비가 국왕 몰래 비싼 다이아몬드 목걸이를 할부로 구입한다는 터무니없는 속임수에 걸려들지 않았을 것이다. 그녀의 이름으로 이런 사기극이 벌어진 것은 다 자업자득이었다.

나폴레옹은 목걸이 사건에서 마리 앙투아네트가 보인 태도가 잘못됐다고 지적했다. "왕비는 결백했다. 그리고 자신의 무죄를 세상에 알리기 위해 고등법원을 재판소로 만들려고 했다. 그러나 사람들에게는 유죄로밖에 보이지 않았다." 그녀는 처음으로 자신이 없어졌다. 로앙 추기경이 저지른 짓들을 모든 이들 앞에서 낱낱이 밝혀야 했다. 그러나 불쌍한 바보 로앙 추기경에게 적대심을 갖고 있었던 사람은 안타깝게도 그녀 한 명뿐이었다. 빈의 요제프 2세조차 마리 앙투아네트가 로앙이 중범죄자라 주장할 때 믿지 못하여 고개를 저었을 정도다.

"자선 주교가 타락한 성직자이자 사치스러운 낭비가인 것은 알고 있으나 지금 받는 혐의처럼 사기라든가 비열한 범죄 행위를 할 수 있는 인물이라고는 생각할 수 없다." 베르사유에서도 로앙이 유죄라고는 아무도 믿지 않았다. 얼마 뒤 왕비가 로앙을 난폭하게 체포하면서 그녀가 공범자들과 손을 끊으려고 저런다는 소문이 퍼지기 시작했다. 루이 드 로앙 추기경은 프랑스에서 가장 오래되고 명망 있는 집안 출신이었다. 그리고 다른 여러 귀족 가문과 혈연관계를 맺고 있었다. 귀족 집안사람들은 자기들 피붙이 한 사람이 소매치기로 갑자기 왕궁에서 체포당한 일을 모욕으로 받아들였다. 고위 성직자들도 화를 냈다. 추기경 같은 분을, 주님 앞에서 미사를 올리기 불과 몇 분 전에 체포하다니! 로마에서까지 항의가 들어왔다.

이때다 싶게 왕좌와 제단에 돌멩이를 던질 기회가 온 것이다. 평소에는 왕궁의 스캔들을 잘 알 수 없었던 백성들도 이 사건에는 완전히 홀려버렸다. 백성에게는 커다란 구경거리가 생겨버렸다. "추기경이 진짜 고소를 당했다!" 풍자 만화가들, 신문 발행인들, 펜과 붓을 생업으로 삼는 모든 이들에게 왕비 스캔들만큼 흥미로운 표제는 없었을 것이다. 이 소송은 왕비가 기소했지만 서서히 왕비에 대한 재판으로 바뀌어 갔다.

심리가 시작되기 전이라면 변론을 검열 없이 인쇄할 수 있었기에 사람들이 구름 떼처럼 서점으로 몰려들었다. 경찰이 지키고 서 있어야 할 정도였다. 볼테르, 루소, 부마르셰의 불멸의 작품들도 일주일 동안 팔린 재판 변론문의 판매 부수를 따라갈 수 없었다. 7천, 1만, 2만 부수의 책자가 잉크가 채 마르기도 전에 판매원의 손에서 빼앗기다시피 팔려나갔다.

외국 대사관에서는 베르사유 궁정에 관한 비방 문서를 호기심 가득한 제후들에게 보내기 위해 온종일 소포를 묶느라 정신이 없었다. 몇 주 동안 화젯거리는 이 사건뿐이었다. 사람들은 아무리 황당한 소문이라도 맹목적으로 믿기 일쑤였다. 재판을 구경하러 시골에서 귀족, 시민, 변호사들이 몰려들었다. 파리에서는 상인들이 몇 시간이나 가게를 비웠다. 백성들은 본능적으로 확신했다. 이 작고 더러운 실마리에서 풀려나온 실을 더듬어 가면 그 끝은 베르사유로 이어지겠지. 불법적인 체포, 낭비, 재정 파탄과 같은 것들이 드러날지도 모른다. 재판에서 문제가 된 것은 단순히 목걸이가 아니었다. 이 사건을 잘만 끌고 가면 지배계급 전체와 왕비, 그리고 왕국에도 충격을 줄 수 있었다. 그런데도 왕비는 자신의 경거망동 때문에 어떤 일이 일어난 것인지 아무런 눈치도 채지 못했다. 건물에 금이 가면 벽에서 못 하나만 뽑아도 건물 전체가 무너져 내리는 법이다.

법정에서는 신비로운 판도라의 상자가 열리고 있었다. 라 모트 부인의 성실한 남편은 때맞춰 목걸이의 나머지 보석들을 모두 챙기고 런던으로 도망가 버렸다. 이제 증거는 완전히 사라졌다. 어쩌면 목걸이는 아직 왕비 손에 있는 것이 아닐까 넌지시 뒤집어씌울 수도 있었다. 그녀는 어떤 것도 두렵지 않았다. 그녀는 부자가 된 이유를 대뜸 자신이 로앙 추기경의 애인이니 당연한 일이 아니냐고 설명했다.

공격하는 측도 변호하는 측도 언급을 꺼리는 이름이 있었다. 그것은 왕비의 이름이었다. 마리 앙투아네트 이름만큼은 언제나 건드리지 않도록 조심하고 있었다. 처음에는 라 모트 백작 부인조차 왕비가 목걸이를 받은 것은 범죄와도 같은 불경한 일이라며 부인했다. 하지만 세상 사람들에게는 이런 태도가 더욱 반감을 불러왔다. 왕비에게는 피해를 끼치면 안 되니까 미리 짜고 친 것이라는 소문이 파다했다. "추기경이 죄를 뒤집어쓰게 됐구나! 왕비가 비밀리에 서둘러 태워버린 편지들도 모두 위조된 것이 아니었을까?" 진실이 완전히 밝혀진다고 해도 그건 중요한 것이 아니었다.

5월 31일 드디어 판결이 내려졌다. 재판관 64명은 재판소로 가는 동안 꼭두새벽부터 몰린 군중들을 보며 자신들이 내리는 판결이 프랑스에 있어서 얼마나 중요한 의미를 갖는 것인지 체감했다. 하지만 더 결정적인 경고는 대기실에서 기다리고 있었다. 상복을 입은 로앙 가문, 스비즈 가문, 로트링겐 가문 대표자 19명이 늘어서서 재판관들에게 고개를 숙이고 있었다. 적막 속에서 그들의 옷차림과 태도는 모든 것을 말해 주었다. 위태로워진 로앙 가문의 명예를 법정에서 회복시켜 주길 바란다는 간청이 재판관들에게 강력한 영향을 끼쳤다. 재판관들도 프랑스의 귀족들이었다. 그들은 시민, 귀족, 나라 모두가 로앙 추기경의 무죄 판결을 원한다는 것을 알고 있었다.

재판은 16시간이나 이어졌다. 로앙 가문 사람들을 비롯한 수많은 군중들은 아침 6시부터 밤 10시까지 거리에서 기다려야 했다. 사기꾼 부인에 대해선 처음부터 판결이 내려져 있었고, 공범자들도 마찬가지였다. 왕비를 연기한 니콜은 아무것도 모르는 채 비너스의 숲으로 갔으니 아무런 추궁도 받지 않았다. 오로지 추기경을 위한 판결만 남아있었다. 추기경은 사기를 당했을 뿐 사기를 친 것은 아니었기 때문에 무죄라는 점에서는 모두의 의견이 일치했다. 하지만 무죄 판결의 형태에 관해서는 의견이 갈렸다. 큰 정치적 문제가 얽혀있었기 때문이다.

왕당파 측은 무죄 선고를 내리더라도 경솔하게 행동한 책임은

져야 한다고 주장했다. 프랑스 왕비가 어두운 숲에서 남몰래 약
속을 하고 만나주리라 생각한 추기경의 생각은 처벌받아 마땅한
불결한 짓이라는 것이다. 고발인 대표는 왕비의 신성한 인격에
불경을 저질렀다며 추기경은 공개 사과를 하고 모든 관직에서 물
러나야 한다고 주장했다. 반대파, 반왕비파는 소송 중지를 원했
다. 하지만 완전한 무죄 선고는 왕비의 평소 행실로 보아 이런 행
동을 할 가능성이 있다는 것을 인정하는 꼴이었다. 저울대에는
무거운 추가 실려 있었다. 그가 완전한 무죄를 선고받는다면 왕
비는 도덕적으로는 유죄 판결을 받는 것이 된다. 이 판결은 프랑
스 의회가 왕비의 인격을 아직도 신성불가침한 것으로 보는지 판
가름하는 정치적인 문제였다. 몇 주 전부터 귀족들은 재판관들을
강압적으로 협박하고 뇌물로 매수했다.

오랜 시간 의회를 무시해 왔던 국왕과 왕비는 대가를 치러야
했다. 재판관들 가운데에는 전제정치에 강력한 교훈을 줄 때가
되었다고 생각하는 사람들이 많았다. 마침내 22표 대 26표로 추
기경은 '아무런 처벌 없이' 무죄를 선고받았다. 대신 라 모트 부
인에게 모든 책임을 물었다. 그녀는 만장일치로 유죄 선고를 받
았다. 채찍형을 당한 그녀는 양 어깨에 V표시의 낙인 *이 찍히

---

* 당시 프랑스에는 "도둑"을 의미하는 "Voleuse"의 머리 글자 "V"를
양 어깨에 낙인찍는 형벌이 있었다.

고 살페트리에르 감옥에 종신금고형으로 갇혔다. 그리고 피고석에는 없었지만 한 여인도 추기경 무죄 선고에 의해 종신형을 선고받게 되었다. 그 여인은 마리 앙투아네트였다. 그 뒤로 그녀는 무자비한 증오의 대상이 되었다. 한 남자가 판결문을 받아 법정에서 나오자, 수백 명의 사람들이 거리에서 무죄판결을 외쳐댔다. 환호성은 센강 기슭까지 울려 퍼졌다.

왕비는 절망을 감추려 애썼지만 소용없었다. 의식적으로 반성했다기보다는 본능적으로 이 패배가 돌이킬 수 없는 것임을 깨달았다. 왕관을 쓴 이래 처음으로 자기의 의지보다 더 강한 힘이 그녀에게 맞섰다. 그렇지만 국왕은 마지막 결정권을 손에 쥐고 있었다. 왕이 강력한 조치를 취한다면 아내의 명예도 구할 수 있고 저항도 눌러 버릴 수 있었다. 강력한 군주였던 루이 14세나 15세라면 그렇게 했겠지만, 루이 16세에게는 그럴 만한 용기가 없었다. 그는 고등법원에 감히 맞서지 않았으며 그저 아내를 실망시키지 않기 위해 추기경을 국외로 추방했을 뿐이었다. 이런 어중간한 조처로는 아내의 명예를 회복하지도 못하고 법을 어긴 결과만 가져올 뿐이었다. 결단력이 없었던 그는 언제나 정치적으로 오해를 불러일으키는 애매한 태도를 취했다.

게다가 사람들은 오히려 라 모트 부인의 형벌이 너무 잔인하다며 동정하기 시작했다. 카사노바의 회상록을 보면, 불과 50년 전만 하더라도 귀족들은 루이 15세에게 칼을 휘두르다 작은 상처를

냈다는 이유로 붙잡힌 다미앵이 고문 받는 광경을 부인까지 데려와 4시간이나 구경했다. 뜨겁게 달군 쇠 집게로 고문을 가하고 펄펄 끓는 기름을 부어대는 장면이었다.

그런데 박애주의로 돌변한 귀족사회는 라 모트 부인에 대한 따뜻한 동정심으로 가득 차 있었다. 왕비에게 반역할 수 있으면서도 결코 위험하지 않은 새로운 방법을 찾았기 때문이다. '희생자', '불행한 여자'에 대해 동정을 보내면서 말이다. 오를레앙 공은 공개적으로 기부 행사를 개최했고, 귀족들은 감옥으로 음식이나 선물을 넣어주었다. 날마다 살페트리에르 감옥에는 귀족 마차가 드나들었다. 도둑을 면회하는 것이 파리 사회의 유행이 되어버렸다.

그러다 누군가가 밤에 감옥 문을 몰래 열어주었고 라 모트 부인은 극적으로 탈출에 성공해 영국으로 달아나 버렸다. 세간에서는 라 모트 부인이 재판에서 왕비의 죄를 덮어준 것이 고마워서 왕비가 직접 친구를 구해준 것이라는 소문이 퍼지기 시작했다. 프랑스와 유럽에서는 이 거짓 폭로를 이용해 많은 이들이 떼돈을 벌었다. 왕비가 양심의 가책을 견디지 못한 것일까? 아니면 남몰래 희생자와 타협한 것일까. 라 모트 부인이 런던에 도착하자 인쇄업자들은 그녀에게 큰돈을 제시한다.

왕비의 가장 친한 친구인 폴리냑 부인은 도둑의 입을 막기 위해 20만 리브르와 함께 런던으로 파견되었지만, 이미 당할 대로 당한 사기꾼은 또다시 궁정을 상대로 사기를 친다. 돈을 받고도 세 번씩이나 다른 수법으로 충격적인 내용을 만들어 회고록을 출판했다. 이 회고록에는 대중들이 기대하는 모든 것이 담겨있었다.

목걸이는 당연히 왕비가 주문했으며 전혀 죄 없는 자신은 왕비와의 우정과 충성을 지키기 위해 죄를 뒤집어썼을 뿐이라고 적혀 있었다. 또 마리 앙투아네트가 왕녀 시절 이미 로앙 추기경과 연애를 했다는 말도 안 되는 이야기들도 지어냈다. 로앙 추기경이 빈 대사였던 무렵 마리 앙투아네트는 이미 베르사유의 왕비가 되어있었으니 사실 관계가 하나도 맞지 않는 말이었지만 그런 건 중요하지 않았다. 이미 사람들은 회고록에 실린 왕비가 로앙에게 보냈다는 러브레터를 수십 장이나 읽으며 즐거워하고 있었기 때문이다. 라 모트 부인의 소설은 잇달아 출간되었고 마리 앙투아네트를 희롱하는 판화가 공공연하게 그려졌다.

목걸이 사건이 있고 2, 3년이 지나자 마리 앙투아네트는 프랑스 전역에서 가장 음흉하고 타락한, 폭군 같은 여자라는 악명을 뒤집어썼다. 반면 낙인이 찍힌 라 모트 부인은 무고한 희생자가 되었다. 그러나 결국 1791년, 라 모트 부인은 정신이상으로 강도가 쫓아온다는 망상에 빠져 도망치다가 창문 아래로 떨어져 죽고 만다.

혁명의 서막

목걸이 사건은 대중이, 여론이 왕비와 베르사유를 파헤쳐 그 실상을 드러냈다는 점에서 역사적으로 의미가 있다. 그러나 모든 것을 파헤치는 무서운 시대에 지나치게 사람들 눈에 띄는 것은 위험한 일이다. 민중이 힘을 모아 행동에 돌입하기 위해서는 이념이나 증오의 표적이 필요하다. 성서에서 말하는 희생양이 필요한 것이다. 그들은 무엇인가 잘못되면 그 원인을 오로지 인간으로 환원하여 받아들이려 했다.

프랑스 민중은 이미 오랜 기간 동안 왕실이 어디에선가 불의를 저지르고 있음을 어렴풋이 느끼고 있었다. 그들은 오랫동안 복종하며 더 나은 시대가 오기를 믿고 기대했다. 새로운 루이가 왕위에 오를 때마다 열광적으로 깃발을 흔들며 헌신하고 영주와 교회에 세금을 바치며 부역을 해왔다. 그러나 허리를 낮게 구부리면 구부릴수록 압박은 더 심해졌고 세금은 그들의 피를 더욱 탐욕스럽게 빨아갔다. 프랑스 왕궁은 부유했지만 곳곳에서는 곡식 창고가 비어갔으며 농부들은 가난에 허덕였다. 유럽에서 가장 아름다운 하늘 아래, 가장 비옥한 땅에서 백성들은 끼니를 걸러야 했다. 누군가는 책임을 져야 했다. 어떤 이가 빵 한 조각도 먹을 수 없다면, 너무나 많은 것을 가진 자가 있다는 뜻이다. 의무에 짓눌리는 이들이 있다는 것은 권리를 군림하는 자가 있다는 것이다. 어둠 속에 불안은 서서히 퍼져가고 볼테르, 루소에 의해 잠에서 깬 시민들은 스스로 판단하고 비판하고 읽고 쓰며, 소통하기 시작했다. 거센 폭풍우를 앞두고 천둥 번개가 내리친다. 부농의 집은 약탈당하고 영주는 위협을 받았다. 거대한 먹구름이 온 나라를 뒤덮고 있었다.

이 무렵 목걸이 사건과 칼론의 적자재정 폭로는 국민들 앞에 모든 것을 보여주게 된다. 칼론은 프랑스의 재무총감으로 임명되어 최악으로 치닫던 프랑스의 현실을 마주하고 여러 개혁안을 제시한다. 당시 국고 회계 보고서에 따르면 적자는 1억 2천6백만 리브르에 달하였다. *

---

* 1788년 재정 보고서에 따르면 지출이 6억 2,900만 리브르, 수입이 5억 300만 리브르로 적자가 1억 2,600만 리브르였다. 왕실 비용으로는 3천 500만 리브르가 할당되고 있었다. 이 금액은 그 자체로는 큰 금액이지만 총지출의 6%밖에는 되지 않았다. 결국 왕실 재정을 파탄 내고 있던 것은 부채였다. 루이 14세와 루이 15세가 남긴 부채의 상환을 위해 지출되는 금액이 3억 1,800리브르에 달했다. 총지출의 50%에 해당하는 것이었다.

칼론은 이를 해결하기 위해 모든 재산에 구분 없이 세금을 부과하기를 요청한다. 하지만 이 같은 주장은 특권 계층의 큰 반발을 불러왔다. 개혁안이 거부당하자 칼론은 왕실의 비리를 만천하에 드러냈다. 프랑스는 루이 16세가 왕위에 오른 12년 동안 무려 12억 5천만 리브르의 빚을 졌다. 이 천문학적인 금액을 누가 어디에 쓰고 있었던 걸까? 여기에 목걸이 사건이 답을 제시해 주었다. 누군가는 10시간 동안 열심히 일을 해서 돈을 버는데 누군가는 160만 리브르가 넘는 다이아몬드를 사들이고 2천만 리브르가 넘는 돈으로 성을 사들였다. 하지만 우유부단하고 겸손한 국왕이 그랬을 리는 없었다. 모든 분노는 사치스러운 왕비에게로 향했다. 화폐의 가치는 날이 갈수록 떨어지고 빵값은 점점 비싸지고 세금은 늘어만 갔다.

"이 모든 건 마리 앙투아네트가 트리아농의 방을 다이아몬드로 꾸몄기 때문이고, 오빠 요제프의 전쟁을 지원하기 위해 수백만 리브르를 보내주었기 때문이며, 친한 친구들에게 연금과 직위를 퍼주었기 때문이다!"

왕비에게는 '적자 부인(Madame Defizit)'이라는 새로운 이름이 붙여졌다. 미국 독립전쟁에서 돌아온 사람들은 민주적인 나라에 대해 이야기하면서 궁정이나 왕, 귀족은 없고 오직 시민만이 있는 나라, 완전한 평등과 자유가 있는 나라를 말했다. 그리고 루소의 사회계약론과 볼테르, 디드로의 저서에서 말하다시피 왕권은 결코 신이 부여한 유일한 정치체제가 아니었다. 존경심은 호기심으로, 두려움은 분노로 바뀌며 귀족과 시민들은 점점 확신했다. 메르시 대사는 빈에 이렇게 보고한다.

"문제를 더 심각하게 하는 것은 마음속의 흥분들입니다. 국민들의 선동과 동요가 모든 사회 계층에 영향을 미치고 있으며 이런 열광적인 불안은 의회가 왕궁에 맞설 힘을 주고 있습니다. 공개석상에서까지 국왕, 왕족, 그리고 대신들에 대해 얼마나 대담하게 이야기하는지 믿을 수 없을 것입니다. 궁정의 낭비는 악의적으로 각색되어 이 나라에 더 이상 지배계층은 필요 없는 것처럼, 시민 의회의 필요성이 강조되고 있습니다. 이제 형벌로는 언론의 자유를 다스릴 수 없습니다. 왜냐하면 이 열병은 너무나 널리 퍼져있기에, 수천 명의 사람을 감옥에 가둔다 해도 해결할 수 없습니다. 오히려 국민들의 분노를 증폭시켜 반란이 불가피해질 것입니다."

이제 사람들은 숨길 필요도 조심할 필요도 없었다. 공공연하게 나서서 하고 싶은 말을 쏟아냈다. 겉으로나마 표하던 존경과 존중도 없어졌다. 목걸이 사건의 재판 후 왕비가 처음으로 극장의 관람석에 들어섰을 때 사람들은 모두 혀를 찼다. 그녀는 그 뒤로 극장을 피했다. 비제 르 브룅 부인이 마리 앙투아네트의 초상을 그려 전시하려 했을 때도 그림 속의 적자 부인이 조롱당할 것 같다는 이유로 서둘러 그림을 떼어내야 했다. 그 뒤 경찰은 왕비에게 파리 방문을 삼가는 것이 좋을 것 같다며 어떤 일이 일어날지 모른다고 경고했다. 억압되어 온 감정이 한 사람을 향해 폭발했다. 그녀는 사람들의 채찍을 맞고서야 평화로웠던 꿈에서 깨어나 좌절했다.

'다들 나에게 무엇을 원하는 걸까. 내가 저 사람들에게 무슨 짓을 저질렀다고 이러는 걸까.'

마리 앙투아네트가 오만한 무관심에서 깨어나기 위해서는 천둥이 치고 벼락이 떨어져야만 했다. 그녀는 이제야 눈을 떴다. 그동안 충고는 들은 척도 않던 그녀가 자신이 놓쳐온 것이 무엇인지를 깨닫기 시작했다. 우선 자기가 저지른 잘못 중에 사람들의 분노를 가장 크게 일으킨 것부터 수습하고자 했다. 사치스러운 생활 방식들을 정리했다.

디자이너 베르탱을 해고하고 의상비, 가계비, 승마용 비용을 줄이자 한 해에 백만 리브르가 넘는 돈이 절약되었다. 도박도 그만두었고 생클루 궁의 신축 공사를 중단했다. 트리아농궁의 사람들도 해고했다. 처음으로 마리 앙투아네트는 여론에 귀를 기울였다. 그러면서 그녀는 친구들이 그동안 얼마나 자신을 이용해 먹었는지 알게 되었다. 자신의 평판은 뒤로하고 몇십 년 동안 은혜를 베풀어주었지만, 그들은 자신의 이익을 그르치는 마리 앙투아네트의 개혁을 이해해 주지 않았다. 마리 앙투아네트는 드디어 더 많은 것들을 볼 수 있었다. 그녀는 폴리냑 무리에서 벗어나 메르시나 베르몽같은 옛 조언자들을 가까이하고자 했다. 늦게나마 어머니의 충고를 받아들인 것이다. 하지만 그녀의 이런 노력들은 '너무 늦었다'라는 말로밖에는 표현할 수 없었다. 이런 사소한 개혁들로 혼란스러운 세상은 바뀌지 않았다. 뒤늦게 재정을 긴축해 보았으나 밑 빠진 독에 물 붓는 꼴이었다.

이런 일시적인 절약과 조치들로는 어떻게 할 수 없을 만큼 프랑스의 재정은 심각한 상황이었다. 아무것도 소용이 없다는 것을 깨달은 왕궁은 섬뜩함을 느꼈다. 어떻게든 이 상황을 극복해 보고자 대신 두 명을 새로 임명했지만 임시방편에 불과했다. 무리한 증세는 분노를 일으켰고 국토를 담보로 한 공채의 발행은 오히려 재정 상황을 악화시켰다. 역사는 항상 반복된다. 무리한 화폐 발행은 화폐의 가치를 하락시켜 인플레이션을 일으킨다.

메르시는 이렇게 기록했다. "낭비와 경솔함이 국가의 재정을 고갈시켜 절망과 두려움의 비명이 들려옵니다. 이럴 때 재무 대신들은 치명적인 수단을 씁니다. 사기꾼 같은 방법으로 금화를 새로 찍고 새로운 세금을 도입하기도 합니다. 이런 일시적인 속임수로 당장의 사태는 완화시킬 수 있겠지요. 그러면 어리석게도 다시 느긋해집니다. 지금 왕실의 무질서와 착취는 전 정부들을 모두 뛰어넘은 것이 사실이며 이대로 가다가는 파국을 맞이하게 될 것입니다."

단순히 대신들을 교체하는 것으로는 부족하다는 것을 알게 된 왕국은 근본적인 체제를 변화시켜야 한다는 것을 깨달았다. 새로운 인물이 필요했다. 더 이상 고귀한 가문은 중요하지 않았다. 민중과 자신들을 연결해 줄, 민중에게 신뢰받는 인물이어야 했다. 이 조건에 딱 맞는 사람이 있었다. 왕궁에서도 네케르 *를 익히 알고 있었으며 그는 왕궁이 어려운 상황에 부닥쳤을 때 조언을 해주기도 했었다. 스위스 출신으로 시민 계급의 외국인이었던 네케르는 칼뱅 교도였다. 대신들이 그를 기꺼이 맞이한 것은 아니었다. 네케르는 '재정보고서'를 발표했었는데, 이 때문에 평민에게도 재정 상태가 모두 알려졌고 덕분에 해임됐다. 네케르는 무례하게 사표를 써서 국왕에게 보냈고 루이 16세는 이 편지에 크게 화를 내며 다시는 네케르를 임명하지 않으리라 다짐했었다. 그 후 칼론이 재정 장관으로 임명되었으나 개혁안의 반발로 쫓겨나게 되자, 다시 네케르를 불러들인 것이다. 남편이 결정을 못 내리며 망설이는 것을 보고 마리 앙투아네트는 마치 독사과 같은 이 인물에게 손을 내밀기로 결심했다.

1785년 8월, 그녀는 네케르를 불러 마음을 돌려보려고 노력했

---

* 네케르(1732~1804)는 프랑스의 재무총감에 등용되기 전에는 스위스 제네바 은행의 총재였다. 1777년 재무총감이 되었을 때 제출한 개혁안이 귀족의 반발을 불러 일으켜 파면되었다. 이후 1788년 다시 임명되었다.

다. 왕비의 명령이 아닌 부탁이었다. 또 전 국민의 요구였다. 그의 취임 소식은 파리 구석구석 전해졌고 사람들의 함성소리가 베르사유 궁전에 울려 펴졌다. 하지만 왕비는 운명의 수레바퀴에 개입했다는 무언의 불안감을 지울 수 없었다. 네케르라는 이름만 들어도 가슴이 울렁거렸다. 그 이유는 알 수 없었지만 그녀는 메르시에게 이렇게 편지를 쓴다.

"그를 다시 찾은 것이 나라고 생각하면 온몸에 소름이 끼칩니다. 불행을 부르는 것이 나의 숙명일지도 모르겠어요. 그가 악마의 음모로 실패하거나, 국왕의 권위를 위협하게 된다면 나는 더 미움 받게 되겠지요. 이런 나약함을 용서하세요. 지금은 당신처럼 충직한 벗의 도움이 필요합니다."

마리 앙투아네트에게서는 전혀 들어볼 수 없었던 말이었다. 깊이 상처받은 사람의 목소리였다. 더 이상 경솔한 웃음소리는 찾아볼 수 없었다. 그녀는 이미 쓰디쓴 열매의 맛을 보았으며 처음으로 왕관의 무게를 느꼈다. 정치라는 것이 얼마나 위험한 일인지 깨달은 마리 앙투아네트의 태도는 완전히 바뀌었다.

"이제 그만두자, 물러날 때다. 정치와는 결별하는 것이 낫겠다."

소음과 화려함 속에서 행복해했던 그녀는 이제 고요함과 고독을 찾았다. 극장이나 가장무도회를 피하고 국왕의 회의에도 나가려지 않았다. 그저 아이들과 함께 있을 때만 숨을 돌릴 수 있었다. 웃음으로 가득 찬 아이들의 방에 증오와 질투는 없었다. 모든 게 잘 풀릴지도 모른다. 그저 지금은 더 이상 운명에 도전하지 않고 조용하게 지내자. 그녀의 마음속에서 모든 것이 고요해지고 있던 그때, 이 시대의 운명은 폭풍을 맞이하고 있었다.

왕비는 나라의 열쇠를 네케르에게 넘겼다. 그는 주저하지 않고 폭풍우를 향해 배를 몰았다. 반쪽짜리 조치들은 더 이상 도움이 되지 않았다. 유일한 길은 신뢰를 다시 회복하는 것이었다. 하지만 최근 몇 년간 국가의 신뢰는 바닥으로 떨어져 있었다. 국민들은 더 이상 국왕의 약속에 믿음을 갖지 않았다. 귀족 의회나 회의에는 더더욱 희망을 걸지 않았다. 신뢰를 다시 쌓기 위해서는 일시적으로라도 새로운 권위가 필요했다.

국왕은 평소와 같이 열두시간의 망설임 끝에, 200년 역사 이래 처음으로 삼부회 *를 소집하기로 한다. 부와 권리를 모두 독차지한 제1신분과 제2신분, 즉 귀족과 성직자의 압도적인 우세를 빼앗기 위해 왕은 네케르의 조언에 따라 제3신분의 수를 배로 늘렸다. 두 세력이 균형을 유지하게 되면 국왕에게는 최종 결정권이

---

* 삼부회는 세 신분의 대표자가 만나 국가의 중요 사안에 대해 토론하는 자리이다. 하지만 의결 방식 문제로 인해 성직자와 귀족, 제3계급 양계층 간에 갈등을 빚는다.

보장된다. 왕국은 의회가 국왕의 책임을 줄여주고 권위는 강화시킬 것이라 예상했다.

하지만 민중은 그렇게 생각하지 않았다. 그들은 처음으로 사명감을 느꼈다. 국왕이 자신들에게 조언을 구하는 것은 자비나 호의가 아닌 절망에 빠졌기 때문이라는 것을 민중도 알고 있었다. 두 번 다시는 없을 기회였다. 그들은 이 기회를 이용하기로 결심한다. 열광적인 기운은 도시에서 도시로 퍼지고 선거는 축제로 번졌다.

1789년 5월 5일 삼부회가 개최되는 날, 베르사유는 왕의 저택이 아닌 프랑스의 심장, 그리고 영혼이 되었다. 조그마한 도시 베르사유에 그토록 많은 사람들이 몰려든 것은 처음이었다. 왕궁에만 4천 명의 사람들이 모여들었고 대표자들만 해도 2천 명이었다. 파리뿐만 아니라 백여 곳의 지방에서 온 호기심 많은 사람들은 이 역사적인 장면을 지켜보고자 몰려들었다. 무거운 금화 자루로 겨우 방 하나를 얻고, 한 움큼의 금화로 짚 이불 하나를 얻을 수 있을 뿐이었다. 묵을 곳을 구하지 못한 사람들은 성문이나 처마 밑에 누워 잠을 자야 했다. 이 좁은 도시는 한 사람의 지배자밖에 받아들일 수 없었다. 왕권이든 국민의회 *든 한 명은 자

---

* 삼부회에 불만을 가진 부르주아 의원들은 독립적인 국민의 대표기구인 '국민의회'를 구성한다. 이는 프랑스 혁명의 발단이 된다.

리를 내주어야 했다.

첫 만남은 싸움이 아닌 민중과의 화해를 위한 자리였다. 5월 4일, 이른 아침부터 종이 울렸다. 사람들은 회의가 시작되기 전 신성한 하나님의 축복이 내려오기를 빌었다. 오전 10시, 국왕 행렬은 궁전을 출발했다. 화려한 제복에 몸을 감싼 시종들이 앞장서고, 아름답게 단장한 말들이 끌고 가는 황금 유리 장식 마차에 탄 국왕이 나타났다. "국왕 만세!"라는 소리가 첫 번째 마차를 열렬히 맞이했다. 하지만 왕비와 왕녀들을 태운 두 번째 마차에는 차가운 침묵만이 이어졌다. 이미 여론은 왕과 왕비 사이에 뚜렷한 선을 긋고 있었다. 마차 행렬은 노트르담 대성당으로 향했다. 그곳에는 2천 명이 넘는 사람들이 촛불을 들고 행진하기 위해 마차를 기다리고 있었다.

마차는 교회 앞에 멈췄다. 국왕과 왕비, 신하들이 모두 마차에서 내렸다. 국왕은 이곳에서 낯선 광경을 마주하게 된다. 귀족 대표들은 축제나 무도회에서 익히 본 익숙한 모습이었다. 비단으로 화려하게 장식된 망토를 입고, 흰 깃털이 달린 모자를 우아하게 쓴 귀족들도 보아왔던 사람들이었고 붉은 법의를 입은 추기경들과 자줏빛 옷을 입은 성직자들도 낯이 익었다. 제1신분과 제2신분의 사람들은 100년 넘게 왕위를 지켜왔다. 그런데 일부러 검은색 옷을 입고 모인 저 어두운 무리는 누구일까. 이름조차 알 수 없는 저 사람들은 누구일까. 대담하고 준엄한 시선으로 바라보는 저들은 대체 무슨 생각을 숨기고 있는 걸까. 그들은 노예처럼 복종하지도, 열광적인 환호성을 지르지도 않고 단지 침묵하며 기다렸다. 이들은 특권을 누리던 계층의 사람들과 평등하게 어깨를 나란히 하고 개혁을 시작하고자 조용히 때를 기다리고 있을 뿐이었다. 어두운 옷과 엄중한 태도는 오히려 재판관에 더 가까워 보였다.

제3신분의 대표자들은 두 줄을 이루고 그 뒤를 귀족들과 성직자들이 따랐다. 제3신분의 의원들이 지나가자, 군중들은 동요하며 열광적인 환호성을 터뜨렸다. 프랑스의 왕비는 국민의회가 진행되는 동안 인사도 받지 못하고 무시당한 채로 죄인처럼 앉아 있어야만 했다. 길게 이어지던 네케르의 연설이 끝나고 국왕과 함께 회의장을 나설 때 처음으로 의원 몇 명이 동정심에서 "왕비 만세!"라고 외쳐주었지만, 왕비는 결코 착각하지 않았다. 처음으로 이 나라에 왔을 무렵 받았던 애정에서 우러나온 환호와는 너무나도 달라졌음을 느꼈다. 그녀에게서 어딘지 모르는 슬픔과 무게감이 느껴졌다.

사실 마리 앙투아네트는 이 행사에서 최선을 다해 힘을 쥐어짜내고 있었다. 그녀의 마음과 걱정은 다른 곳에 가 있었다. 화려한 차림으로 백성들 앞에 모습을 드러내야 하는 이 순간 여섯 살짜리 왕세자가 작은 침대에서 고통받으며 죽어가고 있었기 때문이다. 그녀는 이미 작년에 네 명의 아이 중 한 명을 잃는 슬픔을 겪었다. 고작 열한 달 된 공주 소피 페아트릭스를 잃은 것이었다. 그런데 또다시 죽음의 사자가 제물을 찾아 어린아이들의 방을 기웃거리고 있었다. 맏아들은 작년에 이미 구루병 초기 증상을 보였다. 그녀는 요제프 2세에게 편지를 썼다. "척추가 이상하게 휘어져 돌출되었어요. 장애의 조짐이 보입니다. 요즘에는 계속 열이 나고 야위어 점점 더 쇠약해지고 있어요." 삼부회의 화려한 행렬은 왕자의 마지막 구경거리였다. 아이는 쇠약해져 걸을 수도 없었다. 왕세자는 베개에 기대 열이 나서 희미해진 눈으로 행렬을 지켜보았다. 그리고 한 달 후, 그는 땅에 묻히게 되었다.

마리 앙투아네트는 자식의 죽음에 너무나 괴로웠다. 그 무렵 그녀가 의회에 대한 음모를 꾸미고 있었다는 소문은 사실이 아니었다. 고통 속에서 투쟁심은 완전히 꺾여 있었다. 그녀는 모든 힘을 잃고 기진맥진해 있었다. 운명의 회전을 멈추기 위해서는 불행한 인간의 힘보다는 신의 힘이 필요했다.

한편, 귀족과 성직자들은 제3신분과 격렬한 싸움을 벌이고 있었다. 제3신분은 국민의회를 공인하고 국민의 의지인 헌법이 제정되지 않는 한, 해산하지 않겠다는 서약을 맹세 *했다. 궁정은 자신들이 직접 끌어들인 민중이라는 악마에 겁을 먹게 되었

---

* 테니스코트 서약(1789) 제3신분은 국민의 대표자임을 선언하며 국민의회 성립을 결의한다. 그러나 왕이 회의장을 폐쇄해버리자 테니스코트에 모여 헌법이 제정될 때까지 절대로 해산하지 않겠다고 선언한다.

다. 국왕은 조언자들 사이에서 우유부단해하며 하루는 제3신분이 옳다 하고 하루는 제1, 2신분이 하는 말이 옳다고 하는 판이었다. 총검으로 군중들을 제압하라는 군인들에게 마음이 기울다가도 양보를 주장하는 네케르에게 흔들렸다. 그럴수록 민중의 의지는 굳어졌다. 언론의 자유로 목소리를 얻은 민중은 각자의 권리를 주장했고 격렬한 신문 논조는 반향적인 분노를 터뜨렸다. 루아얄궁에서는 날마다 만 명이 넘는 사람들이 모여들어 자유를 옹호하는 연설을 했다. 날마다 국왕의 권위는 떠내려갔다. 전에는 냉소적으로만 느껴졌던 '국가'와 '국민'이라는 단어가 최고의 정의를 상징하는 개념으로 변했다. 대신들은 민중의 반란 속에서 점점 통제력을 잃어가는 것을 느꼈다. 그리고는 기어코 국민들에게 불을 지르고 말았다. 1789년 7월 11일, 유일하게 국민들에게 지지를 받고 있었던 대신 네케르를 해임하여 범죄자처럼 내쫓아 버린 것이다.

그다음의 나날들은 영원히 세계사에 새겨지게 된다. 다만 유일하게 아무 일 없었다는 듯 기록된 책이 한 권 있는데 바로 루이 16세의 일기장이었다. 그 일기장의 7월 11일 자를 보면 "아무 일도 없음. 네케르 떠남"이라고만 적혀있다. 국왕의 권력이 결정적으로 무너진 바스티유 감옥 습격 사건이 일어났던 7월 14일에도 "아무 일도 없음"이라고 적혀 있다. 사냥도 하지 않고 사슴도 잡지 못했으니 별다른 특별한 일은 없었다는 뜻일까. 그러나 파리는 이날을 전혀 다른 날로 기억한다. 오늘날까지도 파리시민들은 그날을 자유 의식이 탄생한 날로서 축하하고 있다.

7월 12일 정오를 지나 네케르의 해임 소식이 파리 전역에 퍼졌다. 파리는 분노와 혼란에 휩싸였다. 화약고에 불이 붙은 것이다. 팔레 르와얄 광장에서는 카미유 데물랭이 의자에 올라가 권총을 휘두르며 국왕이 성 바르톨로메오의 밤 *을 재현하려고 하니 우리 모두 무기를 들어야 한다고 외쳤다. "희망의 청색 리본을 달고 무기를 드십시오!" 그는 폭동의 상징인 휘장을 휘둘렀다. 프랑스 공화국의 삼색 깃발이었다. 2만 명의 사람들은 르와얄 궁에서 바스티유로 진격했고 얼마 뒤 그곳을 점령했다. 불과 몇 시간 만에 바스티유를 지키던 군대는 공격당했고 무기창고는 약탈당했다. 혁명의 피의 등불이 밝혀졌다. 폭발한 민중의 분노에 그 누구도 거역할 수 없었다. 베르사유로부터 아무런 명령도 받지 못한 군대는 퇴각했다. 밤이 되자 파리는 수천 개의 촛불을 밝히고 승리의 축제를 준비했다.

베르사유는 이런 역사적인 사건의 중심에서 10마일밖에 떨어

---

* 성 바르톨로메오 축일의 학살, 1572년 가톨릭과 개신교 간의 종교전쟁(위그노 전쟁, 1562~1598) 중이었던 프랑스 파리에서 가톨릭 세력이 개신교 신자들에게 행한 대학살. 학살이 시작된 8월 24일 밤이 예수의 12사도였던 바르톨로메오의 축일이었기 때문에 이와 같이 부른다. 위그노 전쟁으로 발루아 왕조가 무너지고, 부르봉 왕조가 절대왕정을 수립하게 된다.

져 있지 않았지만 앞으로 어떤 일이 일어날지 전혀 모르고 있었다. "불편한 대신을 내쫓아버렸으니 이제 평화가 올 것이며, 곧 사냥도 다시 갈 수 있겠지. 잘하면 내일도 갈 수 있을 거야." 그때 국민의회에서 전갈이 온다.

"파리에서 무기 창고가 약탈당하고 시민들은 바스티유를 포위하고 있다고 합니다."

귀찮은 국민의회는 왜 이렇게 말썽을 부린단 말인가? 언제나처럼 이날에도 국왕의 성스러운 스케줄은 바뀌지 않았다. 내일이면 모든 것이 제자리로 돌아오겠지. 잘 해결되겠지. 그렇게만 생각하며 국왕은 여느 때와 같이 10시에 잠에 들었다. 리앙쿠르 공작은 파리에서 일어난 사태를 알리려고 베르사유로 달려와 급히 잠든 루이 16세를 깨웠다.

"바스티유가 습격을 받아 지휘관이 피살되었습니다! 시민들은 그의 목을 창에 꽂고 파리 시내를 누비고 있습니다!"

"반란(révolte)이 일어났소?" 놀란 루이 16세는 더듬거리며 물었다.

공작은 "전하, 그렇지 않습니다. 혁명(révolution)입니다." 라고 답했다.

◀ 바스티유 감옥 습격 사건 Jean-Pierre Houël, 1788 *

* 네케르의 파면에 분노한 시민들은 무기와 화약으로 무장하고 1789
년 7월 14일 바스티유 감옥을 습격한다. 바스티유 요새는 본래 파리를
방어하기 위해 건축된 것으로 루이 13세 때부터 정치범을 수용하는 감
옥으로 사용되었다. 이 감옥은 정치적 억압의 상징으로 여겨졌으나 당
시 감옥에는 7명의 죄수만 있을 뿐 이들도 정치범은 아니었다.
이 사건은 프랑스 혁명의 본격적인 시작점으로 기억되어 프랑스는 7월
14일을 국경일로 기리고 있다.

비밀스러운 만남

1789년 7월 14일 바스티유 습격을 보고 받고 깜짝 놀라 잠에서 깬 루이 16세는 혁명(révolution)이라는 새로운 단어를 이해할 수 없었다. 사람들은 그런 루이 16세를 비웃었다. 하지만 모리스 마테를링크는 『지혜와 운명』에서 이렇게 말한다. ***"이미 모든 일이 끝난 후에, 결말을 알고 있는 시점에서 어떤 일에 대해 평가하는 것은 너무나도 쉬운 일이다."*** 국왕도 왕비도 폭풍의 전야만으로는 그 파괴력을 짐작할 수 없었다. 그 무렵 지금 일어나고 있는 일이 얼마나 대단한 사건인지 알고 있었던 사람은 얼마나 될까. 혁명을 시작했던 자들도 자신들이 하는 일이 정확히 무엇인지 알지 못했다. 미라보, 라파예트와 같은 새로운 국민운동의 지도자들도 군중의 힘이 목표를 넘어 어디까지 향하게 될지 예측할 수 없었다. 로베스피에르, 마라, 당통과 같은 혁명가들도 그때까지는 왕당파였기 때문이다.

프랑스 혁명을 통해 '혁명'이라는 단어는 오늘날 우리가 사용하는 넓고 격렬한 역사적인 의미를 갖게 되었다. 처음으로 피와 정신 속에 혁명이라는 개념이 새겨졌다. 역설적이게도 루이 16세는 혁명이라는 것을 이해하고자 눈물겨운 노력을 했다. 루이 16세는 역사서를 즐겨 읽었다. 그는 어린 시절『영국사』의 저자 데이비드 흄과 만나 이야기를 나누며 깊은 감명을 받았다. 왕세자 시절 그는『영국사』에서 영국의 찰스 1세가 처형되는 장면을 보고 남다른 긴장감을 느꼈다. 이 이야기는 언젠간 국왕의 자리에 오를 겁쟁이 루이에게 강력한 경고가 되었다. 그는 프랑스에서 똑같은 일이 벌어진다면 어찌해야 하는지 답을 찾고자 이 책을 읽고 또 읽었다. 찰스의 강압적이었던 태도를 읽어보며 그는 양보함으로써 비극의 결과를 피할 수 있을 것이라 생각했다. 하지만 다른 혁명을 거울삼아 프랑스 혁명을 이해하고자 했던 그 태도야말로 재앙을 가져왔다. 역사적인 순간에 쓸모없는 전례에 의존하여 결단을 내리는 것은 소용없는 짓이다. 미래를 내다보는 통찰력이 필요했다. 돛을 감는다고 해서 폭풍우는 멈추지 않는다. 루이 16세는 역사를 뒤져 이해할 수 없는 일을 이해하려 했다.

하지만 마리 앙투아네트는 달랐다. 그녀는 책에서도 인간에게서도 도움을 구하지 않았다. 미래를 내다보고 과거를 돌아보는 것은 그녀와 어울리지 않았다. 그녀는 오로지 직감을 따랐다. 이 본능은 처음부터 혁명을 거부했다. 왕궁에서 태어나 왕권을 신의 선물이라 배운 그녀에게 국민들의 권리 요구는 얼토당토않은 반역으로밖에 보이지 않았다. 모든 자유와 권리를 누리는 자가 그것을 다른 이들에게도 똑같이 인정해 주는 일은 드물다.

"나의 사명은 단 하나, 왕의 자리를 지키는 것이다." 그녀는 항상 위에 있었고 국민은 아래에 있었다. 신념은 한순간도 흔들리지 않았다. 그녀에게 혁명이란 폭동을 아름답게 포장한 말에 지나지 않았다. 그녀는 2천만 프랑스인이 뽑은 의원들을 바보나 범죄자 집단이라고 불렀다. 라파예트 *는 생명의 위협을 무릅쓰고 세 번이나 그녀의 목숨을 구해주었으나 고맙다는 말 한마디도 듣지 못했다. 군중에게 아첨하는 자에게 도움을 받으니 차라리 파멸하는 것이 낫다고 생각했다. 왕비의 간절한 부탁을 받았다는 '명예'를 베풀어 주고 싶지 않았기 때문이다. 그녀는 뒤틀린 반항심으로 어떠한 타협에도 응하지 않았다. 처음부터 끝까지 혁명을 단지 인간의 가장 비열한 본성이 일으킨 더러운 진흙탕 싸움으로만 여겼다. 오로지 자신의 왕권만을 주장하려 했기에 혁명의 의

---

 * 라파예트 후작(1757~1834)은 미국 독립전쟁에 참가한 장군이며 프랑스 혁명 중에는 국민군 지휘를 맡았다. 독립전쟁 중 조지 워싱턴 휘하에서 활약하여 2002년에는 미국 명예 시민권을 받게 되었다. 프랑스로 귀환한 후에는 삼부회에서 귀족 계급 대표로 선출되어 유럽 최초의 인권 선언인 〈인간과 시민의 권리 선언〉 초안을 작성한다. 혁명이 과격해짐에 따라 투옥과 망명을 반복한다.

의와 그들의 의지 따위는 아무것도 이해할 수 없었던 것이다.

이렇게 아무것도 이해하려 하지 않은 것이 가장 큰 실수였다. 마리 앙투아네트에게는 철학적인 통찰력을 스스로 깨칠만한 의지가 없었다. 그녀가 이해할 수 있는 것은 인간적이고 감각적인 것들뿐이었다. 하지만 인간적인 관점으로 가까이에서 혁명을 바라본다면 탁하게 보일 수밖에 없다. 그녀는 지배자로서 혁명을 평가했다. 그녀가 달리 어떻게 생각할 수 있었을까. 폭력밖에는 눈에 띄는 게 없었기 때문에 마리 앙투아네트는 자유를 믿지 않았다. 오로지 인간에 초점을 맞춘다면 이 격동하는 움직임 뒤에 숨겨져 있는 이념은 전혀 짐작할 수 없다.

18세기 말에는 고문, 부역, 노예제도 같은 중세의 부끄러운 유물이 폐지되고 계급, 인종, 종교의 평등이 새겨지고 있었다. 신앙의 자유, 사상의 자유, 언론의 자유, 직업의 자유, 집회의 자유와 같은 위대한 정신적 지표가 세워지고 있었다. 하지만 마리 앙투아네트의 눈에는 혼돈만이 비쳤을 뿐 그 속에서 나오는 새로운 질서의 윤곽은 보이지 않았다. 그녀는 마지막 순간까지 선동자들을 증오했다.

결국 때가 왔다. 마리 앙투아네트가 그들을 무시했던 것만큼 그들도 그녀를 미워했다. 혁명가들에게 왕비는 장애물이었다. 루이 16세가 보잘것없다는 것쯤은 어린아이들도 알고 있었다. 겁 많고 소심한 왕은 몇 발의 총성이면 무서워서 어떠한 요구에도 순순히 따를 것 같았다. 프랑스에서 왕좌와 왕권을 지키고 있었던 이는 단 한 사람, 마리 앙투아네트였다. 그녀는 처음부터 그들의 표적이었다. 루이 16세는 선량한 국민의 아버지, 허나 너무 허약하고 착해빠져 잘못된 길로 발을 들인 남자로 그려졌다.

"외국에서 온 왕비는 오빠 요제프의 말만 듣고 지배욕에 불타 끊임없이 새로운 음모를 꾸미고 있다! 외국군을 불러들여 파리를 잿더미로 만들고 무방비한 백성들을 향해 대포를 겨눌 것이다! 이제야말로 눈이 먼 왕에게 왕비의 진짜 모습을 보여줄 때다!"

국왕은 바스티유 사건을 저지른 자들을 꾸짖거나 처벌하려 들지 않았다. 오히려 군대를 파리에서 철수하겠다고 국민의회에 약속했다. 국왕을 위해 싸울 각오가 되어있던, 국왕을 위해 싸우다 쓰러진 전사들은 무시한 결정이었다. 결국 바스티유의 사령관을 죽인 자들에게 책임을 묻지 않음으로써 혁명을 정당한 권력으로 인정하는 꼴이 되어 버렸다. 폭동을 합법화한 것이다.

마리 앙투아네트는 폴리냑 일당 같은 친구들을 프랑스에서 추방하여 그녀의 선의를 보여주어야 했다. 마음속으로는 벌써 배신감에 질려버렸지만, 막상 작별할 때가 되니 아름다운 시절을 함께했던 사람들에 대한 우정이 다시금 되살아났다. 폴리냑 부인은 그녀와 모든 비밀을 공유했다. 아이들도 키워주었고 그들이 자라는 모습을 함께 지켜보았다. 이 이별은 무심했던 어린 시절과의 이별과도 같았다. 아무 근심 없던 시절은 이렇게 가는구나. 로코코 오르골의 노래는 이미 멈춘 지 오래였고 트리아농에서의 시간들은 그저 과거가 되어 버렸다. 그녀는 눈물을 머금고 폴리냑 부인에게 괴로운 마음을 써 내려갔다.

"안녕, 나의 가장 소중한 친구여! 마차를 준비하라는 명령은 벌써 내렸어요. 나에게는 지금 당신을 껴안을 힘밖엔 남지 않았군요. 당신과 헤어지는 것이 얼마나 슬픈지 말로 표현할 수 없어요. 당신도 나와 같은 마음이길 바라요. 끊임없는 상처와 충격으로 조금 약해졌지만, 건강은 꽤 좋은 편이에요. 그러나 내가 이런 일 때문에 힘도 용기도 모두 잃을 것이라는 생각은 하지 말아주세요. 이런 때야말로 사람을 배울 수 있고 누가 정말 내 편에 서 있는 사람인지 구별해 낼 수 있어요." 그녀는 이 상황에서도 왕비다운 권위는 잃고 싶지 않은 듯 약점을 보이지 않으려 노력했다.

이제 항상 즐겁고 화려했던 왕비 주변은 조용해졌다. 모두가 도망치기 시작했다. 옛 친구들은 다들 어디 갔을까? 모두 눈보라처럼 사라졌다. 그들은 말을 타고, 마차를 타고 변장하여 베르사유를 떠났다. 가면무도회에 가기 위한 변장이 아닌 민중들 몰래 빠져나가려는 변장이었다. 밤마다 마차는 황금빛 격자문을 지나 다시는 돌아오지 못할 길을 떠났다. 텅 빈 궁중은 쥐 죽은 듯 조용했다. 연극도 무도회도 행렬도 사라졌다. 오직 그대로인 것은 아침 미사뿐이었다. 작은 회의실에서 대신들이 회의를 하긴 했지만 그들도 무엇을 논의해야 하는 것인지 알지 못했다.

왕비의 친구들이 모두 그녀를 버릴 때 진정한 친구 한 명이 나타났다. 바로 한스 악셀 폰 페르센이었다. 그는 사랑하는 여자의 명예를 지켜 주기 위해 스스로를 숨겨왔다. 몰락한 왕비의 친구가 되는 것이 아무런 명예도, 이익도 가져다주지 않을뿐더러 오히려 용기와 희생만을 요구하게 된 지금, 그녀를 사랑한 이 유일한 연인은 마리 앙투아네트와 함께 역사 속에 발을 들여놓는다.

페르센의 존재는 오랫동안 베일에 가려져 있었다. 그는 세간에 떠도는 왕비의 비방 포스터에도, 대사들의 편지와 동시대인들의 어떤 보고서에서도 언급된 적이 없었다. 측근들이 페르센의 이름을 입에 올리지 않기 위해 조심, 또 조심했기 때문이다. 메르시 또한 공식적인 편지에서는 한 번도 페르센이라는 이름을 언급한 적이 없었다. 마리 앙투아네트의 가장 은밀한 비밀은 그렇게 영원히 어둠 속에 감춰졌을 수도 있었다. 왕비의 비밀 편지들은 봉인된 채 누구의 손길도 닿을 수 없는 곳에 보관되어 있었다. 그러다 19세기 후반에 들어서 그 편지들이 공개되었다. 내밀한 부분은 전부 불타고, 알아볼 수 없게 삭제되어 있었음에도 불구하고 로맨틱한 소문들이 퍼지기 시작했다. 편지들은 지금까지 경솔하게만 그려졌던 왕비의 이미지를 바꾸어놓았다.

두 사람은 비밀을 숨겨야만 하는 현실 속에서도 서로 멀어지려 할수록 다시 가까워졌다. 이 두 사람의 운명 뒤에는 붕괴되어 가는 세계, 종말의 시대가 전개되고 있었다. 귀족의 후손이며 상원의원의 아들인 스웨덴 젊은이는 사교와 교양을 갖추기 위해 가정교사와 프랑스로 여행을 떠났다. 18세기 젊은 귀족들의 흔한 코스였다. 그에게는 고상한 품격과 예의 바른 태도, 절제할 줄 아는 현명함, 많은 재산, 그리고 또 다른 매력 한 가지가 더 있었는데 그것은 잘생긴 외모였다. 넓은 어깨와 근육, 그의 초상화를 보게 된다면 누구든 호감을 느낄 것이다. 페르센은 재미있는 일이라면 가리지 않았는데 파리 궁중 무도회나 모임에도 열심히 참석했다.

1774년 1월 20일 저녁, 오페라 무도회에서 놀랄 만큼 아름다운 여자가 그에게 다가와서는 마스크를 쓴 채 말을 건넸다. 페르센과 그녀는 즐거운 대화를 이어 나갔다. 그때 페르센은 몇몇 남녀들이 호기심에 가득 차 주변을 기웃거리고 있음을 느꼈다. 자신과 가면 속 여자가 바로 화제의 중심이었다. 프랑스 왕위 계승자의 아내가 오페라 가장무도회에서 낯선 기사와 잡담을 나누고 있었던 것이다. 왕세자비는 궁녀들에게 둘러싸여 궁중으로 돌아가야 했다. 사람들은 왕실에 전례 없는 일이 일어났다며 수군댔다.

메르시 대사는 마리아 테레지아에게 탄식의 편지를 보냈다. 쇤브룬 궁에서는 이제 더는 가면무도회에 휘말리지 말라는 편지가 날아왔다. 하지만 마리 앙투아네트는 굽히지 않았다. 그녀는 페르센이 마음에 들었고 그것을 숨기지 않았다. 그때부터 두 사람 사이에는 애정이 싹트고 있었다. 그런데 루이 15세가 서거하여 왕세자비는 프랑스의 왕비가 되어버렸다. 페르센은 왕비의 지나친 관심을 알아차리고 황급히 궁정을 떠났다. 그렇게 그는 스웨덴으로 돌아가야 했다. 제1막이 끝났다.

▲ 페르센 Carl Frederik von Breda, 1800

제2막: 4년 뒤인 1778년 페르센은 다시 프랑스로 돌아왔다. 그의 부친은 아들을 마담 드 스탈로 유명해진 제네바 은행가의 딸 네케르처럼 부유한 신부와 결혼시키고 싶었다. 그러나 그는 결혼에는 별 관심이 없었다. 페르센은 프랑스에 도착하자마자 멋지게 차려입고 궁정에 나타났다. '나를 기억하는 사람이 혹시 있을까? 사람들이 나를 알아볼까?' 모두들 무관심하게 외국 청년을 바라보았다. 오직 왕비만이 그를 알아보며 "어머, 우리는 오래전부터 서로 알고 지내던 사이였죠."하고 반가워했다. 그녀는 페르센을 잊지 않았다. 괴테의 말을 인용하자면, 청년에 대한 끔찍한 총애가 아닐 수 없었다.

7년 동안 로앙 추기경의 인사도 받지 않았고, 4년 동안 마담 뒤바리에게 인사 한번 해주지 않았던 그녀가 페르센에게는 제복이 얼마나 잘 어울리는지 보고 싶다며 고향에서 입던 제복을 입고 베르사유로 와달라는 부탁까지 했다. 물론 페르센은 그 부탁을 들어 주었다. 하지만 궁중에서는 아르고스의 천 개의 눈이 두 명을 지켜보고 있었다. 마리 앙투아네트는 더 조심스러워야 했다. 왜냐하면 그녀는 이제 18살 소녀가 아닌 프랑스의 왕비이기 때문이다. 페르센은 사태의 심각성을 알고 있었다. 그는 왕비를 사랑하고 존경했다. 하지만 그런 감정적인 약점을 이용해 왕비를 이상한 스캔들에 휘말리게 하는 것은 원치 않았다. 결국 그는 군대에 들어가 라파예트의 부관으로서 미국으로 떠날 결심을 한다. 왕비와 수천 마일이라는 거리를 두기로 한 것이다. 이 이별에 관해서는 의심할 여지 없는 기록이 남아있다. 스웨덴 대사가 구스타브 왕에게 보낸 공식 서신인데, 여기에는 페르센에 대한 왕비의 애정이 기록되어 있다.

"폐하께 전합니다. 젊은 페르센이 왕비의 총애를 입어 몇몇 사람들 사이에서는 의심을 받을 정도입니다. 제가 보기에도 왕비께서 그를 총애하는 것은 분명합니다. 페르센 백작은 겸손함과 절제력이 넘치는 결단을 내렸는데, 미국으로 떠나기로 했답니다. 그가 미국으로 가게 되면서 모든 위험은 사라졌습니다. 그의 나이로 볼 때 내리기 힘든 결정이었을 겁니다. 떠날 날이 가까워지자 왕비는 그에게서 눈을 떼지 않았으며 그녀의 눈빛에는 눈물이 가득했습니다. 폐하께서는 이 일을 부디 비밀로 해주시길 부탁드립니다."

제3막: 페르센의 귀환. 1783년 6월, 4년간의 망명 기간을 마치고 미국 의용대와 함께 돌아온 페르센은 곧장 베르사유로 달려갔다. 미국에서도 계속 편지로 왕비와 연락해 왔지만, 그 둘의 사랑은 더욱 불타올라 이제는 서로 떨어질 수 없는 사이가 되었다. 왕비의 요청에 따라 페르센은 프랑스 군대의 연대장이 되기로 결심한다. 스웨덴에 살고 있던 연로한 상원의원이었던 부친은 아들이 왜 그러는지 도무지 이유를 알 수 없었다. 왜 프랑스에서 살길 원하는 걸까? 그는 뛰어난 군인으로서, 고귀한 귀족 가문의 후계자로서, 또 낭만적인 군주 구스타브 왕의 충신으로서 어떤 자리든 쉽게 얻을 수 있었다. 아들은 그저 결혼하기 위해서라는 말로 둘러댔다. 사실 결혼에는 전혀 관심이 없었다. 페르센이 결혼 생각이 없다는 것은 누이에게 쓴 편지에서 드러난다.

"나는 절대 결혼이라는 속박에 나를 맡기지 않기로 했다. 나는 그녀에게 속하고 싶지만 안타깝게도 나를 사랑하고 있는 그 사람에게는 속하지 못하기 때문에. 다른 사람에게 속하고 싶지는 않다." 사랑하고는 있으나 결혼은 할 수 없는 오직 한 여자가 왕비가 아니라면 누구란 말인가? 그는 부친에게 자기가 프랑스에 있어야만 하는 데에는 글로써는 도저히 다 적을 수 없는 수천 가지

개인적인 이유들이 있다고 했다. 그 수천가지 이유 뒤에는 그가 밝힐 수 없는 단 하나의 이유만이 존재했다. 바로 자신을 가까이에 붙잡아 두려는 마리 앙투아네트의 명령이었다.

2년 동안 페르센은 원치 않았지만 구스타브의 보좌관으로서 여행에 동행해야 했다. 그 무렵 마리 앙투아네트에게는 큰 변화가 있었다. 세속적이기만 했던 그녀는 고독을 알게 되었다. 그리고 본질적인 것을 보게 되었다. 이제 그녀는 신뢰할 수 없는 사교 모임에서 물러나 진정한 친구를 찾게 된다. 페르센 역시 그녀가 사람들에게 비방당하고 위협받고 있음을 알았지만 그 마음만은 변치 않았다.

"그녀는 참으로 불행하다. 내가 괴로운 건 그녀의 모든 고통이 보상받지 못한다는 점, 그녀가 마땅히 누릴 행복을 누리지 못하고 있다는 점이다." 그녀가 불행해지고, 버림받고, 상처받을수록 그는 사랑으로 모든 것을 보답하고자 했다. 그녀는 끝내 그에게서 마지막 행복을 찾으려 했다. 그리고 페르센은 무한한 사랑과 헌신으로 그녀의 잃어버린 왕위를 대신하려고 했다.

이제 한때의 얕은 감정은 정신적인 사랑으로 변하고, 진정한 사랑으로 발전한 둘은 세상 앞에 그들의 관계를 숨기기 위해 가능한 모든 노력을 기울인다. 마리 앙투아네트는 의심을 피하기 위해 페르센을 파리가 아닌 국경 근처에 위치한 발랑시엔으로 보낸다. 성에서 '누군가'가 자신을 부르면 페르센은 온갖 변명을 둘러대며 트리아농으로 가는 이유를 꾸며내 이야기했다. 둘의 만남은 피가로의 정원 장면처럼 부드럽고 낭만적이었다. 연주는 베르사유의 숲속에서 트리아농의 굽잇 길로 이어졌다. 그러다 갑자기 강렬한 타악 소리와 함께 전주가 시작되고 기사들의 발굽 소리가 들린다. 제3막은 로코코의 부드러운 분위기에서 혁명의 비극적인 분위기로 바뀐다. 마지막으로 혈기와 폭력이 전율하는 가운데, 이별과 절망 그리고 몰락의 황홀함을 가져온다. 사람들이 모두 도망가 버린 상황에서 숨어있던 페르센의 그림자가 드러난다. 진정한 친구이자 유일한 친구였던 그는 그녀를 위해 죽을 각오가 되어 있었다.

프랑스 혁명

한차례 피로 물든 혁명의 씨앗은 무서운 속도로 자라났다. 프랑스 백성들의 권리를 가두고 있었던 눈에 보이지 않는 또 다른 바스티유가 무너져 내렸다. 8월 4일, 요란한 환호 속에서 봉건주의의 옛 성이 무너졌다. 국민의회는 봉건제 폐지 *를 선언했다. 농부와 시민들은 자유를 얻었다. 신문도 자유로워졌고, 인권이 선언되었다. 루소의 모든 꿈이 실현되는 여름이었다.

그러나 베르사유 궁전에서는 당혹스러운 침묵만이 흐르고 있었다. 최선의 방법은 그저 기다리는 것이라 생각했다. 왕과 왕비는 이 폭풍우가 가라앉을 때까지, 조용히 물러나 있으면 모든 일

---

* 바스티유 감옥 습격 소식이 알려지면서 프랑스 전역에서는 농민 폭동이 일어나 영주, 귀족들이 살해되는 사건이 발생한다. 1789년 8월 4일, 국민의회는 모든 봉건적 의무와 귀족의 특권을 폐지하는 선언을 한다. 루이 16세는 봉기와 소요 사태에 항복하고 만다.

이 해결될 거라고 생각했다.

그러나 홍수와도 같은 혁명은 계속해서 치달았다. 그럴 수밖에 없었다. 여기서 물러서면 모든 것은 끝난다. 계속해서 더 많은 것을 요구하고 그것으로 스스로를 입증해야 했다. 정복당하지 않으려면 끝없이 정복하는 수밖에 없다. 신문들은 전진을 위한 북소리를 요란하게 울렸다. 오십 여종의 신문이 발행되고 밤낮을 가리지 않고 공포, 불신, 분노를 수백만의 가슴속에 심어놓았다. "왕이 우리를 배신하려 한다.", "정부가 식량 공급을 방해하고 있다", "외국 군대가 벌써 오는 중이다.", "깨어나라, 민중이여!"

"전진하자! 파리로! 이 지긋지긋한 협상은 집어치우자! 당신에게는 만 개, 이만 개의 주먹이 있다. 무기고에서 총과 대포가 우리를 기다리고 있다. 이제 당신의 운명을 손안에 꽉 붙잡아라!" *

왕실과 도시 사이에는 어두운 지하 통로가 있었다. 혁명가들은 궁정의 신하를 매수해 성안에서 벌어지는 모든 일들을 속속들이

---

* 프랑스 혁명의 배경

18세기 후반, 프랑스는 심각한 경제 위기에 직면했다. 대기근과 흉년, 그리고 꾸준히 지출된 전쟁 비용이 재정 상태를 악화시켰다. 대다수의 세금과 부담은 제3신분에게만 주어졌다. 계몽주의 사상가들은 자유와 평등, 국민주권 등의 개념을 퍼뜨렸으며 이는 군주제와 특권적 계급에 관한 반발을 일으켰다. 미국의 독립운동도 프랑스에 큰 영향을 주었다. 게다가 루이 16세는 그 독립 운동을 원조함으로써 재정 상태를 더욱 악화시켰다.

듣고 있었다. 왕실 또한 저들의 계획을 눈치채고 있었다.

베르사유에서는 프랑스군의 숫자가 부족하다는 결론을 내리고 왕궁 수비를 위해 플랑드르 연대를 호출했다. 10월 1일 연대는 주둔지에서 베르사유로 진군해 왔다. 그들을 환영하기 위해 왕실에서는 성대한 환영식을 준비했다. 파리의 심각한 식량난은 아랑곳하지 않고 포도주와 음식을 아낌없이 낭비했다. 왕과 왕세자를 품에 안은 왕비도 축하연에 나타났다. 마리 앙투아네트에게 의도적인 간사함이라거나 아첨으로 사람들의 호감을 얻는 재주 같은 건 없었다. 하지만 본성적으로 그녀의 몸과 영혼에는 어떠한 품위가 새겨져 있어서 만나는 사람마다 호감을 느끼게 했다. 아름다운 왕비가 등장하자 장교와 군인들은 첫눈에 반했다. 그들은 칼집에서 검을 뽑아 들어 군주와 왕비에게 충성을 맹세했다. "왕비 만세" 소리가 얼마 만인지. 그녀는 행복한 미소를 보이며 아이들과 함께 연회를 즐겼다. 인자하고 위엄 넘치는 그녀의 모습은 병사들을 끝없는 충성심으로 몰아넣었다. 왕비는 이 순간, 프랑스 왕위에 대한 안정감에 흠뻑 취한 기분이었다.

그러자 다음 날 애국심에 불타는 신문들은 이렇게 외쳐댔다. "왕비와 왕실이 백성을 죽일 살인자들을 불러들였다! 백성들의 붉은 피를 쏟게 하도록 붉은 포도주로 군인들의 정신을 흩트려 놓았다! 장교들은 삼색휘장을 짓밟았다! 아직도 모르겠는가, 애국자들이여! 시민들이여, 이제 마지막 결정을 내릴 때가 왔다!"

대흉작으로 인해 빵값은 치솟았고 빵 수송이 중단되는 사건도 발생한다. 서민들의 궁핍한 삶은 계속되었다. 그리고 플랑드르 군대를 위한 호화로운 연회에서 군인들이 혁명의 상징인 삼색기를 훼손하는 사건이 발생한다.

이틀 뒤인 10월 5일, 결국 파리에서 소요가 일어난다. 이 소요는 겉으로 보기에는 불만과 원망이 폭발한 단순한 사건처럼 보였다. 하지만 정치적으로는 극히 조직적이며 계획적인 목표가 있었다. 파리의 여인들은 빵을 달라고 외치며 베르사유 궁전을 향해 행진하고 초소를 부쉈다. 빵을 달라고 외치기는 했지만 사실은 왕을 파리로 데려오기 위한 행진이었다. 친위대 사령관인 라파예트는 언제나 그랬듯이 백마를 타고 한발 늦게 나타났다. 그의 임무는 행진을 막는 것이었지만 헛수고였다. 그는 이 반란을 합법적인 것으로 얼버무리고 넘어가고 싶었다. 라파예트는 여자들의 행렬을 슬슬 따라갔다.

베르사유는 정오가 되도록 수천 명의 사람들이 몰려오고 있다는 걸 모르고 있었다. 여느 때와 다름없이 왕은 말을 준비해서 숲으로 떠났다. 왕비는 아침 일찍 혼자 트리아농으로 향했다. 신하들과 가까운 친구들은 이미 다 도망가 버리고 없었다. 국민의회에서는 배신자들끼리 모여 매일 지겨운 요구들만 일삼는데 그녀가 베르사유에 남아 무엇을 할 수 있었을까. 그녀는 온갖 분쟁, 인간들, 그리고 왕비 자리에도 지치고 말았다. 몇 시간만이라도

10월의 햇살과 황금빛으로 물든 나뭇잎들이 가득한 아름다운 정원에서 홀로 조용히 시간을 보내고 싶었다. 자연의 위대한 권태로움을 느끼며, 읽지는 않더라도 책 한 권을 벤치 위에 펴놓고서 앉아 있었다. 그때 시종이 편지 한 장을 들고 온다. 폭도들이 베르사유로 몰려오고 있으니 왕비께서는 서둘러 성으로 돌아오셔야 한다는 편지였다. 그녀는 재빨리 모자와 망토를 집어 들고 서둘러 궁전으로 향했다. 얼마나 서둘렀는지 그녀가 꾸며둔 애정 어린 정원과 부드러운 초원, 가을의 연못은 하나도 둘러보지 못하고 나와 버렸다. 이제 자신의 안식처였던 트리아농을 다시는 볼 수 없으리라는 것을, 이것이 영원한 작별이었음을 그녀는 알지 못했다.

성으로 돌아와 보니 대신과 귀족들은 정신을 잃고 흥분해 있었다. 그때 기사 한 명이 거품을 문 말을 타고 대리석 계단을 뛰어 올라왔다. 페르센이었다. 행렬을 뚫고 위험에 빠진 왕비 곁을 지키기 위해 달려온 것이었다. 드디어 왕도 사냥에서 돌아와 회의에 나타났다. 왕은 일기에 "사고로 중단되었음"이라고 아무런 수확이 없었던 사냥 결과를 남겼다. 왕은 놀란 눈으로 서 있었다. 반란군을 차단하기엔 너무 늦은 시각이었다. 하지만 아직 두 시간쯤은 남아 있었다. 한 대신은 왕께서 직접 나서서 플랑드르 병사들의 선두에 나가 훈련도 받지 않은 무리들을 쫓아 버리시는 게 어떠냐고 제안했다. 한편 다른 대신들은 즉시 성을 떠나 랑부이예 성으로 피신하는 것이 좋을 것 같다고 충고했다. 그러나 늘 주저하기만 하는 루이 16세는 이번에도 이렇다 할 결정을 내리지 못한 채 그저 시간만 흘려보내고 있었다. 왕비는 폭력이 승리하리라는 것을 본능적으로 느꼈다. 피를 본 첫날부터 모두들 두려움에 떨고 있었다. 대신들은 자꾸만 재촉했다. "폐하, 만일 파리로 끌려가시게 되면 왕관을 잃게 되시고 말 겁니다." 왕은 아무 생각 없이 흔들리는 시계추처럼 갈피를 잡지 못했다. 마부들은 몇 시간 전부터 마차 문 앞에 기대어 대기하고 있었다. 의미 없는 회의는 계속되었다.

바로 그때 소란스러운 소음이 들려왔다. 벌써 반란군이 도착한 것이다. 비를 피하느라 덧옷을 입은 수천이나 되는 무리가 밤의 어둠 속에서 몰려들었다. 혁명군의 선두가 베르사유 앞에 와 닿았다. 이미 너무 늦어버렸다. 그들이 처음 찾아간 곳은 국민의회였다. 처음에 여성들은 국민의회에 빵을 요구했다.

처음에는 일단 국왕을 파리로 데려가겠다는 말은 입 밖에 꺼내지 않았다. 결국 의장과 몇몇 의원들은 그들이 성으로 들어가도록 허락해 주었다. 여자대표 여섯 명이 뽑혀 궁전으로 들어갔다. 시종들은 공손히 귀족들만이 걸어갈 수 있었던 대리식 계단으로 그들을 안내했다. 상냥한 루이 16세는 여성들을 정중히 맞이했다. 그리고 빵이든 뭐든 원하는 것들은 모두 주겠다고 약속했다. 돌아갈 때는 자신의 의장 마차를 타고 가라고까지 했다. 모든 것이 그럴듯하게 해결되는 것 같았다.

그러나 밖에서는 "대표들이 돈에 매수되어 거짓말에 속아 넘어 갔다!"며 소리치고 있었다. 거짓 약속이나 듣고 되돌아가려고 비바람을 여섯 시간이나 뚫고 행군해 온 것이 아니었다. "안 되겠다, 더 이상 이곳에 머물면서 수작을 부리지 못하도록 왕과 왕비, 그 일당을 모조리 파리로 데려가야겠다!" 사람들이 점점 합류하자 반란군의 숫자는 더 늘어났다.

지금이라도 그냥 도망가는 게 낫지 않을까? 그런데 의장 마차를 타고 이 흥분한 무리 속을 어떻게 지나간단 말인가? 그때 멀리서 북소리가 들려온다. 라파예트가 온 것이다. 그는 먼저 국민의회를 방문한 다음 왕에게 찾아왔다. "폐하, 폐하를 지키기 위해 제 목숨을 바치겠습니다."라고 말하지만 그에게 감사를 표하는 사람은 아무도 없었다. 왕은 도망갈 생각도, 국민의회를 저버릴 생각도 없다고 말했다. 라파예트와 무장한 군대는 왕을 방어하기 위해 자리를 잡았다.

밤이 되자 의회 대표단은 집으로 돌아갔다. 반란군들은 쏟아지는 비를 피해 교회, 성문의 아치 밑, 지붕 덮인 계단에서 피난처를 찾았다. 왕의 안전을 지키겠다던 라파예트도 곳곳을 돌아본 뒤 잠자리에 들었다. 왕비와 왕도 방으로 돌아갔다. 그 밤이 베르사유 궁에서 편히 잠을 청하는 마지막 밤이라는 것은 전혀 알지 못한 채로.

베르사유를 오랜 기간 지켜온 권력, 왕정과 그 수호자인 귀족들은 모두 잠들었다. 하지만 혁명의 피는 젊고 뜨거웠다. 그들은 날이 밝기만을 기다리고 있었다. 길가의 모닥불 주변에는 쉴 곳을 구하지 못한 파리 혁명군들이 모여 있었다. 그들은 자신들이 왜 베르사유에 왔는지, 왕이 모든 것을 인정하고 약속해 주었는데도 왜 아직 집에 돌아가지 못하는 것인지 설명할 수 없었다. 마음속의 숨겨진 의지가 이 불안한 무리를 지배하고 있었다. 비밀 지령을 전달하며 문을 들락거리는 그림자도 있었다. 새벽 5시, 성이 아직 어둠과 잠에서 깨어나지 못했을 무렵, 한 무리가 예배당의 안뜰을 통해 궁전 창문 아래로 다가갔다. 이 수상한 그림자는 무슨 일을 벌이려는 걸까? 이 그림자들을 이끄는 것은 누구일까?

조종자들은 어둠 속에 숨어 있었다. 오를레앙 공작과 왕의 동생인 프로방스 백작은 일찍이 궁에서 물러나 있었다. 그들은 그 밤을 왕궁에서 보내지 않는 게 좋겠다는 사실을 이미 알고 있었다. 그때 갑자기 총소리가 울려 퍼졌다. 작전을 시작하겠다는 공포였다. 그러자 곳곳에서 반란자들이 몰려왔다. 창과 곡괭이, 소총으로 무장한 수천 명의 사람들. 그들이 향하는 곳은 왕비의 방이었다. 베르사유에 한 번도 와보지 않은 생선 장수나 시장 상인들이 복잡한 성안에서 어떻게 왕비의 방을 그렇게 쉽게 찾을 수 있었을까? 여자들과 여자로 변장한 남자들은 단숨에 왕비 방까지 쳐들어왔다. 몇몇 경비병들이 방으로 들어가려는 사람들을 저지했지만 그들 가운데 두 명은 공격당해 무참히 살해되었다. 한 사내가 시체에서 머리를 잘라내어 커다란 창에 매달았다. 경비병 세 명 가운데 가까스로 달아난 한 명은 계단을 뛰어 올라가 복도에서 "왕비를 구하라!"라고 소리쳤다.

깜짝 놀란 시녀는 왕비에게 달려갔다. 밖에서는 경비병들이 죽음을 무릅쓰고 걸어 잠근 문을 사람들이 도끼와 곡괭이로 덜컥덜컥 열어대고 있었다. 양말과 구두를 신을 시간은 없다. 마리 앙투아네트는 슈미즈 위에 치마를 걸치고 어깨에 숄을 두른 채 왕의 방으로 이어지는 복도를 달렸다. 그녀는 맨발로 양말을 손에 들고 가슴을 졸이며 복도를 따라 뛰어갔다. 그런데 절망적이게도 문이 닫혀있었다. 왕비와 시녀는 필사적으로 문을 두드렸다. 주먹을 쥐고 두드리고 또 두드렸지만 무정한 문은 열릴 줄을 몰랐다. 5분 동안, 끔찍한 5분 동안 바로 옆에서는 살인자들이 이미 방을 부수고 들어와 침대와 옷장을 뒤지고 있었다. 왕비는 문 뒤에서 기다려야만 했다.

마침내 문 건너편에서 한 시종이 소란스런 소리를 들었는지 문을 열었다. 마리 앙투아네트는 겨우 왕의 방으로 들어갈 수 있었다. 때마침 가정교사가 왕세자와 공주도 데려왔다. 잠을 자던 왕이 깨어났다. 가족은 드디어 하나가 되었다. 하지만 가까스로 목숨만 건졌을 뿐이다. 라파예트의 애원과 간청으로 살해당하기 직전이었던 경비병은 목숨을 건질 수 있었다. 그리고 그는 폭도들을 간신히 밖으로 내보냈다.

한차례의 위험이 지나간 뒤 말쑥하게 면도를 한 왕의 아우 프로방스 백작과 오를레앙 공작이 나타났다. 이상하게도 혁명군들이 이 두 사람에게는 존경의 눈빛으로 순순히 길을 내어주었다. 이제 왕실 회의가 시작될 예정이었다. 하지만 이제 와서 무엇을 논의한단 말인가? 수많은 사람들이 피투성이의 주먹을 쥐고서 성을 호두껍데기처럼 포위했기 때문에 탈출할 길은 더 이상 없었다. 승자와 패자간의 협상만이 남아있을 뿐이었다. 민중들은 함성을 지르며 어제와 오늘 은밀히 속삭였던 구호를 외쳐댄다.

"왕을 파리로! 왕을 파리로!" 위협석인 목소리에 유리창이 흔들리고 있었다. 낡은 궁의 벽에 걸린 왕실 선조들의 초상화도 함께 흔들렸다.

왕은 라파예트에게 질문하듯 눈길을 보낸다. 순순히 따라야 할까? 이미 항복할 수밖에는 없는 상태까지 온 건 아닐까? 라파예트는 눈을 떨구며 대답하지 않았다. 그는 백성의 하늘이었던 왕이 이미 그 자리에서 내려왔다는 것을 알고 있었다. 하지만 왕은 아직 이 사태들을 뒤로 미룰 순 없을까 하는 희망을 버리지 않았다. 군중을 가라앉히고 승리에 굶주린 자들에게 빵 한 조각이라도 던져주기 위해 그는 발코니로 나갔다. 착한 왕이 나타나자 군중들은 열렬한 환호를 보냈다. 그들은 승리를 느낄 때마다 환호했다. 통치자가 왕관도 쓰지 않은 맨머리로 자신들 앞에 나타나 2명의 경비병의 머리가 창에 매달려 있는 광경을 바라보며 고개를 숙이는데도 환호를 보내지 않는다면 이상한 일이었다. 그런데 이 남자에게 도덕적인 수난이란 어려운 일이 아니었다. 만약 자신의 굴복으로 백성들이 분노를 누그리고 돌아갔다면, 그는 아마 한 시간쯤 뒤에 여유롭게 말에 올라타 어제 망친 사냥을 다시 떠났을 것이다. 그러나 백성들은 고작 한 번의 승리로는 만족할 수 없었다. 승리에 취해 더 뜨거운 포도주를 원했다.

"교만하고, 냉정하고, 뻔뻔한 오스트리아 사람!" "왕비도 나와야 한다! 왕비도 나와서 머리를 숙여야 한다!" "왕비도 발코니로 나와라!"

창백해진 마리 앙투아네트는 입술을 깨물면서 한 발짝도 움직이지 않았다. 그녀의 얼굴을 창백하게 만드는 것은 자기를 겨누고 있을 총알이나 돌멩이가 아니라 자존심이었다. 누구 앞에서도 고개를 숙여 보지 않은, 굴복할 수 없는 자존심이었다. 창문이 흔들리고 지금이라도 당장 돌멩이들이 날아올 것 같았다. 라파예트가 그녀에게 다가가며 말한다. "왕비님, 백성들을 달래야 합니다." "그렇다면 망설이지 않겠어요." 마리 앙투아네트가 고개를 높이 들고 두 아이를 안은 채로 발코니로 다가간다. 자비를 구하는 모습이 아니었다. 당당하게 죽으리라는 단호한 의지 아래 전장으로 나가는 군인 같은 모습이었다. 그녀는 민중 앞에 나가기는 했지만 결코 허리를 굽히지는 않았다. 그녀의 의연한 태도는 압도적인 분위기를 만들었다. 왕비의 눈빛과 민중들의 눈빛 사이에서 두 힘이 맞닥뜨리며 공포의 침묵이 이어졌다. 그 긴장감은 얼마나 팽팽한지 1분 동안 이 광장에는 죽음 같은 정적이 흘렀다. 아무도 그 정적이 어떻게 풀릴지, 분노의 함성이 될지 총이 날아올지 돌멩이가 날아올지 알 수 없었다. 그들은 왕이 허리를 숙였다는 것만으로 만족하지 않았다. 왕국의 모든 돌이란 돌은 다 집어 들고 유리란 유리는 다 깨버렸다. 수천 명의 사람들이 괜히 여섯 시간 동안 빗속을 행진해 온 것이 아니었다. 다시 위험한 소란이 일어나고 국민군과 민중들이 함께 성으로 몰려들었다.

결국 왕실은 그들에게 굴복했다. 발코니와 창문으로 왕이 가족과 함께 파리로 떠나기로 결심했다는 쪽지를 보냈다. 민중이 더 이상 원하는 것은 없었다. 사람들은 총을 내려놓고 서로 껴안고 소리를 지르며 깃발을 휘날렸다. 오후 2시, 거대한 성문이 열리고 왕의 가족들을 태운 마차가 울퉁불퉁한 길을 지나 영원히 베르사유를 떠났다. 세계사의 한 챕터, 1000년에 걸친 프랑스 왕실의 역사가 막을 내린 것이다.

10월 6일에는 화창한 날씨가 민중의 승리를 축하해 주었다. 가을 공기는 맑고 하늘은 푸른빛 실크처럼 아름다웠으며 황금빛으로 물든 낙엽에는 바람 한 점 불지 않았다. 자연도 호기심에 가득 차서, 수백 년에 한 번 볼 수 있을까 말까 한 장면을 기다리는 것 같았다. 루이 16세와 마리 앙투아네트가 파리로 오다니! 왕이 탄 마차에는 경비병도 기마병도 없었다. 요란한 호위병들도 없었다. 가련한 마차 안에는 루이 16세, 마리 앙투아네트와 그 아이들, 마담 엘리자베트(루이 16세의 여동생), 그리고 가정교사가 커튼을 반쯤 내리고 비좁게 앉아있었다. 그들의 마차 뒤에는 몇 안 남은 충성스러운 신하들이 타고 있었다. 베르사유에서 파리까지는 여섯 시간이 걸렸다. 모두 길거리로 나와 구경했다. 그녀는 밖에서 아무것도 보이지 않도록 마차 속 깊이 몸을 숨겼다. 그리고 눈을 감았다. 어쩌면 그녀는 같은 길에서 이륜마차를 타고 무도회에 다녀왔던 일들을 떠올렸을지도 모른다. 아니면 그녀의 유일한 친구 페르센을 찾고 있었는지도 모른다. 그냥 너무나 지친 나머지 아무 생각도 하지 않았을지도 모른다. 마차는 그렇게 운명을 향해 달려가고 있었다.

드디어 왕실의 마차가 파리 성문 앞에서 멈췄다. 횃불이 흔들리며 타오르는 가운데 시장 실뱅 바이가 왕과 왕비를 맞아들였다. "얼마나 아름다운 날인가요, 파리 시민이 폐하와 왕실 가족들을 모시게 되었으니 말입니다." 왕은 이렇게만 대답했다. "나의 나라가 평화와 조화, 법의 준수만을 가져오기만을 바랄 뿐이오." 그러나 사람들은 왕실 가족들을 가만히 내버려 두지 않았다. 파리시민들이 베르사유에서 온 사람들이 진짜 왕과 왕비라는 사실을 잘 알아볼 수 있도록 왕실 포로들은 창문 앞으로 끌려 나 갔다. 백성들은 승리감에 취해 있었다. 루이 16세와 마리 앙투아 네트는 군대의 호위도 없이 튈르리 궁으로 가서 휴식을 취했다. 그리고 자신들이 얼마나 깊은 낭떠러지까지 떨어지게 된 것인지 깨달았다.

먼지로 뒤덮인 마차는 버려진 성 앞에 멈췄다. 루이 14세 이후 150년 동안, 옛 왕궁이었던 튈르리 궁에는 아무도 살지 않았다. 적막한 방에는 낡고 못쓰게 된 가구들이 있었다. 침대와 이불은 부족했으며 문도 잘 닫히지 않았고 유리창이 깨져서 차가운 바람 이 스며들어 왔다. 신하들은 급히 양초로 불을 밝히고 잠자리를 마련했다.

"엄마, 여기는 모든 게 다 끔찍해요." 베르사유와 트리아농의 화려함 속에서만 자라온 왕세자가 궁에 들어서며 말했다.

"이곳은 루이 14세께서도 살던 곳이었는데 조금도 불편해하지 않으셨단다. 우리가 그분보다 더 까다롭게 굴어선 안 된단다." 이렇게 대답하면서도 마리 앙투아네트는 이곳에 어떻게 끌려왔 는지, 얼마나 끔찍한 방법으로 오게 됐는지 도저히 잊을 수가 없 었다.

국민의회, 파리 시의원, 그리고 시민들은 아직 마음속으로는 왕에 대한 충성심을 간직하고 있었는지 이 부끄러운 폭력 행위를 숨기기 위해 온갖 수단을 동원했다. 왕실의 유괴사건을 자발적인 이주로 속이기 위해 애를 썼다. 왕권의 묘지에 세상에서 가장 아름다운 장미를 가져다 놓으려 했다. 왕정이 사실은 10월 6일 이후로 영원히 매장되었다는 사실을 숨기려 했다. 왕에게 깊은 충성심을 보이고자 고등법원은 튈르리 궁으로 판사 30명을 보냈고 파리 시의회도 경의를 표했다. 파리 시장은 "우리 도시는 국왕을 모시게 되어 기쁩니다. 부디 왕과 왕비께서는 자비를 베푸시어, 이곳을 영원한 거처로 맞이하여 주십시오."라고 말했다. 그들은 군주 스스로 '자유의사에 의한 이주'를 기뻐하도록 최선을 다했다.

그러나 마리 앙투아네트는 가식적인 행동은 할 줄을 몰랐다. 진실을 왜곡하는 그들의 말은 받아들일 수 없었다. "우리가 어떻게 여기에 오게 됐는지 잊을 수만 있다면 아마 행복할 거예요." 왕비는 메르시 대사에게 편지를 썼다. 하지만 그녀는 잊을 수도, 잊고 싶지도 않았다. 너무나 모욕적인 일을 겪었기 때문이다. 억지로 파리에 끌려오고, 베르사유 궁전은 습격을 당했으며, 경비병들은 무참히 살해되었다. 그런데 국민의회나 국민군은 손 하나 까딱하지 않았다. 게다가 이제는 강제로 튈르리 궁에 유배되었다. 신성한 왕권이 모독 되었다는 것을 온 세상에 알려야 했다. 루이 16세와 마리 앙투아네트는 자신들의 비참함을 알리고 싶었다. 왕은 사냥을 그만두었다. 그렇게 두 사람은 거리에 나오지도 않고 외출도 하지 않은 채로 파리에서 인기를 모을 수 있는 마지막 기회를 놓쳐 버렸다. 이런 고집스러운 고립은 위험한 결과를 낳았다. 왕이 약자로 보이기 시작하면 정말 그렇게 되고 마는 까닭이다. 튈르리 궁에 보이지 않는 철책을 세운 것은 백성들이나 국민의회가 아닌 그들 자신이었다. 그들의 어리석은 고집으로 마지막으로 남아있던 자유도 사라지고 말았다.

그러나 아무리 튈르리 궁이 열악한 감옥이라 한들 그곳은 왕궁이었다. 거대한 마차가 베르사유에서 가구를 실어 왔고 목수와 가구공들은 늦은 밤까지 방에서 못질을 했다. 곧 새로운 거처에 베르사유에서 일하던 사람들이 모여들고 시종, 하인, 마부, 요리사가 하인방을 채웠다. 옛 하인 복장을 한 사람들이 다시 복도에 나타났고 모든 것을 베르사유에서 그대로 옮겨왔다. 유일한 차이점은 귀족 근위병 대신 라파예트 시민 중대 *가 보초를 선다는 것이었다. 왕실은 별로 많은 방을 사용하지 않았다. 더 이상 연

---

* 바스티유 습격 이후 민병대(국민군)가 창설되었으며 라파예트가 사령관으로 임명되었다.

회와 축제 같은 허례허식은 필요가 없어졌기 때문이다. 위층에는 왕의 침실과 접견실, 누이를 위한 침실, 아이들 방과 작은 살롱이 있었다. 아래층에는 마리 앙투아네트의 침실과 접견실, 당구장, 식당이 있었다. 두 층 사이에는 새로 만든 작은 계단이 있었다. 그 계단은 왕비 방에서 왕세자 방과 왕의 방으로 바로 연결되어 있었다. 왕비와 아이들의 가정교사가 이 통로의 열쇠를 가지고 있었다. 1층에 있었던 왕비의 침실과 접견실은 공용계단과 출입구를 이용하지 않아도 언제든 몰래 방문할 수가 있었다. 그녀는 감금 상태에서 마지막 자유의 숨통을 틔웠다.

어두운 복도를 검게 그을린 램프가 가까스로 밝히고 있었고, 낡은 계단은 비틀거렸다. 하인들의 방은 너무 좁았다. 백성들의 힘을 보여주는 국민군이 경비를 서는 이 낡은 성에서 왕실 가족들은 조용하고, 비밀스럽게 어쩌면 베르사유에서보다 더 한가로이 편안한 생활을 했다. 아침 식사를 마치면 왕비는 아이들과 함께 미사에 참석했다가 점심 전까지 혼자 방에서 지냈다. 점심을 먹고는 남편과 당구를 쳤다. 이제 사냥을 못 하는 왕에게는 당구가 거의 유일한 운동시간이었다. 그러고는 잠을 자거나 독서를 했다. 마리 앙투아네트는 방으로 돌아와 친애하는 페르센이나 랑발 공작부인과 함께 시간을 보냈다. 11시면 불이 꺼지고 왕과 왕비는 잠에 들었다.

조용하고 규칙적이고, 소박한 일상이 계속되었다. 연회도 사치스러운 것들도 더는 찾아볼 수 없었고 의상 디자이너인 베르탱 부인을 부르는 일도 없었다. 보석상도 이제 볼 일이 없었다. 왜냐하면 루이 16세는 이제 뇌물이나 정치적인 일들을 위해 돈을 아껴야 했기 때문이다. 창밖으로는 정원이 보였다. 가을이 지나가며 낙엽이 떨어졌다. 왕비에게는 너무 느리게 가던 시간이 이제는 너무나 빠르게 흘러가고 있었다. 이제껏 두려워하던 고요가 그녀를 휩싸고 있었다. 사색의 시간이 다가온 것이다.

휴식에는 창조적인 면이 있다. 휴식은 내부의 힘을 모으고 정화하고, 정돈한다. 야성적인 행동으로 흩어진 모든 것들을 다시 모은다. 마치 병을 흔들었다가 다시 세워 놓으면 무거운 것과 가벼운 것이 분리되듯이 뒤섞인 본성 속에서 고요한 사색은 그 개성을 더욱 뚜렷하게 드러낸다. 잔인하게 홀로 내던져진 마리 앙투아네트는 스스로를 발견하기 시작한다. 경솔한 자가 모든 것을 너무나 쉽게 얻게 되면서, 이 삶의 무상한 선물들이 그녀의 내면을 가난하게 만들었다.

운명은 그녀를 너무 일찍이 잘못 길들여놓았다. 노력하지 않아도 항상 더 높은 자리를 얻었기에 노력할 필요가 없었다. 그저 원하는 대로 살아가기만 하면 되었다. 모든 것은 당연했다. 대신들과 백성들은 일을 해주고, 은행은 돈을 지불해 주었다. 그렇게 그녀는 모든 것을 당연하게 받아들였다. 자신의 목숨과 왕권, 그리고 자녀들을 지켜내야만 하는 상황이 닥치고서야 그녀는 스스로에게서 저항의 힘을 찾았다. 그리고 한 번도 사용하지 않았던 지성과 행동력을 꺼내 들었다. 그녀는 편지에 써 내려갔다. *"인간은 불행 속에서만 자신이 누구인가를 알 수 있게 된다."*

지난 20년 동안, 편지나 후딱 읽어보고 책 한 권 제대로 읽지 않았던 그녀가 이제는 자신의 책상을 내각으로, 방을 외교용 회의실로 바꾸어 놓았다. 손쓸 수 없는 현실에 방관만 하는 남편을 대신해서 외교사절들과 회의를 하고 조치를 취했다. 외국에 있는 친구들과 남들 눈을 피해 의논할 수 있는 비밀 암호도 배웠다. 은현잉크로 쓰인 편지와 숫자식 암호를 사용한 메시지들이 잡지나 초콜릿 상자에 담겨 감시를 피해 밀수되었다. 그녀는 이 모든 것을 혼자서, 온통 밀정뿐인 상황에서 해냈다. 편지가 하나라도 발각되는 날에는 남편과 자식들을 잃을지도 모르는 일이었다.

"불행해지면 질수록 진실한 친구에게 더 깊은 고마움을 느낍니다." 이제 그녀는 메르시 대사 앞에서 부끄러움을 느끼게 되었다. "이제 나는 당신과 다시 만나 마음껏 자유롭게 이야기하고, 내 온 생애를 통해 마땅히 해드렸어야 했던 감사함의 표시를 할 수 있는 순간을 초조하게 고대하고 있습니다." 그녀는 이제 개인적인 것, 권력, 개인적인 행복을 위해 투쟁하지 않았다.

"우리에게 이제 행복이란 욕심은 다 사라졌습니다. 후대를 위해 고통을 겪어야만 하는 왕으로서의 의무가 남아 있을 뿐입니다. 우리는 그 역할을 잘 수행해야만 합니다. 언젠가는 그 뜻이 잘 이해되기만을 바라면서 말입니다."

비록 늦었지만 마리 앙투아네트는 자신이 어쩔 수 없이 역사적인 인물이 될 운명임을 깨달았다. 그리고 이런 시대를 초월한 요구는 그녀의 힘을 점점 더 강하게 만들었다. 그녀에게 '용기'라는 단어는 다가오는 죽음의 교향곡의 주제어가 되었다. 그녀는 늘 "용기를 잃어서는 안 된다"고 되뇌었다. 빈으로부터 그녀의 오빠 요제프가 마지막 순간까지 결연한 태도를 지켰다는 소식을 듣자, 그 이야기를 마치 자신의 죽음에 대한 예언처럼 받아들이며 "오빠께서는 내게 부끄럽지 않게 돌아가셨습니다."라고 말했다.

드높이 펄럭이는 깃발처럼 세상 앞에 선 마리 앙투아네트가 용기를 낸 것은 단지 다른 사람들에게 용기를 주기 위함이었다. 그녀 자신은 한 번도 더 나은 내일을 믿어본 적이 없다. 방으로 돌아오면 지친 그녀는 세상을 향해 깃발처럼 휘두르던 두 팔을 축 늘어뜨렸다. 페르센은 홀로 남아 울고 있는 그녀의 모습을 자주 보았다. 페르센은 누이에게 편지를 쓴다.

"그녀는 너무 불행하다. 내가 이런 그녀를 어찌 사랑하지 않을 수 있을까. 우리가 언젠가 다시 행복해지기에는 너무나도 끔찍한 일들을 많이 당했고 많은 피와 희생을 보았다. 세상은 나에게 어떠한 부정을 드러내 줄 것을 원하지만 나는 결백을 밝히고 싶다. 언젠가 올바른 판단이 내려지리라 믿는다. 이런 생각들은 고통을 견딜 수 있게 도와준다."

하지만 무방비 상태인 마리 앙투아네트에 대한 세상의 증오는 점점 더 심해져 가기만 할 뿐이었다. 그리고 그녀에게 남은 것이라곤 오직 양심뿐, 그 외에는 아무것도 없었다. 마리 앙투아네트는 탄식했다. "이런 세상을 어떻게 이런 마음을 가지고 살아간단 말인가." 절망에 빠진 그녀는 하루라도 이 모든 것이 빨리 끝나 버리기를 소원했다. "우리는 지금 고통 속에 괴로워하고 있지만 적어도 우리 아이들만이라도 행복했으면 좋겠습니다." 아이들이란 마리 앙투아네트를 '행복'이라는 단어와 연결시켜주는 유일한 다리였다.

"내가 행복할 수 있다면 그것은 오로지 내 아이들 덕분입니다. 온종일 혼자였지만 아이들만이 오로지 위안이었습니다. 아이들만은 내 곁에 오래오래 두고 싶습니다." 네 아이 중에 두 명이 세상을 떠나자, 그녀는 남은 두 아이를 필사적으로 아꼈다. 특히 왕세자가 그녀에게 많은 기쁨을 주었다. 폴리냐 대신 새로 온 가정교사에게 쓴 편지에서는 새로운 모습이 보인다.

"내 아들은 지금 생후 4년 4개월에서 이틀이 모자랍니다. 신경이 너무 예민한 그 아이는 익숙지 않은 소리만 들려도 아주 무서워합니다. 하루는 강아지가 가까이에서 짖은 적이 있었는데 그 뒤로 강아지를 아주 무서워합니다. 하지만 나는 강아지를 가까이 해보라고 강요하지는 않았습니다. 이성이 발달하면서 강아지에 대한 공포도 서서히 없어지리라고 믿었어요. 다른 건강한 아이들처럼 그 아이 역시 고집 세게 성을 낼 때도 있습니다. 하지만 고집만 부리지 않으면 너무나 착하고 사랑스러운 아이입니다. 그 아이는 강한 자부심을 가지고 있는데 잘만 이끌어 준다면 언젠간 그것이 장점이 될 것입니다. 그 아이는 나이에 비해 복잡한 성격을 가지고 있으니 무턱대고 윽박지르면 도리어 화를 부를지도 모릅니다. 특히 '용서'를 비는 일은 어려서부터 무척이나 싫어했습니다. 잘못했을 때면 다른 말은 시키는 대로 다 하면서도 마냥 눈물을 흘리고 한참을 괴로워한 후에야 겨우 용서해달라는 말이 나왔습니다. 어려서부터 아이들을 키우는 일은 주로 내가 맡아 왔고, 아이들이 잘못을 저질렀을 때도 내가 꾸중을 해 왔습니다. 화가 나서 다그치는 게 아니라 그 아이들이 저지른 일 때문에 엄마가 마음 아파하고 있음을 깨닫게 하기 위함이었습니다. 나는 늘 내 결정에 대해 그 또래 아이들이 이해할 수 있을 만한 이유로 설명해 줍니다. 그 결정이 내 기분에 따라 멋대로 이루어진 것이 아님을 알려주기 위해서입니다. 내 아들은 아직 글도 읽을 줄 모르고 배움도 더딥니다. 지나치게 산만하여 집중도 잘 못합니다. 그리고 자신의 높은 지위에 대해서도 전혀 알지 못하는데 사실 나는 계속 모르고 있기를 바랍니다. 또 그 아이는 누나를 온 마음을 다해 사랑합니다. 어디를 가거나 선물을 받을 때면 누나도 꼭 챙긴답니다."

어머니로서의 이 기록은 그녀가 전에 썼던 다른 편지들과 비교해 보면 정말 같은 사람이 썼다고는 믿기지 않는다. 과거의 그녀와 새로운 그녀는 너무나 달랐다. 행복과 불행, 절망과 자만. 그녀의 부드러운 영혼 속에 불행은 강렬한 낙인을 남긴다.

"도대체 너는 언제쯤 철이 들까!" 그녀의 어머니는 항상 절망적으로 탄식했었다. 마리 앙투아네트는 이제야 자기 자신을 찾았다. 이 완전한 변모는 튈르리 궁에서 제작한 마지막 초상화에 여실히 드러난다. 폴란드의 화가는 바렌으로 피난을 가느라 그림을 완성하지는 못했지만, 이 초상화에서는 적막을 사랑하는 조용한 여자를 느낄 수 있다. 남에게 환심을 사려는 인상은 찾아볼 수 없었다. 입가의 미소는 사라졌지만 그녀의 눈빛은 꿈꾸듯이 앞을 바라보고 있었다. 대리석이나 상아로 만든 비싼 틀에 끼워진 수천의 거짓된 초상화가 만들어지고 난 뒤 마지막으로 제작된 미완의 작품이 왕비 역시 어떤 영혼을 가지고 있었음을 보여준다.

◀ 마리 앙투아네트와 자녀들 Élisabeth Vigée Le Brun 1787

감옥 탈출

혁명에 맞선 싸움에서 왕비는 오직 한 곳의 피난처를 찾을 수 있었다. 그것은 바로 시간이었다. "참고 인내하는 것만이 우리를 구할 수 있다." 그러나 시간은 기회주의적이며 그만을 믿고 기다려 온 사람들을 배신하기 일쑤이다. 혁명은 쉬지 않고 앞으로 나아갔다. 도시, 시골, 군대에서 새로운 참가자들이 매주 1000명씩은 늘어났고 자코뱅당 *은 왕정을 무너뜨리기 위해 밤낮으로 전력을 늘려갔다. 왕과 왕비는 은둔 생활의 위험성을 깨닫고 시간에만 의존하는 짓은 이제 그만두기로 했다. 새로운 조력자를 구

---

* 프랑스 혁명 시기 생긴 당파 중 하나로 가장 급진적인 혁명을 추진했다. 공화정을 추구했으며 장 폴 마라, 조르주 당통, 로베스피에르가 대표주자였다.

해야 했다.

측근에게까지도 알려지지 않을 정도로 극비리에, 중요한 동맹자가 비밀편지를 보내왔다. 튈르리 궁에서는 국민의회의 대표자이며 혁명의 사자인 미라보 백작 *이 왕으로부터 황금 같은 먹이를 받아먹고 싶어 한다는 걸 알고 있었다. 미라보 백작은 자신이 국왕의 편이라는 것을 믿어주었으면 했다. 그러나 베르사유에 있는 동안 왕은 자신의 위치가 확고하다고 생각했다. 왕비 역시 미라보의 존재가 중요하다는 것을 깨닫지 못했다.

그는 반란의 천재이자 자유 의지의 화신인 동시에 혁명의 힘 그 자체였다. 또한 살아 있는 무정부 상태로서 혁명을 이끌어나갈 능력이 있는 사람이었다. 국민의회의 다른 사람들은 선량한 학자, 예리한 법률가, 정직한 민주주의자들로 이루어져 질서나 새로운 체제에 대해 그저 이상적인 꿈이나 꾸는 형편이었다. 그러나 그는 혼란 상태를 자신의 기회로 생각했다. 국민의회의 수장이었던 그는 혁명의 싸움터로 달려나가 신분제도라는 낡은 울타리를 부수고 자유를 추종했다.

하지만 스스로는 자유롭지 못했다. 빚더미가 등을 내리눌렀고 지저분한 소송 사건들이 그의 손을 묶어 놓고 있었다. 미라보는

---

* 미라보 백작(1749~1791)은 혁명 초기 국민의회 의장과 삼부회 제3신분 대표를 맡았다.

여기저기에 도움을 청해 가면서 간신히 활동하고 있었다. 그에게는 안락, 사치, 꽉 찬 돈 보따리, 그리고 하인 따위가 필요했다. 왕실은 그런 미라보에게 황금 미끼를 던진다. 루이 16세는 미라보에게 손수 서명한 25만 리브르의 채무 증서 4장을 주었다. 그리고 100만 리브르를 국민의회 최종회의 뒤에 지불하기로 하는 약속을 한다. 모든 빚이 단번에 몽땅 없어진다는 것을 알게 되자 그는 미친 듯한 환호성을 질렀다. 마리 앙투아네트는 미라보를 매수해서 확실한 자기편으로 만들고 싶었다. 미라보는 거리에서는 혁명군이 되었고 국민의회에서는 왕을 위해 일했다. 그는 왕에게 편지를 썼다. 하지만 진짜 수신인은 왕비였다.

"왕께서는 단 한 사람, 왕비의 말만 듣고 계십니다. 왕의 권위를 다시 찾지 못하는 이상 왕비께서는 안전하시지 못합니다. 왕비께서는 왕좌 없이는 살아남으실 수 없습니다. 왕좌를 지켜내시지 못한다면 목숨을 보전하지 못하실 것입니다. 이제 그런 순간이 곧 올지도 모릅니다. 이 위기에서 벗어나려면 비범한 수단이 필요할 것입니다."

미라보는 이 비범한 수단을 자처했다. 낮에는 의회나 클럽에서 연설과 선동을 하고 오후에는 의회를 위해 제안서를 만들고 저녁에는 왕에게 보낼 비밀 보고서를 썼다. 이 양면적인 싸움의 대담함을 이해하는 것은 어려운 일이다. 마리 앙투아네트처럼 올곧은 사람의 정치적인 능력으로는 알아채기 힘든 일이었다. 그가 올리는 글들이 대담해질수록 충고가 도리에 어긋날수록 그녀의 평범한 이성은 떨려왔다. 미라보의 생각은 마왕을 불러 악마를 물리치는 것, 즉 혁명을 더 부추겨 무정부 상태로 몰아가 사태를 진정시키자는 것이었다. 상태를 호전시킬 수 없다면 될 수 있는 대로 빠르게 악화시켜 혼란으로 치닫게 하자는 전략이었다. 백성들의 움직임을 밀어내기보다는 장악해야 하며 국민의회에 직접 대항해 싸우는 것이 아니라 국민들을 자극하여 그들 스스로 국민의회를 해체하게 해야 한다. 안정과 평화를 기대하지 말고 온 나라에 불의와 불화를 조성해 옛 질서와 옛 왕정이 돌아와야 한다는 향수를 불러일으켜야 한다. 그러기 위해서는 내란도 불사해야 한다. 비도덕적이지만 정치적으로는 굉장히 통찰력 있는 미라보의 제안이었다.

"네 명의 적이 다가오고 있습니다. 세금, 파산, 군대, 그리고 겨울입니다. 서둘러 결정을 내리시어 미리 사태에 대비해 두어야 합니다. 이제 내란만이 불가피한 길입니다." 화려한 나팔 소리처럼 대담한 그의 견해에 왕비는 가슴이 떨릴 뿐이었다.

"미라보같이 생각 있는 사람이 어찌 내란을 일으키자는 생각을 하는지 알 수가 없습니다." 그녀는 이 계획을 처음부터 끝까지 어리석은 짓이라 생각했다. 미라보는 왕비를 설득하려고 애를 썼지만, 그의 말은 먹혀들지 않았다. 그는 아무리 좋은 책략을 내도 꿈쩍도 안 하는 무능하고 한심한 왕궁을 위해 쓸데없는 싸움을 하고 있음을 깨달았다.

"선량하지만 나약한 국왕이여! 불행한 왕비여! 무조건적인 신뢰와 지나친 불신 사이에서 우왕좌왕하지 마십시오. 지금 두 분이 서 있는 두 발 아래, 무시무시한 심연을 내려다보십시오. 이것이 마지막입니다. 여기서 포기하시거나 실패하게 된다면 나라는 어찌되겠습니까? 번개가 치고 폭풍우에 휘말리게 된다면 이 배는 어디로 가겠습니까? 저도 알 수가 없습니다. 만일 제가 이 난파선에서 살아남을 수만 있다면 자랑스럽게 말할 것입니다. 나는 모두를 구하기 위해 나의 파멸까지도 마다하지 않았다고. 그런데도 그들은 그것을 원치 않았다고."

마리 앙투아네트는 미라보의 혁명적인 성격을 이해하지 못했다. 미라보는 백성들에게 의심받고, 궁중에서 의심받고, 국민의회에서까지 의심받아 가면서도 모두를 위해 모두와 맞서 싸웠다. 그러나 그는 1791년 4월 파티를 벌이다 42세의 나이로 급사하고 만다. 국민의회의 주요 인물이었던 그가 죽게 되면서 왕과 의회 사이의 대화 창구는 사라져 버렸다. 이젠 왕실과 백성 사이를 조정해 보려 했던 마지막 인물마저 사라져 버렸다. 마리 앙투아네트와 혁명은 이제 서로를 맞대고 대립하게 되었다. 격변하는 시대 속에서 '영원'이라는 말은 얼마나 부질없는 것인가! 그는 사후

팡테옹 *에 안장되었다. 하지만 미라보가 왕과 내통했던 사실이 드러나자 곧 그의 유해는 파헤쳐져 버렸다.

미라보의 죽음과 함께 왕실은 혁명에 맞서 싸웠던 유일한 조력자를 잃고 말았다. 왕실은 다시 혼자가 되었다. 이젠 두 가지 가능성이 남아 있을 뿐이다. 혁명에 맞서 싸우거나, 그 앞에 항복하거나. 항상 그래왔듯이 왕실은 두 가지의 선택을 모두 버리고 가장 불행한 길, 도망치는 길을 택한다.

미라보는 일찍이 왕이 달아나서는 안 된다고 충고했다. 물론 감금 상태로는 아무것도 할 수 없지만, 도망가는 것은 왕이 위엄에 어긋나는 일이기 때문이다. 그는 루이 16세가 군대를 이끌고 나가 국민의회와 담판을 지어야 한다고 말했다. 하지만 그런 행동은 루이 16세 같은 사람에게는 불가능한 일이었다. 왕에게는 목숨을 거는 일보다 당장의 편안함이 더 중요했다. 미라보가 죽자 하루하루 지쳐가던 왕비는 메르시에게 결연한 마음으로 편지

---

* 프랑스의 위인들이 안장되는 국립묘지이다. 미라보는 팡테옹에 안장된 첫 번째 인물이었으나 루이 16세에게 뇌물을 받은 혐의로 퇴출되었다. 퀴리 부부, 빅토르 위고, 장 자크 루소, 볼테르 등이 이곳에 묻혀있다.

를 쓴다.

"남은 방법은 두 가지밖에 없습니다. 폭도들의 칼에 맞아 죽든가, 말로는 우리의 안녕을 바란다고 하면서 실제로는 최악의 짓을 저질러온 자들의 독재 아래에 얽매여 살아가는 것입니다. 그것이 우리의 미래입니다. 만약 이도저도 못 하다가 아무 결정도 내리지 못한다면 우리를 기다리고 있는 운명은 더 가까이 다가오겠지요. 우리 처지에 대한 혐오나 초조함에 대해 이야기하는 것은 아닙니다. 살아남을 방법을 찾다가 죽는 것이 포기하는 것보단 낫겠지요." 그녀는 자신의 파멸을 예감하고 있었다.

"우리에게 더 이상 선택지는 없습니다. '폭도'들이 시키는 대로 따르거나 그들 칼에 죽는 것뿐이지요. 이건 절대 과장해서 말하는 것이 아닙니다."

도주는 왕비 손에 달려있었다. 그녀는 도주 준비를 모두 페르센에게 맡겼다. 그는 숨길 것 없이 신뢰할 수 있는 유일한 사람이었다. 목숨이 위험할지도 모르는 일이었다. 어려운 점은 한둘이 아니었다. 국민군이 지키고 있고 첩자가 감시하는 궁에서 빠져나와 도시를 벗어나기 위해서는 신중해야만 했다.

유일하게 믿을 수 있었던 지휘관인 부이예 장군에게 도움을 구했다. 부이예 장군은 왕과 왕비가 탄 마차가 발각될 경우 바로 구출할 수 있도록 몽메디 요새로 가는 길 중간에 기병대를 보내주기로 했다. 하지만 이것도 쉬운 일이 아니었다. 눈에 띄는 국경

지방에서 병력을 이동하기 위해서는 마땅한 구실이 필요했다. 그래서 먼저 오스트리아가 국경에 군대를 배치해 부이예 장군이 병력을 이동할 수 있는 계기를 마련해주었다. 모든 일은 서신 왕래를 통해서 비밀리에 진행됐다. 이 무렵 대부분의 편지는 중간에 개봉되기 일쑤였다. 도주를 위해서는 많은 돈이 필요했지만 왕과 왕비는 완전히 무일푼인 상태였다. 결국 자금 문제도 페르센이 해결해야 했다.

페르센은 이 일에 모든 것을 바쳤다. 밤이 되면 비밀통로로 들어와 왕비와 몇 시간씩 의논했다. 국외에 있는 영주들 그리고 부이예 장군과 편지를 주고받으며 마부로 변장해 왕비 일행을 국경까지 안내할 사람을 뽑았다. 자신의 이름으로 마차를 예약하고 가짜 여권을 준비했으며 러시아와 스웨덴 귀부인에게 30만 리브르를 빌렸다. 마지막에는 자신의 가정부에게서까지 3000리브르를 빌렸다. 변장에 필요한 옷들을 튈르리 궁으로 날랐고 왕비의 다이아몬드를 밀매했다.

밤낮으로 거듭되는 생명의 위험 속에서 편지를 쓰고, 의논하며 계획을 세웠다. 말 한마디라도 꼬리를 잡히거나 편지 한 장이라도 발각되면 그의 목숨은 끝이었다. 그러나 그는 대담하면서도 신중하게 계획에 따라 움직였고 세계사의 거대한 드라마 속에서 본인의 의무를 다하였다.

아직도 주저하며 망설이는 왕은 가능하면 이런 무서운 일은 피하고 싶었다. 하지만 의장 마차와 필요한 돈은 모두 준비되었고, 부이예 장군과도 모든 이야기가 다 되어있었다. 남은 것은 딱 한 가지, 이 떳떳하지 못한 도주에 대해 모두가 이해할 만한 이유를 만들어내는 것이다. 왕과 왕비가 단순한 공포심 때문에 도망가는 것이 아니라 반역자들의 공포정치 때문에 어쩔 수 없이 달아나는 것임을 증명해야 했다.

루이 16세는 국민의회와 시청에 부활절 주일을 생클루에서 보낼 생각이라고 전했다. 비밀리에 전한 말임에도 순식간에 자코뱅당 언론은 왕이 선서 거부파 신부 *가 집전하는 미사에 참여하고 도주하려 한다는 기사를 실었다. 이 기사는 큰 반향을 일으켰다. 4월 19일, 모든 준비를 마친 왕이 의장 마차에 오르려 하자 수많은 군중이 몰려들었다. 왕가의 도주를 무력으로 저지하려는 사람들이었다.

이런 공개적인 소란이야말로 왕비가 바라던 것이었다. 루이 16세는 맑은 공기를 쐬러 10마일 밖으로도 나갈 수 없는, 프랑스에서 제일 자유롭지 못한 사람이라는 것이 온 세상에 증명되었다. 왕과 왕비는 시위라도 하듯 마차에 앉아 기다렸다. 병사와 군중들은 그 앞을 막고 길을 비켜주지 않았다. 라파예트가 나타나 국

---

 * 국민의회는 성직자들에게 '충성 선서'를 강요했는데 이에 반대한 이들을 선서 거부파 신부라 불렀다.

민군 지휘관으로서 길을 비키라 명령했지만 아무도 그의 말을 듣지 않았고 그저 비웃었다. 지휘관이 자신의 군대에게 명령을 들어달라며 애원하는 동안 왕과 왕비 일가는 무덤덤하게 마차 안에서 기다리고 있었다. 거친 욕설이 들려왔지만 왕비는 분쟁에 끼어들려 하지 않았다. 자신이 증오하는 두 권력의 충돌을 지켜볼 뿐이었다. 국민군의 권위도 이제는 별것이 아니었다. 그녀는 온 프랑스가 무정부상태가 됐다는 사실을 널리 알려 왕의 도주를 정당화하고 싶었다. 이 소란은 2시간이 넘게 계속되었다.

왕은 의장 마차를 다시 마구간에 넣고 생클루로의 외출은 포기하겠다고 말했다. 승리감에 취한 군중은 환호했다. 국민군도 갑자기 마음이 바뀌기라도 한 듯 왕과 왕비에게 보호를 약속했다. 그러나 보호의 의미를 잘 알고 있는 마리 앙투아네트는 이렇게 대답한다.

"이제 여러분도 우리가 자유롭지 못하다는 사실을 인정해야 할 것입니다."

이 말은 겉으로는 국민군에게 하는 말처럼 보이지만 사실은 유럽 전체를 향한 말이었다. 국왕 일가는 자신들이 실제로는 포로임을 확인했다. 처음에는 도주에 내켜 하지 않던 루이 16세도 탈출계획에 귀를 기울이기 시작했다.

생사의 갈림길에서도 왕실 가족은 신성한 가문에 누가 되는 일은 해서는 안 되었다. 목숨을 건 도주에서도 품위를 지켜야 했다.

그들의 첫 번째 실수는 다섯 명이 한 마차에 타기로 한 것이다. 프랑스 전역에 얼굴이 알려진 왕실 가족이 한 마차에 올라탄 것이다. 왕과 여동생, 왕비, 두 아이, 게다가 트루젤 후작부인도 왕의 자녀들과 떨어질 수 없다며 같은 마차에 오르게 되었다. 눈에 띄지 않는 마차를 두 대 준비해서 왕과 왕비, 자녀들과 일행이 나누어 탔더라면 평범한 마차는 국경에 쉽게 도착했을 것이다. 왕의 동생 프로방스 백작은 실제로 그렇게 무사히 영국으로 도망칠 수 있었다.

인원이 많아질수록 도주는 점점 지체되었다. 왕비는 이 순간에도 시중 들 사람이 없다는 건 상상도 할 수 없었다. 그래서 두 번째 마차에는 시녀 두 사람이 더 올랐다. 마부와 기수, 역 마차꾼, 하인의 자리도 채워야 했다. 인원은 벌써 12명이었다. 페르센에 그의 마부까지 더하면 일행은 벌써 열네 명이었다. 비밀을 지키기에는 너무 많은 숫자였다.

실수는 또 있었다. 왕과 왕비는 도주를 하는 사람의 차림이 아니었다. 왕은 항상 격식 있는 복장으로 나타나야 하기 때문에 몇백 파운드는 족히 넘을 화려한 옷들을 트렁크에 넣어 마차에 실었다. 덕분에 마차의 속도는 느려졌고 사람들의 눈길을 끌게 되었다. 비밀스러운 탈출은 화려한 원정이 되고 말았다. 하지만 가장 큰 실수는 따로 있었다. 왕과 왕비가 24시간 동안 이동하기 위해서는 편한 마차가 필요했다. 특별히 넓고 튼튼하게 만들어진 새로운 마차에서는 새 페인트 칠 냄새와 부의 냄새가 풍겼다. 역마다 우체국장의 호기심을 끌고도 남았다. 그러나 페르센은 마리 앙투아네트를 위해 될 수 있는 대로 아름다운 마차를 준비해주려고만 했다. 사랑에 빠진 페르센은 멀리까지 내다보지 못했다. 마차에는 휴식을 위한 공간도 마련되어 있어야 했다.

은식기, 옷장, 음식, 게다가 왕이 마실 포도주의 저장고까지 만들어졌다. 왜 마차에 백합 문장까지 붙이지 그랬나 하는 생각이 들 정도였다. 거대하고 사치스러운 이 마차가 속력을 내려면 적어도 8마리에서 10마리의 말이 필요했다. 두 마리의 말이 끄는 경마차라면 마차의 말을 교대하는데 5분밖에 걸리지 않지만 이런 경우에는 30분이나 걸리기 때문에 생사를 가르는 여행길은 네다섯 시간이나 지체되었다.

또 도시마다 '금전 수송'을 기다린다는 명목으로 경기병들이 나타나 대기하고 있는 통에 눈에 띄지 않을 수가 없었다. 게다가 이 역사적인 사건에서 가장 바보 같은 일은 슈아죌 공작 *이 부대 간의 연락을 맡는 장교로, 왕비의 미용사였던 레오나르를 뽑은 것이었다. 그는 당연히 머리는 잘 만졌지만 외교적인 능력은 전혀 없었다. 레오나르는 이미 복잡한 상황을 더욱 혼란스럽게 만

* 에티엔 프랑수아 드 슈아죌(1719~1785)은 프랑스의 외교관이다. 빈 주재 대사를 지냈으며 마리 앙투아네트와 루이 16세의 혼인을 추진해 동맹을 체결시켰다.

들었다.

프랑스 국가 의식과 역사를 돌이켜 볼 때 왕의 도주에 대한 규범은 전혀 없었다. 대관식을 어떻게 진행하는지, 극장에 가거나 사냥에 갈 때는 어떻게 해야 하는지, 연회나 미사에는 어떤 옷을 입고 가야 하는지에 대한 세세한 규정들은 있었다. 하지만 왕과 왕비가 궁에서 달아날 때 무슨 옷을 어떻게 입어야 하는지에 대한 규정은 아무것도 없었다. 직접 새로 만들어야 했다.

오랜 기다림 끝에 도주하는 날은 6월 19일로 정해졌다. 비밀은 언제 새어 나갈지 모르는 일이었다. 페르센은 몇 달 전부터 오직 이 일만을 위해 신경을 곤두세웠다. 주문 제작한 마차를 몰고 직접 바렌까지 가보기도 했다. 준비는 완벽했고 마차 바퀴까지 모든 장비를 빈틈없이 점검했다.

그러나 출발을 앞두고 왕비는 갑자기 취소 명령을 내린다. 한 시녀가 의심스러운 모습을 보인다며 그 시녀가 일하지 않는 날인 6월 20일로 일정을 바꾸기로 했다. 하루가 연기되는 바람에 장군에게 출발 취소 명령을 내릴 수밖에 없었다. 출발 준비를 마친 기병대는 다시 안장을 풀었다. 의심의 눈을 피하기 위해 왕비는 오후에 두 아이와 티볼리 유원지에 갔다. 돌아오는 길에는 지휘관에게 여느 때와 같이 다음 날의 지시사항을 말해두었다.

루이 16세는 좀처럼 긴장하는 일도, 흥분하는 일도 없었다. 저녁 8시가 되자 마리 앙투아네트는 인사를 하고 방으로 들어가 아이들을 눕혔다. 저녁 식사를 마치면 큰 홀에서 온 가족이 다 함께 모이기로 되어 있었다. 예민한 사람이라면 왕비가 자꾸만 피곤한 듯 시계를 보는 것을 눈치챘을지도 모른다. 그녀는 이 밤에 어느 때보다 더 긴장되고 또렷한 정신으로 운명을 맞이할 준비를 하고 있었다.

바렌 도주 사건

1791년 6월 20일 밤, 튈르리 궁에 이상한 점이라고는 하나도 없었다. 국민군은 언제나처럼 자리를 지키고 있었다. 시녀와 하인들은 저녁 식사를 마치고 각자의 방으로 돌아갔다. 큰 홀에서는 왕과 그의 동생 프로방스 백작이 잡담을 나누고 있었다. 10시쯤 왕비가 일어나서 자리를 잠시 비운 것이 이상하다면 이상하다고 할 수 있었다. 잠시 편지를 쓰러 나가는 것이겠지. 시종들은 그녀를 따라나서지 않았다. 왕비는 복도로 나왔다. 복도는 텅 비어있었다. 그녀는 경비병들의 발걸음 소리가 멈추기를 숨을 참고 기다렸다. 그리고 딸의 방으로 가서 노크를 했다. 어린 공주는 잠에서 깨어나 가정교사 마담 브뤼니에를 불렀다. 아이에게 얼른 옷을 입히고 왕세자를 깨워 조용히 말했다.

"일어나렴. 우리는 군인들이 많은 성으로 갈 거란다." 어린 왕자는 칭얼대면서 자기도 군인처럼 검과 제복을 달라고 말했다. 그녀는 비밀을 알고 있는 가정교사 트루젤 부인을 재촉했다. 왕세자에게는 가면무도회에 가기 때문에 소녀로 변장해야 한다고 달랬다. 아이들은 조용히 계단을 내려와 왕비의 방으로 향했다. 왕비가 벽장을 열자 페르센이 준비한 경호 장교 말당 공이 그 안에 숨어 있었다.

궁중은 불빛 하나 없이 어두컴컴했다. 복도로 나가자 마차가 한 줄로 늘어서 있었다. 마부와 하인들은 여름밤의 아름다운 저녁을 즐기며 느긋하게 무기를 내려놓은 국민군과 잡담을 나누고 있었다. 마차 그림자 속에서 마부로 변장한 남자가 나타나 조용히 왕세자의 손을 잡았다. 페르센이었다. 그는 아침 일찍부터 호위병들을 급사로 변장시켜 배치해 두었다. 궁에서 여행 가방을 가져와 마차에 넣고, 불안함에 눈물을 흘리는 왕비를 위로했다. 그는 네다섯 번씩 변장을 하고 파리를 왕래하며 모든 일들을 처리했다. 하지만 단지 왕비의 고마움을 담은 눈빛 외에는 어떠한 보답도 바라지 않았다.

그림자는 어둠 속으로 사라졌다. 왕비는 조용히 문을 닫고 눈에 띄지 않는 가벼운 걸음걸이로 마치 편지라도 한 장 가지러 다녀온 사람처럼 되돌아와서 잡담을 계속했다. 그동안 아이들은 페르센의 안내를 받아 마차에 옮겨져 깊은 잠에 빠졌다. 그 사이 왕비의 시녀 두 명도 다른 마차를 타고 먼저 떠났다.

이날 밤, 마찬가지로 궁을 빠져나갈 생각이었던 프로방스 백작과 그의 아내는 평소처럼 성을 나섰다. 왕비는 의심받지 않기 위해 다음 아침 산책용 마차도 지시해 두었다. 11시 30분, 라파예트의 국왕 알현이 끝나자 왕비는 불을 끄라고 명령하며 하인들에게 물러가라고 했다. 시녀가 문을 닫자마자 왕비는 옷을 재빨리 갈아입고 눈에 띄지 않는 검은 모자를 썼다. 그녀는 계단을 내려와 카루젤 광장을 가로질렀다. 모든 것은 순조로웠다.

그때 불빛이 번쩍이며 다가오고 있었다. 횃불을 든 사람들이 다가왔다. 문제가 없는지 돌아보고 있었던 라파예트였다. 왕비는 불빛을 피해 성문 아치 밑에 숨었다. 그녀의 몸에 닿을 듯 가까이 지나쳤지만 다행히 아무도 그녀를 알아보지 못했다. 몇 발자국 떨어진 곳에 마차가 준비되어 있었다. 페르센과 아이들이 기다리고 있는 곳이었다.

왕의 탈출은 더 난이도 있는 일이었다. 라파예트의 알현이 어찌나 길어지던지 느긋한 왕도 참기 힘든 정도였다. 결국 라파예트는 11시 반이 지날 때쯤 자리에서 일어났고 루이 16세는 그제야 침실에 들 수 있었다. 그러나 그에게는 지켜야만 하는 왕궁의 오랜 관습이 있었다. 왕의 시종은 손목에 줄을 감아 왕과 같은 방에서 잠을 자도록 되어 있었다. 왕의 작은 움직임에도 시종이 빠르게 대응하기 위한 조치였다. 루이 16세는 우선 평상시처럼 옷을 벗고 침대에 누워 침대의 양쪽 커튼을 내렸다. 그는 시종이 옷을 벗으러 옆방으로 들어가는 순간을 기다리고 있었다. 그 짧은 순간 왕은 맨발로 가운만 걸친 채 반대편 쪽문으로 나와 아들의 방으로 달려갔다. 그곳에는 검소한 옷 한 벌과 하인 모자가 준비되어 있었다. 시종은 침실로 돌아왔다. 커튼 아래로 곤히 잠든 왕을 깨우지 않고 숨을 죽인 채, 평상시처럼 끈의 한쪽 끝을 자기 팔목에 매었다. 그 사이 루이 16세는 내복 바람으로 계단을 내려갔다. 그곳에는 벽장 속에 숨어 있던 호위병이 그를 기다리고 있었다. 푸른 코트를 입고 하인 모자를 쓴 왕이 왕궁을 걸어 나갔지만 아무도 그를 알아보지 못했다. 자정 무렵이 되자 왕실 식구들은 모두 마차에 모일 수 있었다. 마부로 변장한 페르센이 마부석에 앉아 파리를 가로질렀다.

페르센은 말을 몰아본 적이 없었고 복잡한 파리의 길을 잘 알지도 못했다. 또 너무나 조심스러운 성향이었던 그는 도시를 빠져나가기 전에 한 번 더 마티뇽 거리로 가서 큰 마차가 출발하는지 확인해야만 했다. 결국 새벽 2시가 되어서야 도시를 빠져나갈 수 있었다. 두 시간이나 허비한 것이다.

검문소 뒤에는 커다란 마차가 대기하기로 되어 있었다. 하지만 마차는 보이지 않았다. 그들은 또 그렇게 마차를 찾다가 시간을 흘려보냈다. 겨우 마차를 찾은 페르센은 왕실 가족들의 발에 먼지가 묻지 않도록 타고 온 마차를 커다란 마차 바로 옆에 세워 올라탈 수 있도록 했다. 두시 반이 넘어서야 다시 출발한 마차는 새벽 3시가 되어서 봉디에 도착했다. 경호 장교가 말 여덟 마리를 데리고 기다리고 있었다. 이곳에서 왕비는 페르센과 작별해야 했다. 자신이 믿을 수 있는 유일한 동반자와 헤어진다는 것은 쉽지 않은 일이었다. 페르센은 마부들을 속이기 위해 "마담 코르프 부인, 안녕히 가십시오."라고 인사하며 작별을 고했다.

말 여덟 마리가 모는 마차는 활기차게 시골길을 달렸다. 실컷 잠을 잔 아이들이 깨어나고 모두들 여느 때보다 즐거워 보였다. 그들은 서로의 가짜 이름을 불러보며 웃어댔다. 트루젤 부인은 마담 코르프, 왕비는 가정교사 마담 로쉐가 되었고 왕은 집사 뒤랑이 되었다. 마담 엘리자베트는 시녀로, 왕세자는 소녀로 변장했다. 편안한 마차 안은 궁궐의 국민 경비병에 둘러싸여 있는 것보다 훨씬 더 자유로웠다. 얼마 뒤 배가 고파진 그들은 은식기에 음식들을 담아 풍성한 식사를 했다. 닭다리 뼈와 포도주병은 마차 창밖으로 던져버렸다.

모험에 신난 아이들은 장난을 쳤고 왕비는 수다를 떨었다. 왕은 뜻밖의 기회를 통해 자신의 왕국을 알아갔다. 지도를 꺼내어 이 마을 저 마을을 확인해 보았다. 그들은 점점 불안을 잊고 안도감에 휩싸였다. 첫 번째로 말을 바꾸는 곳에 도착했을 때는 새벽 6시쯤이었다. 아직 사람들은 잠들어 있었고 아무도 코르프 부인의 통행증에 대해 물어보지 않았다. 이제 살롱을 통과하기만 하면 됐다. 살롱에서 4마일 떨어진 곳에서 젊은 공작 슈아죌이 보낸 기병 부대가 기다리고 있었기 때문이다.

오후 4시, 드디어 살롱에 도착했다. 사람들은 낯선 얼굴과 아름다운 마차를 구경하는 것을 즐겼다. 뭘 좀 안다는 사람들은 전문가가 된 것처럼 마차를 훑어보았다.

"다마스타 천으로 장식하고 화려한 휘장을 친 것을 보아하니 분명 귀족인 모양이군. 아마 망명을 온 것이겠지." "이 더운 날씨에 왜 마차 속에만 앉아 있는 거지? 왜 저 하인들은 귀족 행세를 하는 걸까? 뭔가 이상하다!"

사람들이 웅성거리기 시작했다. 누군가가 우체국장에 다가가 속삭였다. 그는 충격을 받은 표정을 지었지만, 그들을 그냥 보내주었다. 별다른 일은 일어나지 않았다. 그런데 30분 정도가 지나자 온 도시에 왕가가 살롱을 지나갔다는 소문이 퍼지기 시작했다. 하지만 마차 안에서는 아무것도 알 수 없었다. 피곤했지만 즐겁기만 했다. 왜냐면 다음 정거장에서는 슈아죌이 경기병들과 함께 기다리고 있을 테니까! 이제 더 이상 변장하고 숨어있을 필요도 없었다.

불안한 마담 엘리자베트는 슈아죌을 찾으려는지 자꾸 창밖을 내다보았다. 혹시 경기병들의 반짝이는 검이라도 보이지 않을까 찾아보았지만 아무도 없었다. 한 기마병이 나타났지만 그는 전초병으로 나갔던 호위 장교일 뿐이었다.

"슈아죌은 어디 있지?" 엘리자베트가 호위 장교에게 물었다.

"없습니다."

"다른 경기병들은 어디 있는가?"

"아무도 없습니다."

신나던 기분이 한순간에 가라앉았다. 무엇인가 잘못된 것 같았다. 날은 어두워지기 시작했다. 돌아갈 수도 멈출 수도 없었다. 도망자에게 다른 길은 없었다. 계속해서 전진하는 것. 왕비는 두 시간만 더 가면 병사들과 합류할 수 있을 거라고 사람들을 위로했다. "분명 경비병들이 실수한 걸 거예요. 두 시간만 더 가면 생트 므누에 있는 병사들과 합류할 수 있을 겁니다." 하지만 그곳에도 호위병은 한 명도 보이지 않았다.

실은 기병들은 하루 종일 기다리고 있었다. 오랫동안 식당에 앉아있었는데 기다리다 짜증이나서 술을 마시고 시끄럽게 하는 통에 사람들의 이목을 끌기도 했다. 그래서 지휘관은 병사들을 도시 밖으로 내보내 기다리게 했다. 차라리 혼자 남아있는 것이 낫겠다고 생각했다. 한참 뒤, 여덟 마리의 말이 끄는 마차가 다가왔다. 그 뒤에는 두 마리의 말이 끄는 이륜마차가 따라 왔다. 이 이상한 광경은 이목을 끌기에 충분했다. 무슨 이유인지 경비병들이 몰려와 대기하더니 이제는 마차 두 대가 등장했다. 게다가 경비병 지휘관은 이 이상한 손님을 존경에 가득 찬 태도로 맞이한다. 그것은 단순히 존경의 눈빛이 아니라 굽실거린다고 해야 할 정도였다. 자코뱅 당원이며 과격 공화주이자인 우체국장 드루에는 날카로운 눈빛으로 그들을 관찰했다. 그리고 마부들에게 마차를 너무 빠르게 몰지 말아 달라고 작은 목소리로 명령했다.

겨우 10분도 지나지 않아서 이 마차 속에 국왕 일가가 타고 있다는 소문이 퍼졌다. 살롱에서 퍼졌는지, 아니면 백성들의 직감이 맞았는지는 알 수 없다. 위험을 느낀 경비병 지휘관은 군대를 동원하려 했다. 하지만 이미 늦었다. 민중들은 항의하기 시작했고 포도주에 취한 병사들은 말을 듣지 않았다. 드루에는 말을 타고 지름길을 달려 마차를 앞질렀다. 먼저 가서 이 수상한 사람들이 누군지 밝혀내야 했다. 소문대로 정말 왕이라면, 왕도 왕관도 가만두지 않겠다. 항상 그랬듯이, 결단력 있는 개인의 한 행동이 세계사를 바꾸어 놓았다.

왕실 마차는 바렌으로 향하는 굽이진 길을 달렸다. 이제 한 시간만 더 견디면 안전한 호위아래에 머물 수 있었다. 하지만 또 황당한 일이 벌어진다. 말을 바꾸기로 약속한 장소에 말이라고는 준비되어 있지 않았다. 이곳에서 기다리기로 했던 두 명의 장교들이 미용사 레오나르의 어수선한 말을 듣고 왕이 오지 않는 것으로 착각해 잠 들어 버린 것이다.

그들은 결국 지친 말을 끌고 계속 나아가는 수밖에 없었다. 바렌에 가면 말을 바꿀 수 있으리라. 그러나 그때, 성문 아래 서 있던 젊은 청년들이 다가와 "멈추시오!"하고 소리쳤다. 순식간에 마차는 포위당해 청년들에게 끌려갔다. 앞서 도착한 드루에는 청년들을 끌어모아 두었다.

"통행증을 내놓으시오." 누군가가 외쳤다.

"우리는 급해요. 서둘러 가야 합니다."

마차에서 들려온 침착한 여자의 목소리는 마담 로쉐. 왕비의 목소리였다. 하지만 항의는 아무 소용이 없었다. 그들은 근처 술집으로 끌려갔다. 잡화상 주인이자 바렌 시장인 소스가 통행증을 요구했다. 왕에 대한 충성심을 갖고 있던 그는 통행증을 보더니 이상이 없다고 말하며 그들을 놔주려 했다. 모든 상황이 두려웠던 그는 마차를 그냥 보내줄 생각이었다. 하지만 대어가 낚인 것을 눈치챈 드루에는

"이들은 왕실 사람들이오. 당신이 이들을 그냥 보낸다면 당신은 대역죄를 범하게 되는 것이오!"하고 외쳤다. 사람들은 계속 몰려들었다. 시장 소스는 골치가 아팠다. 상황이 난처해진 시장은 말도 지쳤고 시간도 늦었으니 자기 집에서 하룻밤 묵는 것이 어떻겠냐고 제안한다. 어차피 내일 아침이면 모든 것이 밝혀질 것이고 좋은 식으로든, 나쁜 식으로는 그는 아무런 책임을 지지 않아도 되리라 생각했다.

그들에게도 마땅한 방법은 없었기에 왕은 경비병이 올 때까지 그곳에 머물기로 한다. 한두 시간이 지나면 슈아죌이나 부이예 장군이 올 거라고 생각한 루이 16세는 변장을 한 채로 시장의 집

에 들어갔다. 그는 먼저 포도주 한 병과 치즈를 달라고 했다.

"저 사람이 왕이야?" "저 사람이 왕비야?" 급히 몰려든 노인들과 농부들은 수군댔다. 궁중에서 멀리 떨어진 작은 도시의 사람들은 국왕의 얼굴을 볼 기회가 없었다. 언제나 동전에 새겨진 모습으로 상상할 뿐이었다.

1791년 6월 21일, 마리 앙투아네트는 그녀의 생애 36년과 왕비가 된 이후 17년이라는 시간을 통틀어 난생처음 프랑스 시민의 집으로 들어갔다. 끈적이는 오래된 기름 냄새, 말린 소시지와 향신료 냄새로 가득한 잡화상의 가게를 지나서, 삐걱거리는 계단을 올라갔다. 낮고 초라한 지붕 아래에 거실과 침실이 있었다. 왕과 왕비, 엘리자베트 그리고 가정교사와 아이들, 시녀까지 여덟 명이 좁은 방에 앉았다. 지친 아이들은 곧 잠들었고 왕비는 얼굴에 베일을 썼다. 아무에게도 그녀의 분노와 고통을 들키고 싶지 않았다. 침묵이 흐르는 가운데 왕은 치즈 조각을 잘랐다.

그때 밖에서 말발굽 소리와 사람들의 목소리가 시끄럽게 들려왔다. "경비병이다, 경비병!" 슈아죌이었다. 그는 칼을 휘둘러 길을 확보하고 병사들을 집 주위에 모았다. 서둘러 계단을 올라간 슈아죌은 말 일곱 마리가 준비 되었으니 어서 이곳을 벗어나야 한다고 말한다. 그는 엄중하게 고개를 숙이며 말했다.

"폐하, 명령을 내려주십시오." 그러나 빠른 결단은 루이 16세와는 어울리지 않는다. 그는 슈아죌이 명령을 지킬지 의심스러웠고 왕비와 아이들을 잃을 것 같아 걱정되었다. 차라리 경기병들이 더 모일 때까지 기다리는 것이 낫지 않을까. 이런 생각을 하며 아까운 시간을 흘려보내는 사이, 마을 종소리에 깨어난 민병대들이 모이고 국민군도 빠르게 모여들었다. 그들은 대포를 가져오고 바리케이드를 쳤다. 거리에는 농부, 목수, 목장 주인들 모두가 몰려들었다. 그중에는 왕을 구경하려고 호기심에 온 사람들도 있었다. 하지만 왕을 결코 성 밖으로 내보내서는 안 된다는 목표는 모두 같았다.

"파리로 가라! 가지 않으면 쏘겠다!" 하는 격렬한 외침이 마부에게 쏟아졌다. 그때 또다시 종소리가 울리며 파리에서 온 마차 한 대가 도착했다. 국민의회는 왕의 도주를 막기 위해 전국 방방곡곡에 의원을 보냈다. 그중 두 명이 왕을 찾아낸 것이다. 끝없는 환호가 이어졌다. 이제 국민의회의 의원들이 왔으니, 작은 도시 바렌은 더 이상 세계사의 운명을 결정할 책임을 질 필요가 없어졌다. 어느새 밤이 지나 아침이 되었다. 두 의원 중 한 명인 로뫼프는 라파예트의 부하로 튈르리 궁에서 왕비 곁을 지킨 적도 있었다. 그는 왕과 왕비를 구해주고 싶었다. 하지만 그의 동료 바이용은 충직하고 야심 찬 혁명 주의자였다. 왕실 가족의 흔적을 발견한 로뫼프는 왕이 도주할 수 있도록 시간을 벌어주기 위해 걸음을 늦추었지만 바이용은 얼굴을 붉히며 왕에게 국민의회의 명령을 전달하려고 했다. 그 명령은 왕족을 체포하라는 것이었다. 로뫼프는 말을 더듬으며 온 파리가 혼란스러운 상태이니 왕께서는 나라를 위해서 파리로 돌아가시는 편이 좋을 것 같다고 말했다.

"뭐라구요! 당신이 나한테 이러다니!" 왕비는 참을 수 없다는 듯 고개를 돌렸다. 사실 더듬거리는 말 뒤에는 무언가 더 좋지 않은 말이 숨어있었다. 왕이 명령서를 받아들어 읽어보자 거기에는 왕의 모든 권리는 사라졌으며 왕 일행을 만나면 그들의 여행을 막기 위해 모든 수단과 방법을 동원하라고 적혀있었다. 도주, 체포, 감금 이런 단어들은 교모하게 피해 갔지만, 이 명령서로 국민의회는 왕이 그들에게 복종해야 된다는 사실을 처음으로 기술했다. 루이 16세는 시대의 변화를 체감하며 자신과는 그리 상관없다는 듯한 나른한 목소리로 "이제 프랑스에 더 이상 왕은 없구나."하고 중얼거렸다. 그러나 마리 앙투아네트는 태연할 수 없었다. "이런 서류가 내 아이들을 모욕하도록 내버려 둘 수 없다!" 왕비의 모습에 의원들은 오싹함을 느꼈다. 슈아죌은 바닥에 떨어진 명령서를 주워들었다. 의원들도 무엇을 어찌해야 할지 몰랐다.

마침내 왕은 두세 시간만 쉬었다가 파리로 돌아가겠다고 말한다. 겉으로는 국민의회에 따르는 척을 하며 속으로는 다른 뜻을 감추고 있었다. 왕을 구해주고 싶었던 로뫼프도 그 속셈을 바로 알아채고 제안을 받아들인다. 사실 그의 임무는 여행을 멈추라는 명령에 따르는 것뿐이었다. 두 시간이면 부이예 장군과 경비병들이 이곳에 도착할 것이고 대포도 준비될 것이었다.

그러나 바이용도 역시 그 심산을 알고 있었다. 그는 계단을 내려가더니 기다리던 사람들이 어떻게 됐냐고 묻자 "아, 떠나지 않으시겠답니다. 부이예 장군이 곧 도착할 테니 그들을 기다리시는 거겠죠."라고 말한다. 이 몇 마디는 타오르던 불길에 기름을 부어버렸다.

"더 이상 속을 순 없지! 파리로 가라! 파리로 가라!" 사람들이 외쳐대는 소리에 창문까지 흔들렸다.

"왕께서 지금 떠나지 않으신다면 더 이상 안전을 보장할 수 없습니다." 소스 시장이 말했다.

시민들은 마차를 끌고 와 문 앞에 대기시켰다. '부이예 장군의 경기병들이 근처까지 왔을 테니 조금만 버티면 왕권을 지킬 수 있을지도 모른다.' 이제 비겁한 방법을 써서라도 출발을 미뤄야 했다. 마리 앙투아네트는 태어나 처음으로 애원했다. 시장의 아내에게 도와달라고 부탁했지만 그녀는 그 부탁을 들어줄 수 없었다. 잘못했다간 남편이 목숨을 잃을지도 모르는 일이었다. 그날 밤 잡화상인이자 시장인 소스는 왕이 서류를 태우도록 도와주었다는 이유로 목숨을 잃어야 했다. 왕과 왕비는 계속 핑계를 대며 시간을 끌었다. 하지만 부이예 장군은 아직도 보이지 않았다. 루이 16세는 배가 고프다고 연기했다. 왕이 식사를 하겠다는데 누가 막을 수 있겠는가? 사람들은 시간을 지체하지 않기 위해 음식을 재빨리 가져다줬다. 왕은 얼마 되지 않아 음식을 다 먹어 치웠고 왕비는 경멸스럽다는 듯 접시를 옆으로 밀어내 버렸다.

더 이상 어떤 변명도 남지 않아 걸음을 옮기려는데 시녀인 마담 뇌브빌이 꾀병을 부리며 땅에 쓰러진다. 마리 앙투아네트는 시녀를 그냥 둘 수 없다며 의사를 불러오기 전까지는 떠나지 않겠다고 말한다. 하지만 의사는 부이예 장군보다 일찍 도착하고 말았다.

마차에 오르는 순간까지 그들은 부이예 장군이 도착하기만을 기다리고 있었다. 하지만 오직 군중들의 혁명 주제가만이 울려 퍼졌다. 마침내 육천 명의 사람들에게 둘러싸인 마차가 움직이기 시작했다. 노동자에게 포위당한 왕의 불운한 배는 좌초되어 절벽에서 떠내려가고 만다.

20분 뒤, 하얀 하늘에 먼지구름을 만들어 내며 도시 반대편에서 기병대가 달려온다. 왕비가 그토록 기다렸던 부이예 장군의 경기병들이었다. 30분의 시간만 더 있었더라면, 그들은 군대의 호의를 받으며 이곳을 빠져나갔을지도 모른다. 하지만 왕이 낙심하여 굴복하였다는 소식을 들은 부이예 장군은 군대를 되돌려야 했다.

그동안 무얼 위해 쓸모없는 피를 흘렸단 말인가? 무능한 지배자는 국가의 운명을 바꾸지 못한다. 루이 16세는 더 이상 왕이 아니고 마리 앙투아네트도 이제 더 이상 왕비가 아니라는 사실을 부이예 역시 알고 있었다.

잔잔한 바다보다는 폭풍 속에서 더욱 빠르게 항해하듯이, 파리에서 바렌까지는 20시간이 걸렸지만 돌아가는 길은 3일이나 걸렸다. 그동안 왕과 왕비는 수모의 쓴잔을 한 방울씩, 밑바닥이 보일 때까지 마셔야 했다. 화덕처럼 더운 8월의 마차 안에서 땀에 젖은 셔츠가 얼마나 더러워졌는지 루이 16세는 병사에게 옷을 빌려 입어야 했다. 지나는 역마다 시장이 나타나 왕에게 설교를 하려 들었다. 왕은 프랑스를 버리려고 그런 것은 아니었다고 보는 사람마다 끊임없이 해명해야 했다. 배고픔을 달래려 멈춘 역에서 식사를 하려하니 사람들이 몰려와 커튼을 올리라고 소리쳤다. 하지만 왕비는 단호히 거부했다. 그녀는 닭 뼈를 밖으로 던지며 말했다. "사람은 마지막까지 꿋꿋해야 하는 거예요."

사람들은 파리의 석조 개선문 뒤에서 기다리고 있었다. 이곳은 아이러니하게도 21년 전 마리 앙투아네트가 루이 16세와 미래를 약속했던 곳이었다. 석조 벽에는 '이 기념비가 우리의 사랑처럼 영원하기를'이라고 새겨져 있었다. 하지만 사랑이란 대리석이나 조각한 돌보다도 더 덧없는 것이었다. 마리 앙투아네트는 그곳에서 귀족들의 축복을 받았던 일과, 백성들의 환호, 불빛으로 가득한 거리, 포도주가 넘쳐흐르던 분수를 떠올린다. 모든 일이 꿈같았다. 말에서 내려 왕과 왕비에게 인사를 했던 한 귀족은 분노한 시민들에 의해 살해되었다. 왕과 왕비는 마차 안에서 힘없이 주저앉아있을 뿐이었다. 그때 특사가 달려와 왕실 일가를 보호하기 위해 국민의회 세 명이 오고 있다는 소식을 전해준다. 당장의 목숨은 건질 수 있었다.

마차는 시골길 도로변에 멈춰 섰다. 왕당파 모부르, 시민 고문인 바르나브, 자코뱅 당원인 페티옹이 다가왔다. 왕비는 마차 문을 열어 그들에게 손을 내밀었다. "여러분, 더 이상 불행한 일이 일어나지 않도록, 우리와 함께했던 사람들이 무고하게 희생당하지 않도록 도와주세요." 왕비의 말은 자신에게 충성했던 사람들을 위한 것이었다. 왕비의 이런 모습에 국민의회의 사절들은 한결 누그러졌다. 후에 자코뱅파인 페티옹도 왕비의 이런 말이 인상적이었다는 기록을 남겼다. 바르나브와 페티옹이 왕과 왕비, 왕세자, 엘리자베트와 함께 마차에 탔다. 제국의 대표와 국민의 대표가 한 마차에 함께 앉아 있었다. 왕실 사람들과 국민의회 의원이 이렇게 가까이 마주한 것은 처음 있는 일이었다.

죄수와 교도관이 마주한 것 같은 적대적인 긴장감이 흘렀다. 그래도 왕세자가 잠시나마 분위기를 풀어주었다. 왕비의 무릎에서 내려온 어린 왕자는 낯선 두 사람에게 호기심을 보였다. 왕세자는 바르나브의 단추를 잡고 단추에 새겨진 글씨를 더듬더듬 읽었다. '자유롭게 살 수 없다면 죽음을' 두 사람은 왕세자가 혁명의 근본정신을 배웠다는 것이 뿌듯했다. 조금씩 대화의 문이 열리기 시작하며 서로가 멀리서 생각했던 것보다 괜찮은 사람이었음을 알게 된다. 의원들은 왕과 왕비는 어리석고 건방진 폭군이라고 생각했다. 궁중의 아부나 허례허식 같은 것은 숨 막힌다고 생각했다. 하지만 막상 눈앞에서 바라본 왕실 식구들의 모습에서는 친근감과 소박함이 느껴졌다. 페티옹은 후에 이런 보고를 한다.

"나는 그들에게서 나름의 솔직함과 친근함을 느꼈다. 왕실의 위선은 존재하지 않았고 가정적인 순박함이 느껴졌다. 마담 엘리자베트는 왕을 오빠라고 불렀고, 왕비는 왕자가 무릎 위에서 춤추도록 내버려 두었다. 공주는 어린 동생과 놀아주었다. 왕은 만족스러운 표정으로 그 모든 것을 지켜보았다."

왕실 아이들도 자신의 아이들과 똑같은 장난을 치고 있었다. 자신들보다도 더 더러운 옷을 입고 있는 프랑스 국왕을 보고는 조금 괴롭기까지 했다. 처음의 적대감은 점점 사라지고 있었다.

왕은 정중하게 자신의 술잔을 페티옹에게 건네주었다. 왕세자가 오줌이 마렵다고 하면 왕이 손수 아들의 옷을 벗겨주고 은 변기를 들어주기도 했다. "이 독재자들도 사실 우리와 똑같은 사람들이다." 자코뱅당원들은 폭군이라 여기던 이들도 결국은 우리와 같은 인간이었다는 생각에 놀란다. 왕비 역시 국민의회의 악독하고 괴물 같은 자들이 어찌 저렇게 예의 바르고 친절할 수 있을까 놀란다. 그들은 피에 굶주려 있지도 않았고 무식하지도, 어리석지도 않았다. 경이롭고 인간적인 마음의 변화였다.

바르나브는 프랑스 왕비에게 당원의 사상을 설명할 생각에 열정이 불타올랐다. 그는 파리에 온 지 얼마 안 된 젊은 변호사로 이상주의에 빠진 혁명가였다. '아마 그녀도 입헌군주제에 대해 찬성할지도 모르지.' 마리 앙투아네트는 그의 제안에 기꺼이 동의하는 태도로 공감하며 관심을 보였다. 누군가 옆에서 그녀에게 바른말을 해줄 수 있다면 프랑스는 모든 일이 잘 풀릴 것만 같았다. 왕비는 자기에겐 조언자가 필요한데 누군가 자신의 무지함을 깨우쳐 준다면 얼마나 좋겠느냐고 말했다. 바르나브는 생각보다 뛰어난 안목을 지닌 왕비에게 백성들의 참된 소망을 알려주어야겠다고 생각했다. 마리 앙투아네트는 마차를 타고 파리로 향하는 긴 여정에서 바르나브를 사로잡았다.

여행의 세 번째 날인 마지막 날이 가장 괴로웠다. 프랑스의 하늘조차도 왕의 편을 들어주지 않았다. 아침부터 저녁까지, 무자비하게 뜨거운 태양은 먼지 덮인 마차를 달궜다. 간신히 마차가 파리 성문 앞에 멈춰 섰을 때, 왕을 구경하려는 수십만 명의 시민들이 기다리고 있었다. 왕실 마차를 뒤따라오는 또 다른 마차가 모습을 드러내자, 환호성이 터져 나왔다. 마차 안에는 왕실 일행을 잡아온 대담한 사냥꾼 드루에가 타고 있었다.

드디어 마차의 문이 열리고 더럽고 지친 모습의 왕이 먼저 마차에서 내린다. 그 뒤를 왕비가 따른다. 왕비를 욕하는 소리가 여기저기서 들려왔다. 그녀는 재빠른 걸음으로 걸어갔다. 끔찍한 여정이 드디어 막을 내렸다. 궁 안에서는 예전처럼 하인들이 줄을 맞추어 기다리고 있었다. 평소와 같이 식탁이 준비되어 있었다. 왕실 가족들은 지금 이 순간이 믿기지 않았다. 긴 꿈을 꾼 것 같았다. 이 닷새의 시간은 왕국의 기초를 뿌리째 흔들어 놓았다. 포로가 된 왕은 더 이상 왕관의 주인이 아니었다. 그러나 몸과 마음이 지친 왕에게는 별것 아닌 일이었다. 세상만사에 무관심한

그는 자신의 운명에 대해서도 무심했다. 그는 일기에 이렇게 적었을 뿐이다. "6시 30분 출발, 8시 파리 도착. 휴식은 없었음" 이것이 그가 겪은 인생의 가장 지독한 치욕에 대해 언급한 전부였다. 페티옹은 이렇게 표현했다. "그는 아무 일도 겪지 않은 것처럼 평온했다. 마치 샤냥하러 갔다 돌아온 사람 같았다."

그러나 마리 앙투아네트는 모든 것을 잃어버렸다는 것을 알고 있었다. 이 여정은 그녀의 자존심을 밑바닥까지 떨어뜨렸다. 하지만 이 모든 고난 가운데서도 그녀는 페르센을 생각했다.

"우리 걱정은 마세요. 우리는 살아 있습니다. 당신이 걱정됩니다. 아무 소식도 들을 수 없어 마음이 괴롭습니다. 이 편지가 당신에게 전달되기를 바랍니다. 이렇게라도 하지 않으면 저는 살아갈 수가 없습니다. 답장은 하지 마세요. 위험하니까요. 그리고 무슨 일이 있어도 여기에 오시면 안 됩니다. 당신이 우리를 구해줬다는 걸 다들 알고 있습니다. 지금 당신이 돌아온다면 모든 것을 잃게 될 거예요."

"우리는 밤낮으로 감시당하고 있어요. 그렇지만 난 아무렇지도 않아요. 의회도 생각보다 관대한 편이에요. 안녕……. 이제 더는 편지를 보내지 못할 것 같습니다. 세상에서 가장 사랑받는 이에게. 온 마음을 다해 나는 당신을 포옹합니다."

마지막 만남

바렌으로의 탈출은 혁명사의 새로운 장을 열었다. 지금까지 시민과 귀족으로만 구성되어 있던 국민의회는 그래도 왕당파였다. 하지만 선거를 앞두고, 제3신분인 시민 뒤에는 제4신분인 프롤레타리아 계급이 등장하고 있었다. 왕이 시민계급을 두려워했던 것처럼 시민들조차 프롤레타리아를 두려워하고 있었다. 부유한 사람들은 불안에 사로잡혀 조속히 헌법으로 국왕의 권력과 국민의 권력을 구분하려 했다. 이를 위해서는 루이 16세의 동의를 얻어야하기 때문에 온건파는 더 이상 바렌 도주로 왕을 비난하지 않기로 했다. 그가 파리를 떠난 것은 자발적인 것이 아닌 '납치'였다고 주장했다. 자코뱅당은 파리 마르스 광장에서 왕의 폐위를 요구하는 집회를 벌였다. 라파예트는 처음으로 기병과 총격으로 진압하여 그들을 해산시켰다. 왕비는 방에서 꼼짝도 할 수 없었다. 바렌 사건 이후로는 방문을 잠그는 것도 허용되지 않았고 국민군이 그녀의 모든 행동들을 감시했다. 창문 밖에서는 "공화국 만세!"를 외치는 소리가 들려왔다. 자신의 남편과 아이들이 없어져야만 공화국이 세워질 수 있다는 것을 그녀가 모를 리 없었다.

한편 바렌의 밤, 같은 날 도주한 왕의 동생 프로방스 부부는 합스부르크 영지였던 브뤼셀로 무사히 탈출했다. 브뤼셀에 도착한 그는 마치 군주처럼, 왕국의 대표자처럼 굴었다. 진짜 왕인 루이 16세가 포로로 붙잡혀 있는 상황에서, 자신이 섭정이며 왕권의 정당한 대표자라고 스스로 선언했다. 오랫동안 형의 비서처럼 지내야 했던 두 아우 프로방스와 아르투아 백작은 가슴을 펴고 앉아 있다는 만족감에 취해있었다.

전쟁은 걱정할 필요가 없었다. 전쟁이 나면 루이 16세와 마리 앙투아네트, 그리고 루이 17세까지도 죽임을 당할 것이고 왕좌로 가는 두 계단을 한 번에 뛰어넘는 셈이었다. 그렇게만 된다면 프로방스 백작은 루이 18세가 될 수 있다. 타국의 영주들도 당연히 그렇게들 생각하고 있었다. 어느 루이가 프랑스의 옥좌를 차지하는지는 별로 중요하지 않았다. 중요한 것은 유럽에서 혁명적이고 공화주의적인 전염병이 사라지는 것이었다. 스웨덴의 구스타프 3세는 이렇게 썼다.

"프랑스 왕실이 어떻게 될지 궁금하긴 하지만 그보다는 유럽의 상황, 특히 스웨덴의 이해관계나 군주의 권한이 저울대에 올라갔다는 점에 관심이 깊다. 모든 것은 프랑스가 왕권을 다시 복고할 수 있는지에 달렸다. 왕권이 확립되고 국민의회만 사라진다면 왕좌에 루이 16세가 앉든 루이 17세가 앉든 아르투아 백작이 앉든 상관이 없다." 왕들은 오직 자신의 권력에만 관심이 있을 뿐 누가 왕위에 오르는지는 궁금하지 않았다.

마리 앙투아네트는 나라 안으로는 공화주의 사상에 밖으로는 인접 국가들의 야욕에 대항해야 했다. 그녀는 바렌에서 돌아오던 길, 대화를 나누었던 바르나브에게 편지를 보냈다. 자신은 공공의 이익을 위해서는 무엇이든지 할 수 있고 이 일은 아무에게도 말하지 않겠다며 그를 안심시켰다.

"현재 상황에 그대로 머무를 수는 없습니다. 무슨 일이든 일어나야 합니다. 하지만 그것이 무슨 일인지 나는 모르겠습니다. 그걸 알아내기 위해 당신에게 대화를 청하는 것입니다. 나와 대화를 나누어 보았던 당신이라면 내가 얼마나 선의를 품고 있는지 알아차렸을 겁니다. 당신은 정의에 대한 나의 소망을 그대로 받아들여 줄 거라고 믿어요. 어떤 상황에서도 당신을 보호하리라 약속하겠습니다. 우리가 함께 소망을 이룰 수 있도록 도와주세요. 진실로 공공의 복리를 위한 일이라면 어떤 희생도 불사하겠어요."

바르나브는 이 편지를 친구들에게 보여주었다. 그들은 기쁜 동시에 두렵기도 했다. 결국 그는 왕비의 비밀 상담사가 되기로 결심한다. 그들은 먼저, 망명 귀족들을 돌아오게 하고 그녀의 오빠인 황제가 프랑스 헌법을 인정하도록 해야 한다고 충고한다. 마리 앙투아네트는 상담사들의 말대로 오빠에게 편지를 쓴다. 하지만 오빠 레오폴드 2세 *에게 편지를 부치는 한편 그와 동시에 메르시에게는 이렇게 편지를 쓴다.

"29일에 당신에게 편지를 보냈습니다. 편지가 원래 제 스타일과는 많이 다르다는 걸 당신이라면 쉽게 알아챘을 것입니다. 나는 이곳 당원들이 초안을 잡아준 대로 쓰는 수밖에 없었습니다. 어제 또 오라버니에게 편지를 썼는데 지금은 그들이 요구하는 대로 따를 수밖에 없습니다. 오라버니께서 그렇게 편지를 쓸 수밖에 없다는 걸 이해해 주지 못할까봐 걱정입니다." 그녀는 편지에 쓰인 말들은 자기 생각이 아니라는 걸 강조했다. 물론 그들이 질서와 왕국의 권위를 되찾으려는 마음으로 자신을 도와주고 있다는 것은 알았지만 그들의 선량한 의도를 믿더라도, 그들의 의도는 과장되었고 나와는 맞지 않는다고 생각했다. 그녀는 페르센에게 이렇게 전했다.

---

* 레오폴드 2세(1747~1792)는 형 요제프 2세가 아들을 낳지 못하고 죽자 그를 이어받아 황제가 된다.

"걱정하지 마세요. 난 저들에게 넘어가지 않을 겁니다. 내가 그들과 관계를 맺는 것은 이용하기 위함일 뿐. 나는 이제 세상에 환멸을 느껴 누군가를 믿고 함께 일을 꾸밀 그런 생각이 전혀 없습니다."

그러나 연기를 하는 사람은 왕비만이 아니었다. 이 위기 속에서 모든 사람들은 속고 속이고 있었다. 그 시기의 서신들을 뒤져보면 어떤 정치 세계에서도 찾아볼 수 없는 비도덕성을 발견할 수 있다. 모두가 개인적인 이해관계만을 위해 일했다. 마리 앙투아네트의 오빠 레오폴드는 속으로는 동생을 위해 군사 한 명, 돈한 푼도 쓸 생각이 없었다. 그리고 러시아, 프로이센과 함께 2차 폴란드 분할을 타협하고 있었다. 프로이센 왕은 프랑스에 대항하여 '필니츠 회의'를 타결하는 한편 동시에 자코뱅당에 자금을 지원하고 있었다. 망명한 왕의 동생들은 계속해서 전쟁을 부추겼는데 그것은 루이 16세의 왕위를 지켜주기 위해서가 아니라 하루빨리 자기가 왕좌에 오르기 위해서였다. 혼란 속에서 모두가 무엇인가를 얻어내려 했다. 끝없는 거짓과 속임수들은 불신을 만들었고 누구도 원치 않았지만 시대는 2,500만 명의 인구를 25년간의 전쟁으로 몰아넣었다.

국민의회는 루이 16세에게 새로운 헌법 초안을 승인해 달라고 했다. 왕실 권위는 이미 바닥까지 떨어졌기 때문에 자존심 강한 마리 앙투아네트도 승인하라는 말밖에 할 수 없었다. 그러나 조약에 서명한 왕에게는 국민들과의 약속을 지킬 생각이 전혀 없다고 했다. 그녀는 서로를 속이고 스스로도 속이고 있었다.

"승인 소식을 들은 사람이라면, 우리가 자유롭지 못하기 때문에 어쩔 수 없이 이렇게 했을 뿐이라는 걸 다들 알 것이라 생각합니다. 중요한 것은 '괴물들' 사이에서 의심받지 않는 것입니다. 우리는 이제 외국에 기댈 수밖에 없습니다. 군대도 없고 돈도 남아 있지 않습니다. 무장한 폭도들을 진압할 수도 없습니다. 혁명 지도자들도 질서를 유지할 수 없을 정도입니다. 세상 모두가 우리에게 등을 돌렸고 이제는 친구도 없습니다. 누군가는 두려움 때문에, 누군가는 힘이 없어서, 누군가는 야망 때문에 우리를 배신합니다. 이것이 현실입니다. 이런 무력한 상태에서 우리는 자책할 것도 없습니다."

불명예스러운 헌법 승인 선언으로 왕실은 아주 잠시나마 한숨 돌릴 시간을 얻었다. 모두가 서로의 거짓말을 정말로 믿는 것처럼 행동했고 잠시나마 천둥이 칠 것 같던 먹구름이 흩어졌다. 1791년 9월, 루이 16세는 헌법에 서약했다. * 왕궁을 지키던 경비대들이 철수했고 튈르리 궁 통제가 해제되었다. 왕과 왕비의 감금생활이 끝이 나고 사람들은 혁명도 끝이 났다고 생각했다.

---

* 국민의회는 프랑스 최초의 헌법인 1791년 헌법을 공포한다. 선거를 통해 절대군주제가 폐지되었고 입헌군주제가 채택되었다. 국민의회는 헌법 제정 후 해산되고, 입법의회가 수립되었다.

하지만 국경 넘어 왕비의 친구도 적들도 그녀가 오래 목숨을 부지하지는 못할 거라고 생각하고 있었다.

혁명이 한순간에 왕정을 무너뜨렸다면, 괜한 희망을 품고 옥죄어 오는 고통에 시달리지 않아도 됐을 것이다. 왕실 가족들은 몇 번이고 이제 모든 게 끝이 나고 평화가 찾아오는구나 생각했다. 하지만 혁명은 바다와 같았다. 파도는 거세게 몰아치다가도 때로는 물결이 뒤로 물러나 잔잔해진다. 그러나 실제로는 더 파괴적인 탄력을 얻기 위해 준비 중인 것이다.

헌법을 받아들인 후, 위기는 지나간 것처럼 보였다. 한동안 알 수 없는 평온이 이어졌다. 그녀는 페르센에게 편지를 보낸다. "모든 것은 순간에 지나지 않아요. 지금 이 평온함은 실 한 가닥에 매달려 있어요. 사람들은 다 괜찮아질 거라며 우리를 안심시키지만 나는 믿지 않습니다. 모든 일은 대가를 치러야 하는 법입니다. 국민들이 지금 이렇게 환호하는 이유는 우리가 단지 그들이 원하는 대로 해주었기 때문입니다. 지금의 이 상황이 오랫동안 계속될 수는 없습니다. 파리는 전보다 더 위험한 상황입니다. 사람들은 우리가 무너지는 모습을 구경하는 것에 익숙해졌어요."

상황이 빠르게 악화된 것은 친척들 탓이 컸다. 프로방스 백작과 아르투아 백작은 총사령관이 되어 튈르리 궁에 대항하는 싸움을 공공연하게 걸어오고 있었다. 그들은 신문을 매수해 왕과 왕비를 조롱하는 기사를 쓰게 했다. 안전한 곳에 숨어 자신들이 왕실의 진정한 수호자인 듯 굴었다. 루이 16세는 국민들의 불신을 없애고자 그들에게 돌아오라고 부탁하기도 하고 명령도 내렸지만 아무 소용이 없었다. 자칭 상속자들은 안전한 코블렌츠에 머물며 영웅 놀이를 하고 있었다. 마리 앙투아네트는 겉으로는 자신들을 도와준다고 하면서 오히려 폐만 끼치는 백작들의 비겁함에 화가 났다. 스웨덴 왕 구스타브는 헌법 승인을 알리는 루이 16세의 편지를 뜯어보지도 않고 되돌려 보냈다. 러시아의 카타리나는 마리 앙투아네트는 묵주 말고는 희망이 없다며 조롱했다.

페르센 조차도 마리 앙투아네트와 가장 가까운 사이라고는 하지만 결국 그녀가 정말로 무엇을 원하는 건지, 전쟁인지 평화인지, 헌법을 받아들인 것인지 혹은 사람들을 속이려는 것인지 알 수 없었다. 하지만 고통 속에서 몸부림치는 그녀가 바라는 것은 단 한 가지. 살아남는 것. 더 이상은 비참해지지 않는 것이다. 그녀 또한 자신의 이중성에 괴로워하고 있었다.

"나조차 어떤 태도를 취해야 할지 모르겠습니다. 온 세상이 나를 비난하고 있습니다. 오빠조차 여동생의 끔찍한 처지에 대해 전혀 관심이 없습니다. 오히려 나를 더 큰 위험에 빠뜨리고 있습니다. 지금 이 나라를 움직이는 것은 증오와 불신, 그리고 오만이 세 가지입니다." 페르센은 왕비의 힘만으로는 이 사태를 극복할 수 없다는 걸 알았다. 그리고 그녀 곁에는 아무도 없다는 것. 루이 16세는 아무 쓸모도 없다는 것을 알고 있었다. 그녀를 도와주어야 할 사람은 남편도, 오빠도, 친척도 아닌 바로 자기 자신이라는 것을 점점 더 분명하게 느끼고 있었다. 몇 주 전 왕비는 에스테르하지 백작 대사를 통해 비밀리에 편지를 보냈다.

"만약 그에게 편지를 보낼 수 있다면, 이 말도 함께 전해주세요. 아무리 멀리 떨어져 있다 해도 우리의 마음을 떼어놓을 수는 없음을. 매일 마음 깊이 느끼고 있다고요. 나는 그가 어디에 있는지 소식조차 알지 못합니다. 사랑하는 사람이 어디에 있는지조차 모른다는 건 너무 견디기 힘든 고통입니다." 이 마지막 말은 백합 세 송이가 새겨진 금반지와 함께 전해졌다. 페르센은 이 반지를 항상 끼고 다녔다. 그는 결국 마리 앙투아네트를 만나러 파리에 가기로 결심한다. 하지만 추방당한 파리에 다시 간다는 것은 죽음을 의미하는 것과 다름없었다.

이 소식을 들은 왕비는 놀라며 겁을 먹는다. 그녀는 이런 거창한 희생을 바란 것은 아니었다. 그녀는 그의 목숨을 자신의 목숨보다도 끔찍이 생각했고 그저 가까이에 있다는 것만으로도 안심이 되었다. "여기에 오는 것은 불가능합니다. 우리 모두를 위험에 빠뜨릴 거예요." 하지만 페르센은 그녀의 말을 듣지 않았다. 수없이 주고받은 비밀편지로 그녀가 얼마나 자유를 바라고 있는

지 알고 있었고 한 번이라도 자유롭게 이야기를 나누고 싶었다. 2월 초가 되자 페르센은 더 이상 기다릴 수가 없어 프랑스로 떠나기로 결심했다. 그는 가발을 쓰고, 가짜 여권을 가지고 스웨덴 왕의 서명을 대담하게 위조했다. 외교 사절로 리스본으로 향하는 척하며 한 장교와 함께 길을 떠났다. 기적적으로 무사히 파리에 도착한 그는 바로 튈르리 궁으로 향했다. 페르센은 또 한 번 도주 계획을 세웠지만 루이 16세는 거절했다. 현실적으로 불가능해 보이기도 했고 공공연하게 이제 파리를 떠나지 않겠다 의회에 약속했는데 배반자가 되고 싶지는 않았다. 페르센은 일기에 루이 16세는 명예로운 분이었다며 존경을 표하기도 했다. 왕 또한 페르센을 믿을 만한 친구라 여겼다.

"지금은 우리밖에 없으니 이런 얘기를 해도 되겠군. 사람들이 나를 결단력 없고 무능하다며 비난하는 것을 알고 있소. 하지만 나 같은 처지에 놓여본 적 있는 사람은 아마 아무도 없을 것이오. 온 세상이 나를 궁지에 몰아넣고 있소."

왕도 왕비도 더 이상 구원받을 수 있으리라는 희망은 품지 않았다. 그저 시간만 벌 뿐이었다. 페르센은 다음날 밤늦게까지 궁에 머물렀다. 둘만의 시간에 대해 페르센은 일기에서도 침묵을 지켰다. 페르센과 왕비는 예감하고 있었다. 어쩌면 다시는 이생에서 만날 수 없을 지도 모른다는 것을. 페르센은 떨고 있는 왕비를 안심시키기 위해 꼭 다시 오겠다고 약속을 했다. 어두운 복도를 따라 왕비는 문까지 페르센을 배웅했다. 아직 마지막 인사도 건네지 못하고, 마지막 포옹도 나누지 못했다. 하지만 그때 낯선 발걸음 소리가 들리고 페르센은 가발을 쓰고 외투를 뒤집어쓴 채 밖으로 도망가야 했다. 마리 앙투아네트도 서둘러 방으로 돌아왔다. 이것이 페르센과 그녀의 마지막 만남이었다. *

---

* 2021년에 프랑스 국립 기록원에서 보관 중이던 페르센과 마리 앙투아네트의 편지가 해독되었다. 원래 편지 글씨와 덧칠된 글씨의 잉크의 성분이 달라 엑스선으로 분리해 읽는 데 성공했다고 한다. 검은 덧칠로 가려진 부분에는 "미치게", "사랑하는", "당신 없인 안 돼요" 등이 적혀 있었다. 연구팀은 검은 덧칠을 한 것도 페르센 백작이라고 결론 내렸다. 페르센은 민감한 내용을 가려 마리 앙투아네트의 명예를 지키고자 했다.

프랑스의 운명

오래된 비법: 국가나 정부는 내부적인 위기를 더 이상 통제할 능력이 없을 때, 외부 세계와의 긴장을 조성하면서 눈을 돌린다. 이 불변의 법칙에 따라, 혁명의 지도자들은 내란을 피하기 위해 몇 달 전부터 오스트리아와의 전쟁을 요구했다. 헌법을 받아들이며 루이 16세의 왕권은 약화되었고 라파예트 같은 순진한 사람들은 이제 혁명은 끝이 났다고 생각했다. 하지만 입법의회를 지배하고 있던 지롱드당은 공화정을 바라고 있었다. 왕국을 아예 없애려고 했다. 그러기 위해서는 전쟁보다 더 좋은 수단이 없었다. 전쟁이 나면 왕실 가족과 국민을 완전히 갈라놓을 수 있었다. 최전선에는 시끄러운 왕의 두 형제가 나설 것이고, 적군은 왕비의 오빠가 지휘할 것이기 때문이다.

어떤 식으로 결론이 나든 마리 앙투아네트에게는 불리했다. 혁명군이 망명자들과 황제를 상대로 승리를 거둔다면 프랑스가 더 이상 '폭군'을 가만두지 않을 것이다. 반대로 왕비의 친족들이 이긴다면 화가 난 파리 폭도들은 튈르리 궁에 갇힌 왕족들에게 책임을 물을 것이다. 프랑스가 이기면 왕위를 잃게 되고 외부 세력이 이기면 목숨을 잃게 된다. 이러한 이유로 마리 앙투아네트는 레오폴드와 망명자들에게 몇 번이고 편지를 보내며 조용히 있어 달라고 부탁했다.

그나마 신중하고 계산적으로 행동했던 오스트리아 황제는 전쟁을 원치 않았다. 그는 호전적인 망명자들과 달리 도발적인 행동을 피했다. 하지만 마리 앙투아네트의 행운의 별은 이미 사라진 지 오래였다. 1792년 3월 1일, 갑작스러운 병마로 평화주의자 레오폴드가 재위 2년 만에 세상을 떠난다. 2주 뒤에는 스웨덴 구스타프 왕이 총에 암살당해 세상을 떠났다. 전쟁은 불가피한 상황이 되었다. 레오폴드 2세의 후계자 프란츠 2세는 자신의 이익만을 고려했고 가족의 생사에는 관심이 없었다. * 프란츠는 마리

---

* 바렌 도주 사건이 실패로 끝나고 마리 앙투아네트가 신변에 위협을 느끼게 되자 레오폴드 2세는 필니츠 선언을 발표한다. 루이 16세가 위험에 처한다면 무력을 사용하여 조치를 취하겠다는 것이었다. 이 발표는 혁명파의 분노를 샀다. 그러나 레오폴드 2세가 재위 2년 만에 급사하면서 프란츠 2세가 황위를 물려받게 된다. 그는 아버지가 마리 앙투아네트를 위해 프랑스 혁명 정부와 벌이던 협상을 그만둬 버린다.

앙투아네트의 사신을 차갑게 맞아들였고 편지에도 관심이 없었다. 자신의 가족이 어떻게 되던 자신의 권력을 확장할 기회만 엿보고 있었다.

지롱드 당이 우위를 점하게 되고 1792년 4월 20일 루이 16세는 오랜 저항 끝에 눈물을 머금으며 오스트리아에 전쟁을 선포한다. 마리 앙투아네트는 이 전쟁에서 어느 편에 설까? 태어난 고국일까, 아니면 자신의 나라일까? 프랑스 군대일까? 외국 군대일까? 왕당파와 그녀의 수호자들은 그녀가 프랑스의 패배를 간절히 바랐다는 사실을 숨기기 위해 편지와 회고록까지 조작했다.

그녀는 프랑스의 파멸을 위해 해서는 안 될 모든 수단과 방법을 동원했다. 선전 포고 나흘 전 그녀는 프랑스 혁명군의 작전 계획을 오스트리아 대사에게 전해주었다. 의심할 것도 없이 반역 행위였다. 18세기에는 국민이나 국가 개념이 아직 확립되지 않은 상태였고 유럽에서 그런 개념이 형성된 것은 프랑스 혁명을 통해서였다.

마리 앙투아네트가 살았던 18세기에는 순전히 전제주의적인 관념만 있었다. 국가는 왕의 것이고, 왕이 있는 곳에 정의가 있으며, 왕을 위해 싸우는 것이 옳은 일이었다. 아무리 자신의 나라를 위해 하는 일이라도 왕에 거역하는 자는 반역자가 된다. 지금 프랑스에서는 왕과 왕비가 개인적인 이익을 위해 자기 군대의 파멸을 바라고 있다. 이 시기의 전쟁은 전제정치냐 자유냐 하는 정신적인 이념의 대결이었다.

마리 앙투아네트가 외국의 승리를 바라는 반역을 저지르고 있다는 것을 민중들도 눈치채고 있었다. 의회에서는 지롱드당 지도자였던 베르니오가 공개적인 비난에 나섰다.

"내가 서 있는 이 연단에서 부패한 고문들이 왕을 유혹하는 모습이 보입니다. 그들은 우리를 오스트리아에 넘길 책략을 꾸미고 있습니다. 왕궁에 있는 모든 이들이 우리의 헌법이 왕에게도 해당된다는 사실을 알아야 합니다. 법이란 예외 없이 모든 사람들에게 적용되는 것이며 죄가 있다면 누구라 할지라도 정의의 칼을 피할 수 없을 것입니다."

혁명가들은 외부와 맞서 싸우려면 우선 나라 안에 있는 적부터 처리해야 된다고 주장했다. 신문들이 앞장서서 왕의 폐위를 요구했다. "마리 앙투아네트의 부도덕한 인생" 이런 전단지가 거리마다 뿌려졌다. 오래된 증오심에 다시 생명력을 불어넣었다. 입법의회에서는 국왕이 거부권을 행사할 것 같은 안건들을 일부러 상정했다. 신앙심 깊은 가톨릭 신자 루이 16세로서는 절대 받아들일 수 없는 내용, 즉 헌법 앞에서 선서하기를 거부한 신부들을 강제로 추방하자는 안건이었다.

국왕은 처음으로 거부권을 행사하였다. 힘이 있었을 때는 권력을 행사한 적 없었지만 몰락이 눈앞에 다가오자 비운의 남자는 가장 불운한 순간에 용기를 보이려고 했다. 하지만 민중들은 이

밀랍 인형의 거부권을 인정해 주지 않았다. 이 거부권은 백성에 맞서는, 백성에게 보내는 왕의 마지막 말이었다.

자만심에 가득 찬 거만한 오스트리아 왕비에게 본때를 보여주기 위해 자코뱅당은 상징적인 날인 6월 20일을 선택했다. 그날은 3년 전 민중의 대변자들이 체제와 법률을 마련하기 위해 베르사유 테니스 코트에 모인 날이었다. 1년 전 이날에는 마부로 변장한 국왕이 한밤에 왕궁을 달아났었다. 이 기념일에, 왕은 아무것도 아니며 국민이 모든 것이라는 것을 확실하게 알려야 했다.

지난 베르사유 습격 때처럼 튈르리 궁을 습격할 예정이었다. 예전에는 어둠의 보호 아래 비밀리에 몰려들었지만 이번에는 환한 대낮, 탑의 종소리가 울릴 때 1만 5천 명의 사람들이 행군을 시작했다. "거부권 폐지!" "자유가 아니면 죽음을 달라"라는 글씨가 적힌 커다란 플랜카드를 들고 행진했다. 3시가 지나자 사람들은 보이지 않는 손에 이끌리듯 왕궁 입구로 몰려갔다. 국민군과 근위병들이 총검을 맨 채로 서 있었지만 저항하지 않았다. 백성들은 좁은 문으로 물밀듯이 밀려 들어왔다. 밀려드는 힘이 너무 강해서 가만히 있어도 2층까지 밀려 올라갈 정도였다. 억제할 수 없는 힘이 문을 밀치고 자물쇠를 부쉈다. 결국 어떤 방어 조치도 하지 못하고 겁에 질려 국민군 속에 몸을 숨기고 있던 왕 바로 앞까지 다다랐다. 그는 상퀼로트 *가 씌워준 빨간 모자를 아무 말 없이 쓰고 있었다. 왕은 타들어 가는 더위에도 인내심 있게 세 시간 반 동안이나 그들의 모든 요구에 친절히 대답해 주었다. 거부도 저항도 하지 않았다.

같은 시간 다른 무리들이 왕비의 방으로 들어갔다. 베르사유에서 일어난 그 끔찍한 장면이 다시 반복될 것 같았다. 왕비가 왕보다도 더 위험했기 때문에 장교들은 그녀를 보호하기 위해 커다란 테이블로 울타리를 만들었다. 테이블 앞에서는 국민군이 세 줄로 서서 보호했다. 난폭하게 밀려들어오던 사람들은 마리 앙투아네트에게 가까이 다가갈 수는 없었지만 괴물을 구경하는 것처럼 서서 욕설과 위협을 해댔다. 상태르는 왕비에게 두려움만 심어주고 폭력은 막으려고 했다. 국민군에게 양쪽으로 물러나라고 명령하고 왕비를 안심시켰다.

"마담, 당신은 속고 계신 겁니다. 국민들은 당신을 해하려 하지 않습니다. 원하시기만 한다면 이 아이처럼 당신을 사랑할 것입니다." 그러면서 그는 겁에 질려 벌벌 떨며 어머니에게 안겨있는 세자를 가리켰다.

---

* 상퀼로트는 직역하면 '퀼로트를 입지 않은 사람들'로 프랑스 혁명을 주도한 파리의 대중을 지칭하는 말이었다. 당시 귀족들은 퀼로트라는 반바지를 입었는데 이들은 긴바지를 입었기 때문에 붙여진 이름이다. 상퀼로트는 붉은 모자와 긴 창을 들고 다녔다.

"두려워하지 마십시오. 아무 짓도 하지 않을 테니까요."

"나는 속지 않습니다." 그녀는 냉담하게 대답했다.

"그리고 난 두렵지 않습니다. 품위 있는 사람에게 두려움 따위는 없습니다." 왕비는 적의에 찬 사람들 앞에서 냉정하게 버티고 있었다. 왕세자에게 빨간 모자를 억지로 씌우려 하자 그제야 입을 열었을 뿐이다.

"이건 너무 심하군요. 인간의 인내심으로는 참을 수 없을 정도입니다." 그러나 조금의 두려움도, 불안도 겉으로 드러내지 않았다. 침입자들이 왕비를 더 이상 위협하지 않게 된 후에야 시장 페티옹이 나타나 다들 집으로 돌아가 달라고 부탁했다.

"민중의 고귀한 의도를 오해받지 않으려면 이제 집으로 돌아가 주십시오." 늦은 저녁이 되어서야 성이 조용해졌다. 의지할 곳 없는 왕비는 모든 것을 잃었다는 것을 알았다. "아직 살아있지만, 이건 기적 같은 일입니다."

마리 앙투아네트는 증오의 숨결을 눈앞에서 느꼈다. 입법의회의 무능함과 시장의 악의를 경험한 이후로 한시라도 빨리 나라 밖에서 도움을 구하지 않으면 모든 것이 끝나버릴 것이라는 걸 깨달았다. 프로이센과 오스트리아의 승리만이 그녀를 구할 수 있을 것이라 생각했다. 정말 마지막 순간이 되자 오랜 친구들이 갑자기 도피를 도와주겠다고 나타났다. 라파예트 장군은 마르스트 광장에서 열리는 소란한 축제의 틈을 타 도시를 빠져나가게 도와주겠다고 했다. 하지만 마리 앙투아네트는 라파예트가 이 모든 불행의 주범이라고 생각했기에 자식과 남편을 그 경박한 인물 손에 맡기느니 차라리 죽는 게 낫다고 생각했다.

그녀는 그런 고귀한 이유로 헤센이 왕궁을 빠져나가는 일을 도와주겠다고 제안했을 때도 거절했다.

"비록 당신의 뜻은 이해하지만 나는 받아들일 수 없습니다. 나는 불행을 함께해 주고, 남들이 뭐라 하든 운명을 겸허히 받아들여 준 나의 귀중한 이들을 지켜야 할 의무가 있습니다. 언젠가 우리가 경험하고 견뎌낸 이 모든 일들이 자식들에게는 행복을 가져다준다면 더 이상 바랄 게 없습니다. 부인 안녕히 계십시오. 모든 것을 빼앗긴 나에게는 마음만이 남아있습니다. 내 마음은 언제까지나 당신들을 사랑할 것입니다. 그것만은 결코 의심하지 마십시오."

이것은 그녀가 자기 자신을 위해서가 아닌 후세를 위해 처음으로 쓴 편지였다. 마음 깊은 곳에서, 이미 그녀는 알고 있었다. 재앙을 막을 수 없다면 위엄 있고 점잖게 죽어 마지막 의무라도 완수해야 한다는 것을. 무의식중에 서서히 수렁 속으로 침몰하느니 차라리 빨리 영웅 같은 죽음을 맞이하는 것이 낫다고 생각했다.

왕과 왕비는 7월 14일, 바스티유 감옥 습격을 기념하는 축제에 참석해야 했다. 조심스런 남편과 달리 왕비는 드레스 안에 갑옷을 입지 않았다. 수상한 그림자가 방에 나타나도 혼자서 잠을 잤다. 집 밖을 나가지도 않았다. 왜냐하면 정원에만 나가도 사람들이 "거부권을 행사한 부인은 파리 전체를 학살해 버리겠다고 약속했다." 이런 노래를 불러댔기 때문이다. 탑에서 종소리가 울릴 때마다 궁전 사람들은 튈르리 궁 습격을 위한 신호는 아닐까 싶어 몸을 떨었다. 첩자들을 통해서 들려오는 소식에 의하면 자코뱅당이 폭력을 써서 사태를 종결시키려는 날이 사흘, 열흘, 기껏해야 2주 정도밖에 남지 않았다. 첩자들이 가져오는 정보는 비밀도 아니었다.

마지막 순간을 기다리는 기다림의 공포는 왕비가 보낸 편지 속에서 가장 잘 드러난다. 그것은 편지가 아니라 비명이었다. 광란의 외침. 교살자에 쫓기는 이의 비명처럼 불분명하고도 날카로웠다. 튈르리 궁에서 편지를 밖으로 내보내는 것은 극히 대담한 일이었다. 시종들은 믿을 수 없는 데다가 스파이가 창문 밖과 문 뒤에서 엿듣고 있었다. 마리 앙투아네트는 은현잉크로 암호 편지를 써서 초콜릿 포장지에 숨기거나 모자 끝에 말아 넣어 내보냈다. 편지는 얼핏 보면 일상적인 글들이었고 실제로 전하려고 하는 내용은 대부분 삼인칭으로 작성되었다.

"당신의 친구들은 회복이 불가능해 보입니다. 그러니 할 수만 있다면 그들을 안심시켜주세요. 상황은 날이 갈수록 악화되고 있습니다."

"당신의 친구는 큰 위험에 처해 있습니다. 그의 병은 무서운 속도로 진행되고 있으며 의사들도 더 이상 손을 쓰지 못할 정도입니다. 친구를 만나시려면 서둘러야 합니다. 그의 절망적인 상태를 부모님께 알려주십시오." "열이 더 심하게 오르기 시작합니다. 그와 관련된 모든 사람들에게 이 사태를 알려주세요. 시간이 빠듯합니다."

사랑에 빠진 남자는 연인의 편지를 브뤼셀에서 받았다. 편지를 읽고 얼마나 절망했을까. 아침부터 밤까지 그는 군 사령관들의 태만함과 싸우며 이곳저곳을 찾아다녔다. 그리고 어서 행군을 하고 군사를 일으켜 달라고 부탁했다. 그러나 프로이센의 군 사령관인 브라운슈바이크 공작은 행군이란 몇 달 전부터 계획을 세우고 체계적으로, 천천히, 조심스럽게 해야 하는 것이라 믿는 구식 교육을 받은 군인이었다. 장군은 프리드리히 대왕 시절에 배운 전술에 따라 군대를 배치했다. 그는 두 달 후에나 국경을 넘어갈 수 있다고 말했지만 그 이후로는 단숨에 파리로 진격할 것을 약속했다. 이건 모든 장군들의 로망과도 같은 약속이었다.

8월 10일, 폐허의 탑

1792년, 8월 9일에서 10일로 넘어가는 밤은 더운 날씨를 예고했다. 하늘에는 구름 한 점 없었다. 바람도 불지 않았다. 거리에는 적막만이 흘렀다. 지붕들은 여름 달빛을 받아 하얗게 빛나고 있었다. 하지만 이 적막에 속을 사람은 아무도 없었다. 거리가 이토록 비어 있으니 무슨 일인가 일어날 것 같다는 예감이 들었다. 혁명은 잠들지 않는다. 구역마다, 클럽마다, 거실마다 지도자들이 모여 앉아 있었다. 명령을 전하는 전령들은 의심스러울 정도로 조심스럽게 거리를 오갔다.

왕궁 안에도 잠든 사람이 없었다. 며칠 전부터 폭동을 예상하고 있었다. 마르세유 사람들이 파리에 왔다는 소식과 내일 아침이면 진군할 것이라는 이야기들이 들려왔다. 숨이 막힐 듯 무더운 여름 날씨에 창문은 활짝 열려있었다. 왕비와 마담 엘리자베트는 밖을 엿보고 있었다. 아직은 아무 소리도 들리지 않았다. 굳게 닫힌 튈르리 궁에는 고요한 정적이 흐르고 있었다. 가끔 경비병의 발소리, 칼 부딪치는 소리, 말발굽 소리가 들릴 뿐이었다. 궁전 안에는 2천 명 넘는 병사들이 주둔하고 있었고 복도에는 장교와 무장한 귀족들이 가득 차 있었다.

새벽 12시 45분, 먼발치에서 종소리가 울린다. 이어서 두 번째, 세 번째, 네 번째 종소리가 울린다. 더 이상 의심의 여지가 없다. 반란군들이 모이고 있었다. 왕비는 창가에 몇 번이고 나가서 위협의 징후가 얼마나 가까이 다가왔는지 확인했다. 새벽 4시가 되자 구름 한 점 없는 하늘에 피 빛으로 물든 해가 떠올랐다.

성 안에서는 모든 준비가 끝났다. 가장 신뢰할 수 있는 스위스 군단 900명이 대열을 만들었다. 이들은 철저한 규율 아래에서 훈련받은, 의무에 충실한 자들이었다. 저녁 6시에는 국민군과 기병대가 합류했다. 도개교를 내리고 보초병을 세 배로 늘렸다. 12개의 대포가 입구를 지키고 있었다.

2천 명의 귀족들에게 사자를 보내 밤까지 성문을 열어놓고 기다리겠다는 통보를 해두었지만 헛수고였다. 150명 정도가 나났는데 대부분 연로한 백발의 귀족들이었다. 지휘관은 없었다. 찌그러진 가발을 쓰고 잠에서 깨어난 루이 16세는 허둥거리며 방을 헤매고 있었다. 어제까지만 해도 사람들은 피투성이가 될 때까지 튈르리 궁을 지키자며 결의를 굳혔다. 하지만 지금은 적이 나타나기도 전에 지레 겁을 먹고 불안해하고 있다. 지휘관이 공허한 눈빛으로 떨고 있는데 그 밑에 있는 군인들이 어떻게 용기를 낸단 말인가? 스위스 군인들은 엄격한 장교의 통제에 따라 동요하지 않았지만 국민군들은 벌써 의심하기 시작했다. "싸울 것인가, 도망갈 것인가?" 왕비는 남편의 나약함에 분노를 감출 수 없었다. 마리 앙투아네트는 마지막 결단을 원했다. 그녀의 지친 마음은 더 이상 계속되는 긴장감을 견딜 수 없었다. 양보와 후퇴는 오히려 그들에게 자신감을 심어준다는 걸 이미 두 해 동안 지켜보았다. 이제 왕권은 마지막 계단까지 내려와 있었다. 그 아래에는 무시무시한 암흑뿐이다. 한 발자국만 더 내딛으면 끝장이었다.

왕비는 국민군에게 용기를 주고 싶었다. 그래서 그녀는 마지막으로 열병식이라도 열어 군인들을 격려하자고 설득했다. 나폴레옹이 위기의 순간에 그랬던 것처럼 두세 마디의 말, 자신이 군대와 함께 죽겠노라는 왕의 서약이나 행동, 이것만 있으면 쓰러져가는 군대도 되살릴 수 있다. 하지만 미련하고 둔한 왕은 모자를 겨드랑이에 끼운 채 당황한 듯 허둥대며 몇 마디를 더듬거릴 뿐이었다.

"그들이 온다고 하네…… 내 문제는 모두 선량한 시민의 문제야…… 우리, 모두 용감하게 싸우도록 하지……." 흔들리는 목소리와 당황한 태도는 오히려 불안을 키우기만 했다.

그리고는 기대하던 "국왕 폐하 만세!"대신 애매모호한 "우리나라 만세!" 이런 말을 외친다. 국민군은 나약한 국왕을 경멸하듯 바라보았다. 밖에서는 "거부권을 철회하라!" "뚱뚱한 돼지를 몰아내자!" 이런 목소리가 들렸다. 몇몇 호위병과 대신들이 놀라 왕을 다시 왕궁 안으로 모셔갔다. "맙소사, 국왕을 조롱하다니." 해군 장관이 2층에서 소리쳤다. 충혈된 눈으로 비참한 광경을 바라보고 있던 마리 앙투아네트는 고개를 돌렸다. "이제 다 틀렸구나."

왕정과 공화정 사이에 마지막 결전이 일어난 이날, 튈르리 궁 앞 사람들 속에 젊은 소위 한 명이 서 있었다. 코르시카 출신의 장교, 나폴레옹 보나파르트였다. 누군가 그에게 자네는 언젠가 루이 16세의 후계자가 되어 이 궁전에서 살게 되리라 말했다면 바보 같은 소리라며 무시했을 것이다. 그는 마침 근무 중이 아니었기에 양쪽 진영을 예리한 눈으로 관찰할 수 있었다. '두세 발 대포를 쏘아대기만 하면 이 폭도들을 쓸어버릴 수 있을 텐데.' 왕이 이 보잘것없는 포병 소위를 기용하기만 했다면 그는 파리 전체를 상대로 맞설 수 있었을 것이다. 하지만 왕궁 안에 나폴레옹처럼 강철 같은 심장을 가진 자는 아무도 없었다. "공격은 하지 말고 단단히 버티면서 강력하게 수비하라!" 이것만이 병사들에게 내려진 명령이었다.

아침 7시가 되고 혁명의 선봉대가 도착했다. 그들은 무질서하고 무기도 부족해 제대로 무장을 하지도 못한 상태였다. 전투력이 아닌 불굴한 의지만으로 여기까지 온 것이다. 파리의 총 대리인 뢰드레는 책임감을 느꼈다. 그는 한 시간 전부터 왕에게 의회로 가서 그들의 보호를 받으라 권유했다.

"폐하, 더 이상 지체할 시간이 없습니다. 입법의회 말고는 안전한 곳이 없습니다." 국왕은 무거운 한숨을 내쉬며 의자에 앉아 기다리기만 했다. 무엇을 기다리는지는 자기 자신도 알 수 없었다.

"카루셀 광장엔 아직 사람들이 많이 없는데……."

"폐하, 지금 열두 대의 대포와 함께 엄청난 인파가 몰려들고 있습니다."

왕은 무거운 머리를 들어 뢰드레를 잠시 바라보았다. 그리고는 한숨을 내쉬며, 결단을 내린 자신이 자랑스럽다는 표정으로 말했다.

"그럼 가지."

루이 16세는 존경하는 마음은 추호도 없이 왕을 바라보고 서 있는 귀족들을 지나쳐 도망쳤다. 싸움을 해야 할지 말아야 할지 모르는 채로 서 있는 군인들에게 말을 건네는 것도 잊었다. 싸움은커녕 저항 한 번도 못 해본 채 그렇게 선조들이 세운 성을 빠져나갔다. 그 뒤를 해군 대신의 부축을 받은 왕비와 아들이 따랐다. 입법의회까지는 고작 이백 걸음. 하지만 이 이백 걸음으로 마리 앙투아네트와 루이 16세는 절대 권력에서 내려오게 되었다. 전제 정치가 끝난 것이다.

입법의회는 그들에게 보호를 요구하러 온 국왕 가족을 착잡한 심정으로 바라보았다. 의회는 아직 선서와 결의로 왕과 연결되어 있었다. 의장 베르뇨가 말을 꺼냈다.

"폐하, 입법의회를 믿으십시오. 저희 의원들은 국민의 권리와 권위의 보호를 위해 목숨을 바칠 것을 맹세했습니다."

헌법에 따르면 아직 왕은 법적으로 임명된 권위 중 하나였다. 이 난리 속에서도 입법의회는 여전히 법적 질서가 존재하는 것처럼 굴었다. 그들은 회의 중에는 왕이 회의실에 들어올 수 없다는 헌법 조항을 주장했다. 회의가 언제 끝날지 몰랐기 때문에 왕은 서기가 앉던 칸막이 방에서 대피해야 했다. 이 방은 천장이 낮아 제대로 서있을 수도 없었다. 8월의 무더위 속에서 마리 앙투아네트와 루이 16세는 동정의 시선을 받으며 18시간 동안이나 이곳에 머물러야 했다. 그러나 그들을 가장 비참하게 만든 것은 입법의회 의원들의 철저한 무관심이었다. 그들은 왕실 일가가 거기에 있다는 사실조차 모르는 척을 했다. 와서 인사하는 사람도 아무도 없었다.

갑자기 회의실이 흥분으로 일렁였다. 몇몇 의원들은 일어나서 창밖에 귀를 기울였다. 문을 열자 튈르리 궁 쪽에서 총성이 들려왔다. 발포 소리로 창문이 흔들렸다. 시위자들이 왕궁에 침입해 스위스 친위병과 마주친 것이다. 도망치느라 정신이 없었던 왕은 명령을 내리는 것조차 까먹었다. 아니면 늘 그래왔듯이 무언가 결정을 내릴 힘이 없었다고 보는 것이 더 나을지도 모른다.

지시받은 대로 스위스 친위대는 텅 빈 왕궁을 지키고 있었다. 스위스 장교는 텅 빈 튈르리 궁을 방어하며 일제사격을 명령했다. 이미 스위스 친위대는 정원을 소탕하고 반란군들이 가져온 대포를 빼앗았다. 하지만 왕은 스스로도 용기를 잃은 판에 다른 이들에게 용기와 희생을 요구하는 것은 비겁하다고 생각했다. 그는 스위스 군에 퇴각 명령을 내린다. 정말 이도저도 아닌 결정이었다. 루이 16세의 통치에는 항상 따라다니는 말이 있다.

'이미 늦었다.'

이미 반란군은 천 명 넘게 목숨을 잃었다. 격노한 백성들은 무방비 상태의 왕궁에 막무가내로 쳐들어왔다. 창끝엔 죽음을 당한 왕당파의 머리가 꽂혔다. 학살은 11시가 되어서야 끝이 났다.

숨 막히는 칸막이 방에 갇힌 왕실 가족들은 어떤 말도 하지 못하고 회의실에서 일어나는 일들을 지켜볼 수밖에 없었다. 화약에 그을린 채로 피투성이가 된 충성스러운 스위스 군인들을 지켜보아야만 했다. 반란군은 성에서 훔친 은식기, 장식품, 보석, 편지, 아시냐 지폐들을 의장 책상 위에 던졌다. 마리 앙투아네트는 반란군의 지휘관이 칭찬받는 소리를 묵묵히 들어주어야 했다.

반란군 지도자들이 단상 위에 올라가서 왕의 폐위를 요구했다.

국민이 왕궁을 포위한 것이 아니라 왕궁 쪽에서 먼저 국민을 포위했다는 거짓 보고들을 멍하니 듣고 있어야 했다. 바람의 방향이 바뀌면 정치인들은 비겁해지고 만다. 법이 정한 권리를 침해하느니 차라리 목숨을 포기하겠다던 베르뇨가 이제는 싸우기를 포기하고 집행권을 가진 왕의 권한을 없애자고 제안한다. "시민과 법률의 보호 아래" 왕실 일가를 뤽상부르 궁으로 이동시키자고 제안했다. 왕은 유일한 권리였던 거부권까지 박탈당하고 말았다. 의자에 기대어 정신없이 땀을 흘리는 이 남자에게 동의를 구하는 사람은 아무도 없었다. 오히려 왕은 더 이상 자기한테 아무것도 묻지 않으니 마음이 편하다고 생각하고 있는 듯했다. 루이 16세는 이제 더 이상 결정을 내릴 필요도 없어졌다. 이제부터는 그에 대한 결정이 내려질 뿐이다.

회의는 여덟 시간, 열두 시간, 열네 시간이나 계속되었다. 칸막이 방에 갇혀진 다섯 사람은 한숨도 자지 못했다. 아침부터 영원같이 긴 시간을 보내왔다. 마리 앙투아네트는 피곤했지만 무섭도록 깨어있는 정신으로 회의실 안을 응시했다. 그녀는 음식에 손도 대지 않았다. 그러나 루이 16세는 정반대였다. 그는 음식을 여러 번 가져오게 해서 이 칸막이 방 안에서도 베르사유의 식탁에서처럼 식사를 하고 있었다. 어떤 위험도 왕의 위엄이라고는 찾아볼 수 없는 그의 몸에서 배고픔과 졸음을 몰아낼 수는 없었다. 무거운 눈꺼풀은 점점 내려가고, 왕관을 영영 잃을지도 모르는 싸움 한가운데서 루이 16세는 잠을 잤다.

마리 앙투아네트는 그에게서 몸을 돌린 채 어둠 속에 앉아있었다. 그녀는 몰락의 순간에도 자신의 명예보다 위장을 더 염려하는 남편이 끔찍하고 수치스러웠다. 눈을 가리고 귀를 막고 싶었다. 그녀는 이날의 몰락과 앞으로 닥칠 모든 고통의 쓴 맛에 목이 메어왔다. 하지만 한순간도 위엄을 잃지 않았다.

"폭도들에게는 눈물을 보이지 않을 것이며 한숨 쉬는 소리조차 들려주지 않을 것이다." 그녀는 칸막이의 어둠 속으로 더 깊이 몸을 숨겼다.

뜨거운 감옥에서 18시간을 지낸 뒤 비로소 푀양당 *의 수도원으로 가라는 허락을 받았다. 황폐한 조그마한 수도원에 왕실 일가가 쓸 침대가 급히 준비되었다. 낯선 여자들이 왕비에게 옷을 빌려주었다. 소란 속에 잃어버렸는지 돈이라고는 한 푼도 없었다. 그녀는 시녀에게 급히 금화 몇 닢을 빌리고 방에 혼자 남아 겨우 음식 몇 입을 먹었다. 시내는 아직 소란스러웠다. 튈르리 궁에서는 수레 굴러가는 소리가 계속 들렸다. 시체를 치우는 수레였다.

그 후 며칠 동안 왕실 가족은 입법의회 심의에 참석해야 했다. 이제 당통은 국왕을 '국민의 억압자', '왕이라 불리는 인물' 이렇

---

* 푀양파는 입헌군주파로 라파예트가 당을 이끌었다.

게 불렀다. 왕을 "국민의 보호 하에" 둔다는 말로 감금을 정당화했다. 코뮌 *은 뤽상부르나 법무부에 왕을 가두자는 입법의회의 의견을 거부했다. 도주가 너무 쉽다는 이유에서였다. 감옥이란 개념이 점점 노골적으로 드러났다. 코뮌은 왕실 일가를 '탕플 탑'에 가두기로 한다.

8월 13일, 드디어 탕플 탑이 준비되었다. 절대왕정에서 국민의회까지 몇 세기가 걸렸으며, 국민의회에서 헌법 제정까지 2년, 헌법 제정에서 튈르리 궁 습격까지 두세 달이 걸렸는데 튈르리 궁에서 감옥까지는 고작 사흘이 걸렸다. 저녁 6시, 왕실 일가는 페티옹의 안내를 받으며 탕플 탑에 유폐됐다. 저녁 6시인 이유는 사람들로 하여금 거만한 왕과 왕비가 감옥으로 이송되는 장면을 잘 구경할 수 있도록 하기 위해서였다. 두 시간동안 마차는 일부러 천천히 도시 한복판을 지나갔다. 이제는 가문의 모든 권력이 끝났음을 실감하게 하기 위해 마차는 루이 14세의 동상이 있는 방돔 광장으로 돌아서 갔다. 프랑스 왕이 선조들의 궁을 감옥으로 바꾼 그날 밤, 파리의 새 주인도 거처를 옮겼다. 단두대가 콩시에르주리에서 카루젤 광장으로 옮겨졌다. 프랑스는 루이 16세가 아닌 공포가 다스린다는 사실을 알리기 위해서다.

---

* 코뮌은 1792년부터 1794년까지 파리를 지배하던 임시 정부로 로베스피에르와 자코뱅파의 지배하에 있었다.

왕실 가족이 기사단의 성이자 수도원이었던 '탕플 탑'에 이르렀을 때 이미 날은 어둑어둑해지고 있었다. 마리 앙투아네트는 이 작은 성을 잘 알고 있었다. 로코코를 즐기던 시절, 왕의 동생 아르투아 백작과 종종 놀러 오던 곳이었다. 그러나 오늘 그녀를 초대한 사람들은 불친절한 코뮌의 의원들이었다. 문 앞에는 하인 대신 국민군과 호위병이 경계를 서고 있었다. 죄수들에게 저녁 식사가 제공되는 큰 홀에서는 유명한 작품 '카트르 글라스의 살롱에서 영국식 티타임'을 볼 수가 있었다.

◢ 카트르 글라스의 살롱에서 영국식 티타임 Michel Barthelemy Ollivier, 1770

그 그림에서 화려한 연주회를 펼치며 모임을 즐겁게 해주는 소년과 소녀는 다름 아닌 8살의 볼프강 아마데우스 모차르트와 그의 누이였다. 음악과 웃음이 곳곳에 울려 퍼지는 이 집에서 행복하고 향락적인 귀족이 살았었다. 목제 벽장 속에 여전히 은은하게 모차르트의 진동이 남아있었을지도 모른다.

그러나 마리 앙투아네트와 루이 16세가 거처로 배정받은 곳은 이 궁이 아니라 그 옆에 있는 지붕이 뾰족한 낡은 요새 탑이었다. 중세 시대에 템플 기사단이 전투를 위해 무거운 벽돌로 지어 놓은 이곳은 바스티유 감옥처럼 음침하고 오싹했다. 철장으로 된 문, 낮은 창문. 컴컴한 벽으로 둘러싸인 탑은 비밀재판, 종교재판, 마녀의 동굴 같은 잊힌 옛 시대의 역사를 떠올리게 했다.

그 뒤 몇 주 동안 감옥이 재정비되었다. 탑 주변의 작은 집들을 철거하고 안뜰의 나무들은 베어버렸다. 왕족의 일거수일투족을 감시하기 위해서이다. 안쪽 성에 들어가기 위해서는 세 개의 성벽을 지나야 했다. 출구마다 초소가 세워졌고 사람들이 오가려면 일고여덟 번의 신분증 검사를 받아야 했다. 시 위원회는 날마다 번갈아 가며 네 명을 뽑아 교대로 죄인들을 감시했다. 밤이 되면 모든 열쇠를 보관하도록 했다. 시 의원을 제외한 다른 사람들은 특별 허가증이 없으면 성에 들어갈 수 없었다. 페르센이든 친구든 누구도 왕실 가족에게 접근할 수 없었다. 편지를 주고받을 수도 없었다.

◀ 탕플 탑에 갇힌 루이16세 Jean-François Garneray

8월 19일 밤 두 명의 시 당국 직원이 나타나 왕실 식구가 아닌 모든 사람들은 즉시 철수하라는 명령을 내렸다. 마리 앙투아네트는 우정을 위해 런던에서 돌아온 마담 드 랑발과 헤어지게 되어 너무나 슬펐다. 그 둘은 서로를 다시는 보지 못할 것임을 예감하고 있었다. 가정교사였던 트루젤과 왕의 수행원들도 다른 곳으로 옮겨가야 했다. 오직 시종 한 명만 남게 되었다. 이로써 왕궁다웠던 마지막 흔적마저 사라지고 정말 왕실 가족만 남게 되었다. 루이 16세. 마리 앙투아네트, 두 아이, 그리고 마담 엘리자베트뿐이었다.

무슨 일이 일어날지 알 수 없을 때 느끼는 공포는 앞으로 일어날 일 자체보다 더 견디기 힘든 법이다. 감금되었다는 사실은 왕과 왕비에게 모욕적이었지만 오히려 어느 정도는 안정감을 주기도 했다. 주변을 에워싸는 두터운 성벽, 봉쇄된 마당, 총을 든 감시병에 도망갈 수는 없어도 모든 습격으로부터 보호받을 수 있었다. 이제 왕실 가족은 오늘 습격당할지 내일 습격당할지 걱정하며 매일 시계탑 종소리에 귀를 기울이지 않아도 되었다.

날마다 똑같은 일상이 반복되었고 그들은 고요한 생활을 했다. 또한 세상의 모든 동요로부터 멀리 떨어져 있었다. 탑으로 이송된 후 며칠 동안 시 당국은 왕실 식구들을 편하게 해주려고 최선을 다했다. 새로 가구를 들여오고, 방이 4개 있는 한 층 전체를 왕에게 주고, 또 다른 방 4개를 왕비와 마담 엘리자베트, 아이들에게 나누어주었다. 그들은 언제든지 어둡고 곰팡이 냄새나는 탑을 벗어나 정원에서 산책을 할 수 있었다.

무엇보다 코뮌은 왕의 식사 준비에 신경을 많이 썼다. 13명이나 되는 사람들이 매일 점심마다 세 가지의 수프와 네 가지의 애피타이저, 구운 고기, 가벼운 식사 메뉴들, 과일, 말바시아 와인, 보르도 와인, 샴페인을 준비했다. 식비에만 35,000리브르가 들었다. 또한 속옷, 의복, 가구들도 루이 16세가 죄인으로 낙인찍히지 않을 때까지는 풍족하게 제공되었다. 루이 16세가 요청한 대로 257권의 책을 갖춘 서재를 만들어 주기도 했다. 그는 여기에서 주로 라틴 고전 작품들을 읽으며 시간을 보냈다. 왕실 가족들은 처음 며칠 동안은 정신적 압박을 제외하면 나름 평온한 생활을 보냈다. 오전에는 자녀들을 불러와 공부를 가르쳤고 오후에는 주사위 놀이를 하거나 체스를 두었다. 루이 16세나 마담 엘리자베트는 무의식 속에 동경해 오던 무책임하고 수동적인 삶에 만족했다. 왕이 왕세자와 함께 정원을 산책하고 연을 날리는 동안 마리 앙투아네트는 방 안에서 수를 놓았다. 자존심이 강한 왕비는 감시받으며 산책하는 게 싫었다. 세상과 단절된 그녀는 말수가 줄었고 혼자 있기를 좋아했다. 하지만 그녀의 삶의 의지는 쉽게 꺾이지 않았다. 그녀는 아직 희망을 버리지 않았다.

코뮌은 식당에 '공화국 1년'이라는 날짜가 적힌 '인권선언문'을 붙여 놓았다. 벽난로 위에는 '자유, 평등'이라는 문구가 새겨져 있었다. 점심 식사 시간이 되면 낯선 사람들이 멋대로 들어와 빵을 하나하나 잘라보며 비밀 쪽지라도 숨겨놓지 않았나 조사했다. 신문 한 장도 탑 안에 들여올 수 없었다. 왕과 왕비 뒤에는 총을 든 감시병이 그림자처럼 따라다녔다.

혁명이라는 개념은 그 자체로 넓은 의미를 포괄하는 단어이다. 이 개념은 최상의 이상주의에서부터 현실적인 잔악함에 이르기까지, 위대함에서부터 무자비함에 이르기까지, 정신적인 것에서 폭력에 이르기까지 끊임없이 변화하며 변색됐다. 프랑스 혁명에는 두 부류의 혁명가가 있었다. 이상주의적인 혁명가와 복수심에 불타는 혁명가였다.

대다수의 사람들보다 더 나은 삶을 누리던 이상주의자들은 대중의 교육 수준과 생활방식을 자신들의 수준으로 높이려 했다. 힘들게 살아온 혁명가들은 원한에 휩싸여 여태껏 풍족하게 살아온 사람들에게 복수하려 했다. 그들은 권력을 가졌던 자들에게 분노를 해소하려고 했다. 이런 모습은 인간 본성의 이중성에 근거를 두는 것으로 어느 시대에나 존재한다. 처음에는 이상주의자가 우세했다. 귀족과 시민으로 구성된 국민의회는 민중을 해방시켰다. 그러나 해방된 군중들은 곧 국민의회에 다시 달려들었다. 혁명의 두 번째 국면에서는 분노에 불타는 혁명가들이 우세했다. 그들에게 권력이란 너무나도 새로운 것이라 그 욕망을 누를 길이 없었다.

복수심에 찬 자들 가운데 왕실 가족을 감독하는 책임자가 된 에베르 *는 아주 전형적인 인물이었다. 고결하고 지성적인 혁명가들 로베스피에르, 카미유 데물랭, 생쥐스트는 곧 에베르의 추잡한 본성을 간파했다. 극장에서 돈을 훔치곤 했던 그는 직장도 가족도 없었기 때문에 눈에 보이는 것이 없었다. 마치 쫓기는 짐승이 강물에 뛰어든 것처럼 그는 혁명에 뛰어들었다. 생쥐스트가 말했듯이 "시대의 분위기에 따라 위험할 때면 교묘히 색을 바꾸는 파충류처럼" 혁명이 피로 물들어 갈수록 그가 창간한 〈페르 뒤셴〉 신문도 핏빛으로 붉어졌다. 언제나 욕설로 논설의 첫 문장을 시작했고 신랄한 풍자로 대중을 사로잡았다. 카미유 데물랭은 "마치 파리에서 흘러나오는 하수도 같다"고 표현했지만, 에베르는 서민들의 인기를 얻어 많은 돈을 벌어들였다. 그렇게 시 의원이 된 그는 권력을 점점 키워갔다. 정말 불행하게도 마리 앙투아네트의 운명은 이 남자의 손에 맡겨졌다.

애국자 중에서도 가장 비열한 거짓말쟁이가 감옥의 수장이 되자, 감시병이나 관리자들은 에베르의 의심을 받을까 두려워 왕실 가족들에게 훨씬 더 냉혹하게 행동했다. 감시자들은 〈페르 뒤셴〉

---

* 자크 르네 에베르(1757~1794)는 자코뱅파에서 가장 강경했던 인물로 상퀼로트의 대중적 지지를 받았다. 공포정치를 선도했으며 〈페르 뒤셴〉이라는 신문을 창간하였다. 기득권을 향한 신랄한 풍자로 인기를 끌었다.

에서 '피의 폭군', '음란하고 사치스러운 오스트리아 여자'에 대한 글을 읽었다. 하지만 그들이 본 모습은 전혀 달랐다. 왕은 악의라고는 없는 뚱뚱한 소시민이었다. 그는 아들을 데리고 정원을 거닐며 마당이 몇 피트나 될지 재고 있었을 뿐이다. 왕은 많이 먹고, 낮잠을 자고, 독서를 즐겼다. 이 둔하고 마음씨 좋은 인간은 파리 한 마리도 죽이지 못한다는 걸 누가 봐도 알 수 있었다. 이런 폭군을 미워한다는 건 정말 쉽지 않은 일이다. 에베르가 엄격하게 감시하지 않았다면 경비병들은 아마 왕하고 잡담도 나누고 카드놀이도 했을 것이다.

하지만 왕비는 전혀 그렇지 않았다. 그녀는 식사 때에도 감시인에게 말 한마디 건 적이 없었다. 필요한 것이 없냐 물어도 아무것도 바라는 것이 없다고 의연하게 대답했다. 그녀는 감옥 간수에게 도움을 청하느니 모든 것을 감내했다. 불행 가운데서도 그녀가 보여준 고귀함은 사람들의 동정심을 불러일으키기 충분했다.

그러나 시간은 조용히 머물러 있지 않는다. 담으로 둘러싸인 감옥 안에서는 눈치채지 못했겠지만, 밖에서는 시간이 커다란 날개를 휘저으며 달아나고 있었다. 국경에서는 나쁜 소식이 들려왔다. 프로이센과 오스트리아군이 혁명군을 격파했다는 것이다. 방데에서는 농민들이 폭동을 일으켰다. 내란이 시작되었다. 영국 정부는 사절단을 철수시켰고 라파예트는 자신이 만들었던 혁명파의 과격주의에 화를 내며 군대를 떠났다. 이때 가장 강력하고 무자비한 혁명가 당통이 피로 물든 깃발을 들고 무시무시한 결정을 내린다. 9월, 사흘 안에 감옥에 있는 모든 자들을 학살하라는 것이다. 이 2000명 중에는 왕비의 친구인 랑발 부인도 끼어 있었다.

세상과 단절되어 살고 있는 왕실 가족들은 이 사건에 대해 아무것도 알지 못했다. 사람들은 흥분해서 귓속말을 주고받았다. 브라운슈바이크 장군이 군대를 이끌고 와줄까? 혁명에 맞서는 반혁명이 시작된 건 아닐까? 탕플 탑으로 들어오는 문 옆에 서 있던 감시인들과 관리들은 많은 정보를 갖고 있었다.

대학살의 날, 시종이 엄청난 인파가 이곳으로 몰려오고 있다며 놀라서 소리친다. 몰려오는 파리 시민들이 들고 있는 창에는 처형된 랑발 부인의 머리가 창백하게 꽂혀 바람에 흩날리고 있었다. 잔인하게도 그들은 랑발 부인의 끔찍한 모습을 마리 앙투아네트에게 보여줌으로써 최후의 승리감을 맛보려 했다. 감시병이 군대의 도움을 구하기 위해 코뮌으로 향했다. 그들로서는 미쳐 날뛰는 군중들을 막을 수가 없었기 때문이다. 하지만 위험한 순간마다 항상 그랬듯이 교활한 시장 페티옹은 모습을 드러내지 않는다. 도와줄 군대도 오지 않았다. 군중은 끔찍한 제물을 가지고 성 앞에서 난동을 피우고 있었다. 사령관은 폭도들을 자제시킬 방도를 모색했다. 그는 우선 술 취한 사람들을 탕플의 바깥뜰로

유인했다. 그러자 폭도들은 더러운 격류처럼 뒤섞여 문을 빠져나갔다. 한 사람은 랑발 부인의 발 부분을 잡고 질질 끌고 오고, 다른 한 명은 피투성이인 오장육부를 손에 쥐고 흔들어 댔다.

한 관리가 묘책을 내어 자신이 코뮌 위원 신분임을 알리고 연설을 했다. 먼저 이 큰일을 해낸 군중들을 극찬했다. 그리고 이 트로피가 승리의 영원한 기념물로 남을 수 있도록 머리를 들고 파리를 행진하는 게 낫지 않겠느냐 제안했다. 다행히 효과가 있었다. 취한 군중은 요란한 함성을 지르면서 시체를 끌고 팔레 루아얄로 향했다. *

불안해진 왕은 국민군에게 어찌 된 일인지 물었다. 국민군은 짜증난다는 말투로 대답했다.

"정 알고 싶으시다니 말씀드립니다만, 사람들이 랑발 부인의 머리를 보여주겠다는군요. 사람들이 탑 위로 올라오는 걸 원치

---

* 9월 대학살(1792)

브라운슈바이크 공작이 이끄는 프로이트 군이 베르됭을 함락시켰다는 소식이 들려오자 파리는 공포에 휩싸인다. 이에 파리 시민들은 감옥을 습격하여 반혁명 혐의로 체포된 자들을 끌어내 살해한다. 프랑스 혁명이 발발하자 폴리냐 부인은 바로 오스트리아로 도주했다. 이와 달리 랑발 부인은 탕플 탑에 마리 앙투아네트와 함께 갇혀 있다가 다른 감옥으로 옮겨졌다. 그녀는 폭도들이 혁명의 정당성을 인정하도록 강요했으나 거부하자 죽임을 당했다. 랑발 공작부인은 다른 마리 앙투아네트의 친구들과는 달리 진심으로 왕실에 충성했다.

않으시면 창가로 가서 모습을 보여주시지요."

그러자 나지막한 비명이 들었다. 마리 앙투아네트가 정신을 잃고 쓰러진 것이었다. 뒷날 왕비의 딸은 회상했다. "어머니께서 정신을 잃고 쓰러지신 적은 그때 한 번뿐이었어요."

3주 뒤 9월 21일, 거리는 다시 들썩거렸다. 하지만 이번에는 분노가 아니었다. 기쁨의 목소리였다. 신문 배달부는 국민공회 *가 왕권 폐지를 결정했다는 소식을 크게 알려댔다. 다음 날, 이제는 왕이 아닌 루이 16세에게 폐위 소식을 알리기 위해 대표들이 나타났다. 루이 16세는 이 소식을 셰익스피어의 리처드 2세처럼 태연히 받아들였다.

그림자 속에서 빛을 찾을 수 없듯 이미 싸울 힘을 잃어버린 사람에게서 권력을 찾을 수는 없는 법이다. 어떤 굴욕에도 무감각해진 왕은 한마디 반박도 할 수 없었다. 루이 16세는 해방감을 느끼고 있었을지도 모른다. 이제는 자신의 운명이나 국가의 운명에 아무런 책임을 지지 않아도 된다. 더 이상 잘못하거나 걱정할 일도 없다. 오직 그들에게 허락된 작은 삶의 조각에 대해서만 걱정하면 되었다. 아들이 한 자 한 자 어린아이답게 쓴 글자나 고쳐주

---

* 국민공회

　1792년 9월 20일 입법의회가 해산되고 국민공회가 수립되었다. 국민공회는 왕정을 폐지하고 공화정 수립을 선언한다. 자코뱅파와 로베스피에르를 중심으로 하는 '산악파'가 주도하였다.

면 된다. 그러다 종이 위에 '루이 샤를 왕세자'라고 적으면 빨리 종이를 찢어 버려야만 했다. 여섯 살짜리가 어찌 이 상황을 이해할 수 있겠는가. 루이 16세는 벽난로 위에 걸린 고물시계 바늘을 쳐다보기도 하고 가을 구름이 겨울을 몰고 오는 장면을 바라보기도 했다.

혁명은 이제 그 목적을 달성한 것 같았다. 왕은 폐위되었다. 그는 한마디 말도 못 한 채 왕관을 포기했고 탑 안에서 가족들과 함께 조용히 지내고 있었다. 그러나 혁명은 데굴데굴 굴러가는 공과도 같았다. 혁명의 지도자가 되려는 사람은 쉬지 않고 공과 함께 달려야 한다. 처음에는 왕권을 붕괴시키고 왕을 폐위시키면 임무가 끝날 것이라 생각했다. 하지만 왕관을 빼앗긴 이 불행하고 무해한 남자는 여전히 상징적으로 남아 있었다. 수 세기 동안 땅속에 파묻혀 재가 된 왕들의 뼈를 다시 한번 불태우기 위해 무덤에서 꺼내는 마당에, 살아 있는 왕의 그림자는 용납할 수 없었다. 혁명의 지도자들은 정치적인 죽음을 육체적 죽음으로 완결지어야 한다고 믿었다. 과격한 공화주의자들은 공화국이 왕의 피로 물들 때 비로소 영속할 수 있다고 믿었다. 다른 혁명가들도 국민의 호의를 얻기 위해 뒤처지지 않으려 이 의견에 동의했다.

루이 16세의 재판은 12월로 정해졌다. 수감자들은 이제 피고가 되었다. 루이 16세는 아내와 가족들로부터 격리되었다. 마리 앙투아네트는 같은 탑에 있으면서도 남편과 이야기할 수 없었다.

재판이 어떻게 되어가는지도 알 수 없었다. 그녀는 홀로 시간을 보내야 했다. 한 층, 벽 하나를 사이에 두고 오직 남편의 무거운 발소리만 들을 수 있었다. 그녀는 형언할 수 없는 고통을 느꼈다. 1793년 1월 20일, 시 위원은 무거운 목소리로 오늘은 특별히 가족과 함께 남편이 있는 아래층으로 가도 된다고 말한다. 그녀는 이 은총 속에 숨겨진 의미를 금새 알아차렸다. 루이 16세가 처형 선고를 받았다는 걸 말이다.

내일 단두대에 오를 사람은 위험할 것이 없다고 여긴 시 위원들은 마지막으로 가족들이 함께 할 자리를 마련해주었다. 처형 선고를 받아 곧 죽음을 맞아야 할 사람을 마지막으로 본다는 것. 일부러 과장해서 표현할 필요도 없다. 이 남자를 열렬히 사랑한 적은 없었지만, 비록 국가의 정치적인 이해관계로 일생을 함께하게 되었지만, 비운을 함께 겪으며 두 사람은 더 가까워졌다. 게다가 자신도 곧 그를 따르게 될 것임을 알고 있었다. 남편이 조금 먼저 가는 것일 뿐이었다.

일생 동안 왕을 쫓아다닌 무감각증은 비로소 마지막 순간에, 그 자체로 도움이 되었다. 무신경한 성격은 결정적인 순간에 그에게 도덕적인 위엄을 부여했다. 그는 고통도, 두려움도 느끼지 않았다. 가족과의 이별에서 그는 온 생애를 통해서 보여주지 못했던 힘과 존엄을 보여주었다. 눈물을 흘리지도, 흐느끼지도 않았다. 그는 밤 10시가 되자 평소처럼 가족들에게 위로 올라가라는 손짓을 했다. 다음 날 아침 7시에 만나러 오겠노라는 약속에 마리 앙투아네트는 어쩔 수 없이 위층으로 올라간다. 그리고 정적이 흘렀다. 왕비는 위층 작은 방에 홀로 앉아 있었다. 밤이 왔다. 잠 못 이루는 기나긴 밤이. 마침내 날이 밝아오고 처형을 준비하는 끔찍한 소리가 들려온다. 저 멀리 행진해 오는 연대의 북소리가 둥둥 울렸다. 방문 앞에서 지키고 서 있는 감시인들은 왕비가 계단을 내려가지 못하도록 막았다. 그녀는 방에 갇힌 채 무슨 일이 일어나는지 아무것도 들을 수도 볼 수도 없었다. 아래층이 갑자기 조용해졌다. 왕을 태운 의장 마차가 형장을 향해 떠났다.

◀ 루이 16세의 처형 Charles Monne, 1793

단두대의 칼날이 떨어지고 어색한 침묵이 흘렀다. 루이 16세의 처형으로 국민공회는 왕정과 공화정 사이에 붉은 피로 진한 선을 그었다. 많은 의회 의원들은 이 허약하고 선량한 인간을 단두대로 끌고 가는 것이 내심 유감스러웠다. 또한 어느 누구도 마리 앙투아네트까지 기소되리라 생각하지는 않았다. 감시는 허술해졌다. 국민공회는 그녀를 중요한 인질이라 여겼다.

하지만 그 계산은 틀렸다. 프랑스 국민공회는 합스부르크 가문을 과대평가했다. 무감각하며 탐욕스러운, 위대함이라고는 찾아볼 수 없는 프란츠 황제는 가족을 구하기 위해서는 단 한 개의 보석도 쓸 생각이 없었다. 뿐만 아니라 오스트리아 군대는 협상을 파기하려고 모든 수단을 동원했다. 비록 처음에는 이 전쟁이 오직 이념 때문에 일어난 것이라 주장했다. 하지만 결국 영토 확장으로 번지고 마는 것이 모든 전쟁의 본질이다. 메르시는 계속해서 프란츠 황제를 설득했다. 마리 앙투아네트는 프랑스 왕비라는 지위를 박탈당했으니 오스트리아의 대공녀이며, 황제의 가족이므로 그녀를 데려올 도덕적인 의무가 있다고 설명했다. 하지만 도움이 되지 않았다. 냉정한 정치 세계에서 세계 전쟁의 포로가 된 이 여인은 얼마나 하찮은 존재인가!

온 세상이 그녀를 버렸다. 왕관은 빼앗기고 지치고 늙었지만 그녀에게는 사람들을 끌어당기는 묘하고 신비로운 힘이 있었다. 몇 주가 지나자, 그녀의 편이 된 감시자들의 도움으로 편지와 소식들이 은밀히 오고 갔다. 레몬즙이나 보이지 않는 잉크로 쓰인 종이쪽지들은 물병의 코르크로 사용되거나 화로의 공기구멍으로 전달되었다. 감시를 피해 그녀에게 날마다 정치나 전쟁 소식을 알려 주려는 사람들도 있었다. 신문 판매원들은 누가 시켰는지 탕플 탑 앞에서 중요한 뉴스들을 일부러 크게 외쳤다. 조력자는 점점 많아졌다.

평화로울 때는 불분명하게 섞여 있던 인간의 용감함과 비겁함이 시련 속에서는 선명하게 분리된다. 프랑스의 옛 귀족들은 왕이 파리로 이송되자 모두 망명하거나 도주했다. 진정으로 충성스러운 자들만이 도망가지 않고 지금까지 남아있었다. 그중 가장 용감했던 사람은 자르제 장군이었다. 그의 부인은 마리 앙투아네트의 시녀 출신이었다. 그는 마리 앙투아네트를 탈출시키려는 계획을 짰지만 그녀는 혼자 탈출하기를 거부했다. 아이들을 두고 가느니 차라리 단념하겠다고 말이다.

"우리는 아름다운 꿈을 품고 있었어요. 당신에 대한 제 믿음은 무한합니다. 어떤 상황에서도 제가 용기를 잃지 않는다는 것을 당신은 잘 아실 거예요. 그렇지만 아들에 대한 사랑이야말로 나를 살게 하는 유일한 힘입니다. 이곳을 빠져나가는 것이 행복을 의미한다는 것을 압니다. 하지만 나는 아들과 떨어질 수는 없습니다. 이런 기회는 또 오지 않겠지만 내 자식들을 여기에 두고 가야 한다면 나는 어떤 행복도 얻을 수 없을 것입니다."

아이들 그다음으로 이 세상에서 가장 소중하게 여겼던 페르센에게는 아무런 인사도 남기지 않았을까? 마리 앙투아네트는 마지막 고독 속에서도 그를 잊지 않았다. 그녀는 파리를 떠나는 자르제 장군에게 편지를 건네준다. 마리 앙투아네트는 한 문장을 뜨거운 밀랍에 눌러 찍었다. "이걸 지난겨울, 브뤼셀에서 찾아왔던 분께 전해주세요. 그리고 어느 때보다 지금 이 말이 필요한 순간이라고 전해주세요." 그것은 다섯 개의 이탈리아어 단어였다. "Tutto a te mi guida, 모든 것이 나를 당신께로 인도합니다."

죽음의 제물이 될 그녀가 보낸 무언의 작별 인사. 그 속에는 두 번 다시는 되돌아올 수 없는 죽음의 열정이, 살아 있는 육체가 재로 변하기 전 마지막으로 타오르고 있었다. 단두대의 그림자 아래 이 비극적이고도 위대한 사랑은 드디어 마지막 대사를 말한다. 이제 막을 내려도 좋다고.

마지막 모험가

마지막 말도 전했으니 이제 침착하게 마음 편히 다가올 것을 기다릴 수 있었다. 그녀는 세상과의 작별을 고했다. 이제 더 이상 아무것도 바라는 것이 없었다. 빈 황실이나 동맹군의 승리도 기대하지 않았다. 그러나 때로는 모험에 인생을 거는 도박꾼 같은 사람도 있다. 평범한 시대에 이런 사람들은 숨을 쉴 수가 없다. 인생살이는 지루하고 모든 것이 비겁하고 한심하게 느껴지기 때문이다. 모험가들에게는 죽음도 불사하는 원대한 목표가 필요하다.

불가능을 가능케 하는 것을 가장 열망하는, 그런 남자가 파리에 살고 있었는데 그의 이름은 바츠 남작이었다. 왕정이 영광을 누리는 동안 이 부유한 귀족은 뒷전에 물러나 있었다. 자리나 돈을 위해 머리를 숙일 필요가 없었기 때문이다. 그러다 위험이 닥쳐오자 그의 내면에 숨어있던 모험심이 고개를 들었다. 형을 선고받은 왕은 이제 끝났다고 다들 포기했을 때 이 충성스러운 돈키호테는 어리석은 영웅심으로 싸움에 뛰어들었다. 그는 혁명이 진행되는 동안 가장 위험한 위치에 있었다. 신분을 숨기기 위해 수십 가지의 이름을 쓰면서 파리에 숨어있었다. 그중에서도 가장 미친 짓은 루이 16세가 처형되던 순간 무장한 8만 명의 사람들 한가운데로 뛰어나가 "왕을 구하려는 자, 내게로 오라!"라고 소리친 것이었다. 하지만 아무도 따르지 않았다. 프랑스를 통틀어 이렇게 용기 있는 사람은 아무도 없었다. 경비병들이 깜짝 놀라 정신을 못 차리는 틈을 타 바츠 남작은 다시 사람들 사이로 자취를 감췄다. 하지만 그는 낙담하지 않았다. 왕이 처형당하자 곧 왕비를 구출하기 위한 환상적이고 대담한 계획을 세우기 시작했다.

바츠 남작은 노련한 눈으로 혁명의 약점, 가장 비밀스러운 독의 씨앗을 찾아냈다. 그것은 로베스피에르가 태워 없애려 했던 부정부패였다. 혁명가들은 권력을 장악하자 관직을 차지했다. 모든 관직에는 쇠에 녹이 슬 듯이 영혼을 부패시키는 돈이 달라붙는다. 큰돈이라고는 만져보지도 못했던 소시민, 프롤레타리아, 일꾼, 작가, 실업자였던 선동가들은 갑자기 국가의 중대사를 맡게 되었다. 그들은 전쟁 물자의 공급, 압수 명령, 망명자의 재산을 매각하는 것과 같이 막대한 돈을 다루는 일들을 했는데, 아무런 통제가 없었다. 이런 엄청난 유혹을 뿌리칠 수 있는 사람은 별로 없다. 신념과 돈 사이에서, 혁명가들은 공화국에 공헌한 만큼 막대한 돈을 벌어들였다. 전리품을 뺏기 위해 싸움을 벌이는 부패한 자들의 연못에 바츠 남작은 주문을 외우며 낚싯바늘을 던졌다. 탕플 탑에서 왕비를 구출하는 데 도움을 주는 이들에게 백만 프랑을 주겠다는 것이다. 그만한 액수라면 사람들이 제 발로 감옥 성벽을 뛰어넘을 만했다.

그는 하급 관리를 매수하지 않았다. 대담하게 감시를 담당하는 시 위원이자 전 레모네이드 상인인 미쇼니를 매수했다. 그리고 지역 총사령관인 코르티도 매수했다. 바츠 남작은 내부를 정찰하기 위해 호르궤라는 이름으로 경비 중대에 입대했다. 더럽고 허름한 국민군 옷을 걸친 백만장자 귀족은 다른 군인들과 함께 왕비의 방문 앞에 서 있었다. 거액의 몫을 챙기기로 한 미쇼니가 직접 왕비에게 모든 것을 설명했다. 매수당한 사령관 코르티의 협조 덕분에 점점 더 많은 남작의 부하들이 경비중대에 들어갔다.

그리하여 마침내 역사상 가장 놀랍고 어이없는 사태가 벌어졌다. 1793년, 한창 혁명이 진행 중인 파리 한가운데, 시 당국의 허락 없이는 아무도 들어갈 수 없는 탕플 탑에 감금된 마리 앙투아네트는 공화국의 적, 변장한 왕당파 부대에 의해 감시되고 있었다. 그들의 지도자는 국민공회가 추적 중인 바츠 남작이었다. 이 믿지 못할 사건은 어떤 소설가도 감히 상상하지 못했을 것이다.

마침내 바츠는 급습할 시기가 무르익었다고 판단했다. 밤이 되었다. 만약 성공한다면, 이 밤은 세계사의 운명을 바꾸어 놓을 것이다. 프랑스의 새 왕이 될 루이 17세가 혁명의 손아귀에서 구출되었을 것이기 때문이다. 바츠 남작과 운명은 공화국의 번영이냐 파멸이냐에 내기를 했다. 모든 일은 꼼꼼하게 준비되었다. 매수당한 코르티는 그의 부대와 함께 정원으로 왔다. 중요한 출구에는 왕당파들이 서 있도록 병사들을 배치했다. 매수당한 또 다른 인물 미쇼니는 마리 앙투아네트와 마담 엘리자베트 그리고 아이들에게 군 외투를 전해주었다. 자정이 되면 군모를 쓰고 어깨에는 소총을 메고 다른 국민군들과 함께 탕플 탑을 빠져나갈 예정이었다. 그 후에는 바츠가 가명으로 갖고 있던 파리 근교의 별장에서 숨어 있다가 국경을 넘을 계획이었다.

11시경이었다. 마리 앙투아네트와 가족들은 언제라도 도망가기 위해 준비하고 있었다. 순찰대가 오고 가는 소리가 들렸지만, 그들의 제복 안에는 동료의 심장이 뛰고 있음을 알았기에 안심할 수 있었다. 미쇼니는 바츠 남작의 신호만을 기다리고 있었다.

그런데 갑자기 누군가 감옥 문을 심하게 두드리는 소리가 났다. 마리 앙투아네트는 망설이다 결국 의심을 피하기 위해 문을 열어주었다. 그는 성실하고 청렴결백하기로 유명한 시 의원 시몽이었다. 그는 왕비가 벌써 탈출해버린 것은 아닌가 해서 흥분하여 뛰어 들어왔다. 몇 시간 전, 한 헌병이 그에게 쪽지 하나를 가져왔는데 오늘 밤 미쇼니가 모반을 꾀하고 있다는 내용이었다. 그래서 그는 이 중요한 소식을 시 위원회에 전했다.

하지만 아무도 믿어주지 않았다. 날마다 수백 통의 밀고가 쏟아졌기 때문이다. 그리고 무엇보다 어떻게 그런 일이 가능하단 말인가? 280명의 경비원들이 지키고 있고 가장 신뢰할 수 있는 위원들이 감시 중인데……. 어쨌든 별일은 아니겠지만 그날 밤은 미쇼니 대신 시몽이 탑 내부를 감독하도록 했다. 시몽이 오는 것을 보자 코르티는 모든 것이 망했다는 것을 바로 알았다. 다행히도 시몽은 그가 공범자라고는 짐작도 하지 못했다.

의심 많은 한 사람으로 인해 모든 계획이 수포로 돌아간 바츠 남작은 잠시 생각했다. 시몽을 쫓아가 그의 머리를 날려 버리는 게 낫지 않을까? 하지만 그렇게 하는 것은 별 의미 없는 짓이었다. 총성은 나머지 경비병들을 모두 불러 모을 것이고 우리 사이에도 분명 배신자가 있을 것이니 왕비를 구출하는 것은 더 이상 불가능했다. 폭력을 써봤자 왕비의 목숨만 위태로워질 뿐이다. 이제 남은 일은 변장해서 침입한 자들을 모두 안전하게 탕플 탑 밖으로 데리고 나가는 것이었다. 바츠 남작과 순찰대는 조용히 거리로 빠져나왔다.

한편, 시몽은 미쇼니에게 해명을 요구했다. 시 위원들 앞에서 변명을 해보라는 것이다. 하지만 미쇼니는 꿋꿋하게 굳건한 표정으로 서 있었다. 이상하게도 시 위원들도 냉담하게 시몽을 돌려보냈다. 시몽의 애국심과 선의, 경계심을 칭찬했지만 자네는 유령을 보았을 뿐이라며 분명히 알아듣도록 얘기했다. 시 위원회는 그 음모를 진지하게 여기지 않는 듯했다.

하지만 실제로 시 위원회는 이 탈출 사건을 매우 심각하게 받아들이고 있었다. 어떤 소문도 나오지 않도록 조심할 뿐이었다. 후에 마리 앙투아네트의 재판에서도 공안위원회는 검사에게 이 대규모 탈출계획에 대해 깊이 들추어내지 말라고 명령했다. 공화당 의원들은 혁명이 부정부패에 물들었다고 세상에 알려지는 것이 두려웠다. 그래서 세계 역사상 가장 비현실적이고 믿기 힘든 이 에피소드는 오랜 시간 침묵 속에 묻혀 있었다.

시 위원회는 공범자들을 심문하는 대신 마리 앙투아네트가 탈출을 시도하지 못하도록 막았다. 의심 가는 의원들의 지위를 박탈했다. 에베르는 새벽 4시까지 마리 앙투아네트의 방을 샅샅이 수색했다. 하지만 발견된 것은 작은 가방과 연필 없는 연필통, 봉랍 한 조각, 초상화 두 장, 루이 16세의 헌 모자 같은 것들뿐이었다. 방법을 바꿔가며 뒤져봤지만 소용이 없었다. 마리 앙투아네트는 편지를 받는 즉시 태워 버렸기 때문에 기소의 구실이 될 증거품은 전혀 없었다. 단서를 찾지 못한 위원회는 분했는지 그녀의 가장 민감한 부분을 건드리기로 한다.

음모가 발각된 지 며칠 후, 위원회는 어린 왕세자를 어머니에게서 떼어내 탑의 가장 깊숙한 곳에 가두었다. 위원회는 시몽의 경계심에 감사하여 그를 왕세자의 가정교사로 임명했다. 언제나 그들은 한밤중에 들이닥쳤다. 아이는 잠에든지 오래였고 왕비와 엘리자베트는 아직 깨어있었다. 아무 정당한 이유도 없이 아들을 모르는 사람에게 영원히 넘겨야 한다는 걸 어머니에게 전하는 일은 어려운 임무였다.

그날 밤 절망한 어머니와 시청 관리들 사이에서는 무슨 일이 벌어졌을까. 유일한 목격자인 마리 앙투아네트의 딸이 쓴 기록만이 남아있을 뿐이다. 아들 곁에 있게 해달라고 눈물로 간청했다는 그녀의 말이 사실일까? 아들을 빼앗으니 차라리 자신을 죽이라고 소리친 것이 사실일까? 한참을 다툰 끝에 울부짖는 어린아이를 억지로 끌고 갔다는 이야기가 사실일까? 그녀는 이 아이를 왕으로 키우려 했다. 왕세자는 항상 명랑하게 종알거리고 호기심에 찬 질문들을 던지며 외로운 탑 안에서의 시간들을 위로해 주었다. 하지만 이제는 아들이 병이 나도 들여다볼 수 없었고 교육을 맡은 시몽과도 이야기를 나눌 수 없었다. 아들에 대한 정보를 물어도 일절 알 수 없었다.

그러다 그녀는 작은 위안거리를 하나 발견했다. 네 번째 층에 나 있는 작은 창문으로 아들이 노는 안뜰 한 모퉁이를 바라볼 수 있었다. 그녀는 이제 하루에 몇 시간씩 창가에 몰래 서서 아들의 그림자라도 나타나기를 기다렸다. 자신의 모든 움직임을 지켜보는 눈물 어린 어머니의 눈길을 알지 못하는 이 아이는 자신의 운명을 알지 못했다. 곧 새 환경에 익숙해졌고 자신이 누구의 아들인지 어떤 핏줄인지 까먹은 듯했다. 에베르는 신문 〈페르 뒤셴〉

에 경고문을 싣는다.

"불쌍한 국민이여, 이 작은 아이는 머지않아 화근이 될 것이다! 이 작은 뱀과 그의 여동생을 황량한 섬에 유배시켜야 한다. 공화국의 안녕이 달린 문제인데 아이 하나가 무엇이 중요하단 말이냐!"

시간이 갈수록 창살로 가려진 방 안은 점점 어두워졌다. 밖에서는 아무 소리도 들려오지 않았다. 마지막으로 도움을 주던 사람들도 사라지고 친구들은 닿을 수 없이 멀리 떠났다. 마리 앙투아네트와 어린 딸, 마담 엘리자베트는 날마다 함께 마주 앉아 있었다. 이제는 더 이상 할 얘기도, 희망도 없었다. 이 여름날 어느 무명 화가가 그린 최후의 초상에는 로코코 시대의 모습은 찾아볼 수 없다. 머리는 하얗게 변하고 얼굴은 노파처럼 보였다. 눈빛의 생기는 모두 사라져 버리고 어떤 부름이든, 그것이 종말의 부름일지라도 기꺼이 따라가려는 듯 보였다.

그로부터 며칠 후 새벽 2시쯤 요란하게 문을 두드리는 소리가 들렸다. 마리 앙투아네트는 이제 겁나지 않았다. 남편, 아이, 애인, 왕관, 명예, 자유를 모조리 빼앗긴 지금 세상은 그녀에게 무슨 짓을 더 할 수 있을까? 그녀는 조용히 일어나 옷을 입고 위원들을 들여보냈다. 위원들은 기소된 마리 앙투아네트를 콩시에르주리에 수용한다는 국민공회의 명령서를 읽었다. 혁명재판소에 기소되었다는 것은 사형을 의미한다는 걸 그녀도 잘 알고 있었다. 하지만 어떤 부탁도, 시간을 달라는 말도 하지 않았다. 그녀는 벌써 몇 번째인지, 이번에는 시누이와 딸에게 작별을 고해야했다. 이번이 마지막이다. 세상은 그녀를 이런 이별에 익숙한 사람으로 만들어 놓았다. 그녀는 어서 끔찍한 추억뿐인 이 무서운 탑에서 나가려고 서둘렀다. 그러다 머리 숙이는 것을 잊었는지, 눈물이 앞을 가렸는지 낮은 문틀에 이마를 부딪쳤다. 따라오던 사람들이 걱정스레 아프지 않냐고 물었지만, 그녀는 대답했다.

"아뇨. 이제 더 이상 그 무엇도 나를 아프게 할 수 없어요."

콩시에르주리

　그날 밤, 콩시에르주리 관리인의 아내 마담 리샤르도 잠에서 깼다. 늦은 저녁 갑자기 마리 앙투아네트를 위한 작은 방을 준비하라는 지시가 내려왔다. 공작, 후작, 백작, 사교, 시민 모든 계급의 희생자들 다음으로 이제는 프랑스의 왕비까지 죽음의 집으로 오게 된 것이다. 마담 리샤르에게는 아직도 '왕비'라는 단어가 경외심을 일으켰다. 왕비라니! 내가 왕비와 함께 지내게 될 줄이야! 곧 그녀는 가장 고운 흰색 린넨을 집어 든다. 마인츠의 정복자 퀴스틴 장군도 이곳에서 머물다 기요틴으로 떠나기 위해 방을 비워야 했다. 접이식 철제 침대, 매트리스 두 개, 짚으로 만든 의자, 베개, 얇은 이불, 그리고 세숫대야와 오래된 양탄자까지. 그 말고는 준비할 수 있는 것이 없었다.

루이 16세가 처형당하고 여섯 달이 지난 8월 1일, 새벽 세 시에 마차 소리가 들려왔다. 먼저 헌병들이 횃불을 들고 어두운 복도로 들어왔다. 그다음엔 운 좋게도 바츠 사건에서 벗어나 감옥 총감독관 자리를 지켜낸 레모네이드 상인 미쇼니가 들어왔다. 그리고 흔들리는 불빛 아래에서 왕비가 작은 강아지와 함께 들어왔다. 이 강아지만이 그녀와 함께 감옥에 들어갈 수 있는 유일한 생명체였다. 콩시에르주리는 정치범 중에서도 가장 위험한 사람들을 수용하기 위해 만들어졌다. 이곳 명부에 이름을 올리면 사실상 사망 통보를 받는 것과 다름이 없었다. 국민공회는 귀중한 인질에게 서둘러 재판을 내릴 생각이 없었다. 콩시에르주리로 마리 앙투아네트를 이송한 것은 질질 끌어온 오스트리아와의 협상을 채찍질하기 위함이었다. 그러나 불행하게도 콩시에르주리로 이송된다는 소식은 친척들을 전혀 놀라게 하지 않았다. 프랑스의 지배자였을 때는 합스부르크 정치를 위한 중요한 인물이었지만 이제 폐위된 왕비, 불쌍한 여자에 지나지 않았으니 대신이나 황제에게는 아무런 관심거리도 될 수 없었다. 하지만 한 사람에게만은 가슴이 무너져 내리는 소식이었으니, 페르센은 누이에게 편지를 썼다. "무서운 감옥에 갇힌 그녀를 생각하면 내가 숨 쉬는 공기마저 원망스럽다. 내 마음은 찢어지는 것 같다." 귀족들, 군인, 정치가, 왕족, 망명자들을 찾아가 간청해 보아도 정중히 거절당할 뿐이었다. 마리 앙투아네트의 충실한 에카르트인 메르시 백작도 페르센에게는 냉정했다. 메르시는 도의적으로 받아들일 수 있는 것 이상으로 왕비와 친했던 페르센을 절대 용납할 수 없었다. 그는 왕비의 애인이었던 페르센이 불편했다.

그럼에도 메르시는 25년 전의 약속을 떠올린다. 그는 마리아 테레지아에게 마지막 순간까지 딸을 지키겠다고 맹세하였다.

"언젠가 우리 모두 이 순간을 후회할 겁니다. 승승장구하고 있는 우리 군대로부터 몇 시간밖에 안 떨어진 곳에서 일어나는 범죄를 모르는 척하고 막아볼 노력도 하지 않는다면 후대 사람들은 그 사실을 차마 믿으려 하지 않을 겁니다."

오스트리아에서 40마일밖에 떨어지지 않은 곳에서 마리아 테레지아의 딸은 단두대에 목숨을 잃게 될 판이었다. 메르시는 빈에 편지를 썼다.

"폐하께서는 곤경에 처한 고모의 운명을 방관만 하고 계시는군요. 고모를 도와주지 않는다면 과연 황제 폐하의 존엄과 이해관계를 해치지 않을까 저는 의심스럽습니다. 폐하께서는 이런 사정을 염두에 두시고 의무를 다하지 않으시면 안 됩니다. 후세는 어떻게 생각을 하겠습니까. 언젠간 역사가 우리를 비판하리라는 것을 잊어서는 안 됩니다. 만약 황제 폐하께서 고모를 구출하기 위해 아무런 노력도, 아무런 희생도 하지 않는다면 그 냉혹한 비판을 결코 피할 수 없을 것입니다."

외교사절로서는 꽤나 대담한 이 편지는 안타깝게도 서류 더미

속에 던져져 먼지만 뒤집어쓰고 있었다. 프란츠 황제는 손 하나 까딱하지 않았다. 그는 태연하게 쉰브룬 궁을 산책했다. 다른 나라 군주들도 태평하고 무관심했다. 합스부르크 가문의 명예가 어떻게 되든 무슨 상관이람! 메르시는 씁쓸하게 읊조린다. "자기 눈으로 기요틴에 올라가는 왕비의 모습을 보았더라도 구하지 않았겠지."

'죽음의 대기실' 콩시에르주리는 혁명 중의 모든 감옥 중에서 가장 엄격한 규정을 갖고 있었다. 주먹만큼 두꺼운 벽과 철문, 창문에는 철창이 달려 있었다. 벽돌에 단테의 말을 새겨 넣었다면 아주 잘 어울렸을 것이다. "이곳을 거쳐 가는 자는 모든 희망을 버릴지어다."

수 세기 동안 증명된 철통같은 감시망이 공포 정치로 일곱 배는 더 강화되었다. 편지를 건네주거나 방문하는 것도 용납되지 않았다. 피고인들 사이에는 스파이도 있었다. 그래서 탈옥 계획을 세운다고 해도 당국에 발각되기 일쑤였다. 황제의 궁전에서 태어나 수백 개나 되는 방을 가졌던 그녀는 이제 좁고 축축한, 어둠에 잠긴 공간에서 지내게 되었다. 그녀의 주변에는 수만 가지 값비싼 보석들과 호화로운 물건들이 가득했지만 이제는 옷장 하나, 거울 하나도 없이 책상, 의자, 철제 침대 하나만 남았을 뿐이다. 관리인, 화장 시녀, 낮을 담당하는 하인, 밤을 담당하는 하인, 내과 의사, 외과 의사, 비서, 집사, 시종, 미용사, 요리사 등

수많은 사람들이 그녀를 둘러싸고 있었지만 이제는 하얘진 머리 카락을 제 손으로 만지작거리며 빗질하고 있다. 1년에 삼백 벌이 나 되는 새 옷이 필요했지만 이제는 침침한 눈으로 수감복 밑단을 꿰매 입는다. 정오부터 밤늦게까지 사람들과 어울리던 그녀는 홀로 생각에 잠겨 잠이 오지 않는 밤을 지새우며 창살 너머 아침이 밝아오기를 기다렸다. 여름이 끝나갈수록 독방에는 점점 그늘이 드리워졌다. 밤의 어둠은 점점 일찍 찾아왔다. 가을이 다가오고 있음을 느낄 수 있었다. 맨발의 타일에서 찬 기운이 올라왔다. 센 강으로부터 안개 같은 습기가 밀려들어 벽으로 스며든다. 퀴퀴한 썩은 내가 진동했다. 이제 죽음이 그녀를 부른다 해도 더 이상 놀랄 것도 없었다. 이미 이 방에서 관 속의 삶을 생경하게 경험했기 때문이다.

파리 중심에 위치한 이 무덤에서는 그해 가을을 휩쓴 거대한 폭풍 소리조차 들리지 않았다. 프랑스 혁명이 이보다 더 위험했던 적은 없었다. 마인츠와 발랑시엔, 프랑스 혁명의 강력한 요새 두 곳이 함락되었다. 영국군은 가장 중요한 항구를 장악했으며 프랑스에서 두 번째로 큰 도시인 리옹에서는 폭동이 일어났다. 식민지들을 빼앗기고 국민공회는 싸움만 벌이고, 파리는 굶주림과 파멸뿐이었다. 공화국은 몰락 직전에 서 있었다. "테러를 의제에 올리자!" 공화국 스스로 공포를 불러일으키면서 불안을 극복하려는 전략이었다. 무서운 말이 국민공회 회의장에 오싹하게

울려 퍼졌다. 지롱드파는 법의 보호를 빼앗겼고 오를레앙 공작을
비롯한 수많은 사람들이 혁명 재판소에 넘겨졌다. *

　비요바렌이 일어서서 말한다. "국민공회는 우리나라를 파멸로
이끈 반역자들에게 어떤 엄벌을 내려야 하는지 본보기를 보인 바
있습니다. 하지만 아직 중요한 결정이 하나 더 남아 있습니다. 누
구는 그 여자가 탕플로 돌아갔다느니 안 갔다느니 이야기하고 있
으며, 이미 비밀리에 무죄판결을 받았다는 이야기도 있습니다.
나는 혁명 재판소가 이번 주 안에 그녀에 대한 판결을 내려줄 것
을 요구합니다."

　마리 앙투아네트는 코뮌 측의 음모로 아들을 성추행했다는 누
명까지 쓰게 된다. 성추행 루머는 그녀의 기소장에 적힌 주요 혐
의 중 하나였다. 8살이었던 루이 17세는 그것이 무슨 뜻인지도
모르고 심문에 증인으로 소환되어 그렇다고 대답했다. 어린아이
의 삐뚤빼뚤한 글씨로 직접 서명된 이 말도 안 되는 서류는 오늘
날까지 파리 국립 서고에 남아있다. 이 사건의 취조관들은 날마
다 〈페르 뒤셴〉지를 읽는 사람들이었다. 그리고 프랑스에 퍼진

────────

* 지롱드파는 자코뱅파보다는 온건한 공화정을 추구했고 루이 16세의
처형에 반대했다. 하지만 자코뱅파가 투표에서 승리하여 루이 16세는
유죄판결을 받게 되고 지롱드파는 힘을 잃게 된다.
　한편, 오를레앙 공작은 쿠데타 음모를 꾸미다가 루이 16세가 처형당
한 뒤 1년도 채 되지 않아 단두대에서 죽었다.

템플릿들은 그녀를 모든 악덕의 화신으로 만들어 놓았다. 마리 앙투아네트가 어떤 말도 안 되는 죄를 지었다 해도 놀랄 게 하나도 없었다. 수십 년 동안 모든 비방을 참아온 그녀였지만 이 일은 그녀의 생애에서 가장 큰 상처였다. *

* 재판 과정에서 마리 앙투아네트를 몰아붙일 결정적인 물증이 없자 어린 루이 17세를 꼬드겨 근친상간을 당했다고 말하게끔 한 사건이다. 당시 루이 17세는 육체적, 정서적 학대를 당해 정신상태가 정상이 아니었다고 전해진다.

심판

팬에 버터는 충분했다. 검사는 고기를 굽기만 하면 됐다. 10월 12일 마리 앙투아네트는 첫 번째 심문을 받기 위해 소환됐다. 그녀의 맞은편에는 푸키에 탱빌, 배석판사 에르망과 몇 명의 서기가 앉아 있었다. 하지만 그녀의 옆에는 아무도 없었다. 변호사도 없이 감시병만 서 있었다. 마리 앙투아네트는 고독했던 몇 주의 시간 동안 힘을 모았다. 그녀의 모든 대답은 놀랍도록 신중했고 현명했다. 그녀는 한순간도 평정을 잃지 않았다. 아무리 어리석고 악의적인 질문이어도 당황하지 않았다. 마지막 순간, 정말 마지막 순간이 되어서야 마리 앙투아네트는 자신의 이름에 대한 책임감을 깨달았다. *마리 앙투아네트가 상대해야 할 것은 고발자로 나선 변호사나 재판관이 아니었다. 오직 하나뿐인 진정한 재판관, 곧 역사였던 것이다.*

"대체 언제 너는 진짜 네가 될 작정이냐?" 20년 전 절망에 빠진 어머니 마리아 테레지아는 딸에게 이런 편지를 보낸 적이 있었다. 이제 죽음을 눈앞에 둔 마리 앙투아네트는 스스로 존엄을 되찾기 시작했다. 공식적인 법 절차를 빠뜨리지 않으려는 심문자 푸키에 탱빌은 그녀에게 체포되었을 당시 어디에 살았냐고 묻는다. 그녀는 자신은 결코 체포된 것이 아니며 국민의회의 요청에 따라 탕플 탑으로 옮겨갔을 뿐이라고 대답한다.

그러자 본격적인 질문이 시작되었다. 왕비의 죄목은 혁명 이전부터 오스트리아의 국왕과 정치적인 관계를 맺은 것, 민중의 땀과 열매인 프랑스 재정을 개인적인 즐거움을 위해 반역자인 대신들과 공모하여 낭비한 것, 황제에게 돈을 보내 자신을 섬긴 백성들을 공격한 것 등이었다. 혁명 이후 프랑스에 대항하여 외국 밀사와 거래하고 남편인 국왕을 선동해서 거부권을 쓰도록 했다는 것이다. 이런 모든 비난을 마리 앙투아네트는 강력히 부정했다. 에르망의 어설픈 심문에 대화는 활기를 띠었다.

"위선적인 기술들을 루이 카페 *에게 가르친 사람은 바로 당신이다. 그 덕택에 그는 선량한 백성들을 속였다. 어찌나 비열하고 악의에 찬 것인지 백성들은 알 수가 없을 것이다."

이 장황한 말에 마리 앙투아네트는 차분히 대답했다.

---

* 루이 16세는 폐위 후에 '루이 카페'라고 불렸는데 카페(Capet)는 부르봉 왕조의 본가인 카페 왕조의 성씨이다.

"그렇습니다. 백성들은 기만당했습니다. 그것도 아주 끔찍하게. 하지만 그것은 남편이나 나 때문이 아니었습니다."

"그렇다면 누가 백성을 기만했다는 것인가?"

"그런 것에 관심이 있는 사람들입니다. 우리는 국민을 기만할 생각은 전혀 없었습니다."

이 모호한 대답을 듣자 에르망은 바로 말꼬리를 물고 늘어졌다.

"그렇다면 당신 생각에는 누가 백성을 기만했다는 것인가?"

그러나 마리 앙투아네트는 이 질문을 교묘하게 회피했다. 그런 것은 모르며 백성을 기만하려 했던 것이 아니라 오직 계몽시키려고 했을 뿐이라고 대답했다.

"당신은 지금 내 질문에 대한 명확한 대답을 하지 않고 있소!"

"만약 그 사람들의 이름을 알았다면 바로 대답할 수 있었을 텐데……."

말다툼 뒤에 다시 심문은 계속되었다. 에르망은 바렌 탈출에 대해 물어보았다. 왕비는 검사가 법정에 소환하려는 비밀 조력자들을 숨겨주었다.

"당신은 언제나, 하루도 빼먹지 않고 프랑스를 멸망시키려 노력했지. 민족 영웅들의 시체를 넘어 왕좌에 오를 생각만 하지 않았는가?"

어찌 이리 어리석은 자를 심문관으로 데려왔을까. 그녀는 자신과 왕은 이미 왕좌에 올라 있었기 때문에 왕좌에 오르기 위해 노

력할 필요가 없었다고 대답했다. 그리고 오직 프랑스의 행복만을
바랐다고 말한다.

"공화국의 군사적 운명에는 어떤 생각을 갖고 있는가?"

"나는 다른 무엇보다도 프랑스의 행복을 바랍니다."

"당신은 백성들의 행복을 위해 국왕이 필요하다고 생각하는
가?"

"그 질문은 개인 한 사람이 결정할 수 있는 문제가 아닙니다."

"당신은 분명 아들이 오를 수 있었던 왕좌를 빼앗긴 것을 유감
스럽게 생각하겠지. 국민들이 자신의 권리를 깨달아 왕좌를 부숴
버리지만 않았다면 당신 아들은 왕이 되었을 것이 아닌가?"

"그의 나라에 이익이 된다면 유감스럽게 생각하지는 않습니다."

에르망은 왕비가 공화국에 반역하도록 유도했다. 하지만 그녀
의 대답은 아주 교묘한 것이었다. "나라에 이익이 된다면"이라는
말로 공개적으로 공화국을 부정하지 않으면서 "그의"라는 소유를
나타내어 심문관 앞에서 여전히 프랑스가 아들의 것임을 당당히
밝혔다. 아들의 왕위 계승권 앞에서는 물러서지 않았다.

마지막 논쟁이 끝나자 심문은 서둘러 마무리됐다. 공판을 위해
변호사를 지명하겠냐 묻자, 그녀는 아는 변호사가 없으니 그냥
당국에서 지명해줄 것에 동의했다. 변호사가 아는 사람이든 모르
는 사람이든 아무 상관 없었다. 프랑스 어디에도 마리 앙투아네
트를 변호해 줄 용기가 있는 사람은 없었다. 만약 그녀를 옹호하

는 말을 한마디라도 한다면 그 사람은 변호인석에서 내려와 피고석으로 자리를 옮겨야 했다.

푸키에 탱빌은 기소장을 작성했다. "검사가 제출한 증거 자료를 검토한 결과, 역사 속에서 영원히 비난받을 인물인 메살리나, 브룬힐트, 프레데군트와 마찬가지로 루이 카페의 미망인 마리 앙투아네트는 프랑스인들의 피를 빨아먹고 있었다. (프레데군트나 브룬힐트 시대에는 아직 프랑스 왕국이 존재하지도 않았지만) 마리 앙투아네트는 오스트리아 황제에게 수백만의 돈을 주며 정치적 거래를 했다. 내전을 부추겼으며 수많은 애국자를 학살하고 외국에 전쟁 작전까지 넘겨주었다. 또한 그녀는 인륜을 저버리고 아들과 부적절한 관계를 맺었다."

이어지는 고발은 새로운 내용이었는데 그녀가 프랑스에서 얼마나 학대받고 있는지 외국에 알리기 위해 일부러 자신을 비방하는 템플릿을 배포했다는 것이었다. 이 모든 혐의를 근거로 마리 앙투아네트는 피감시인에서 피고인 신분이 되었다. 그리고 다음 날 아침 8시 공판이 시작되었다.

콩시에르주리에서 보낸 70일은 마리 앙투아네트를 늙고 병약하게 만들었다. 의사는 몇 번이고 강심제를 처방했다. 하지만 오늘이야말로 지쳐서는 안 된다. 법정의 누구에게도 약점을 보여선 안 된다. 그녀가 해야 할 일은 두 가지다. 결연하게 대답하고 결연하게 죽는 것이다. 결심을 굳힌 그녀는 위엄을 보여주며 재판을 받아야겠다고 생각했다.

8시가 되자 배심원과 재판관이 법정에 모여들었다. 혁명가 로베스피에르와 같은 고향 출신인 에르망이 재판장이었고 검사는 푸키에 탱빌이었다. 배심원은 전 후작, 외과 의사, 레모네이드 상인, 음악가, 인쇄공, 가발 제조업자, 전직 사제, 목수 등 여러 계층으로 구성되었다. 법정은 가득 찼다. 왕비가 사형수 자리에 앉는 것을 볼 기회는 한 세기에 한 번밖에 없는 일이기 때문이다.

먼저 푸키에 탱빌이 일어나서 기소장을 낭독했다. 그 후 증인 41명이 등장했다. 여러 혐의가 어떠한 시간적, 논리적 연결도 없이 마구마구 제기되었다. 증인들은 1789년 10월 6일 베르사유에서 있었던 사건에 대해 이야기하다가 1792년 파리에서 있었던 8월 10일 사건을 이야기하고 혁명 전의 일을 설명하다가 혁명 동안에 일어난 일을 이야기했다. 그들의 진술은 별로 중요하지 않았다. 그 가운데에는 웃음거리인 것들도 있었다.

한 하녀는 마리 앙투아네트가 오빠한테 2억 유로의 돈을 보냈다고 어떤 사람이 말하는 것을 들었다고 했다. 그리고 마리 앙투아네트가 오를레앙 공을 살해하기 위해 늘 권총 두 자루를 가지고 다녔다는 증언도 있었다. 하지만 모두 증거는 없었다. 마리 앙투아네트가 스위스 근위병 사령관에게 보냈다는 편지도 제출되지 못했다. 탕플 탑에서 압수된 그녀의 소지품 속에서는 아무것도 발견되지 않았다.

"트리아농 성을 개조하고 가구를 들여오고 연회를 열었던 비용들은 다 어디에서 난 것인가?"

"그 비용을 위한 자금이 이미 마련되어 있었습니다."

"그 자금은 상당한 액수였겠군. 트리아농에는 거액의 돈이 필요했을 테니 말이오."

"트리아농에 많은 돈이 들었다는 것은 맞는 말씀입니다. 처음 생각했던 것보다는 많은 돈이 들었습니다. 하지만 모든 일을 분명하게 하고 넘어가는 것은 그 누구보다 내가 바랐던 것입니다."

"당신이 처음 라 모트 부인을 만난 곳은 트리아농이었겠지?"

"그 여자는 본 적도 없습니다."

"악명 높은 목걸이 사건으로 그녀는 당신에게 희생당한 것이 아닌가?"

"그런 적 없습니다. 나는 그녀를 알지 못하니까요."

"그렇담 그녀와 아는 사이임을 결국 부정하는 것인가?"

"모든 것을 다 부정할 생각은 없습니다. 다만 나는 진실을 말했고 앞으로도 진실만을 말할 것입니다."

공판 중에 재판장이 그녀의 진술은 아들의 말과 모순된다고 지적하자 그녀는 경멸하듯이 말했다.

"여덟 살짜리 아이에게 듣고 싶은 말을 하게 하는 건 쉽지요."
에베르는 증인으로 나와 근친상간이라는 말도 안 되는 죄목으로
탄핵의 흐름을 바꾸려고 했다.

"어머니를 모독하는 그런 비난에 대답하는 것은 자연이 거부할
것입니다. 나는 여기 있는 모든 어머니에게 묻고자 합니다."

그 순간 청중도 술렁였다. 신비로운 연대감에 모든 여성들이
경악했다. 그날 밤, 이 사건을 들은 로베스피에르는 어이가 없어
서 분노를 참을 수 없었다. 그는 아직 아홉 살도 안 되는 소년이
불안이나 죄의식으로 진술한 이 바보 같은 말을 세상에 들고나온
다는 것이 얼마나 어리석은 짓인가 생각하며 부끄러워졌다. 그는
에베르의 품위 없는 선동과 터무니없는 행동이 신성한 혁명에 먹
칠을 했다고 생각했다. *

마리 앙투아네트는 첫날 15시간을 싸웠다. 이튿날도 재판장은
12시간이 지나서야 간신히 심문을 종료시켰다. 그리고 마지막으
로 더 할 말은 없느냐고 물었다.

"어제 나는 증인으로 누가 나올지도 몰랐고 그들이 내게 어떤
말을 할 것인지도 몰랐습니다. 그러나 그 누구도 나에게 불리한
사실을 제시하지 못했습니다. 나는 나 자신이 루이 16세의 아내

---

* 로베스피에르는 "에베르라는 바보는 그녀에게 또 한 번 승리를 안겨
주고 말았다"고 평했다.

에 불과했고 따라서 그가 한 모든 결정에 따를 수밖에 없었다는 말밖에 할 수 없습니다"

그러자 푸키에 탱빌이 기소 이유를 정리해서 말해주었다. 배정된 두 명의 변호사는 미지근한 태도로 반박했을 뿐이다. 아마 루이 16세의 변호인이 너무 열렬하게 왕의 편을 들었던 나머지 재판이 끝나자 곧 단두대에 끌려갔다는 걸 기억했던 것 같다. 그래서 그들은 왕비의 무죄를 주장하기보다는 대중에 호소하는 편을 택했다. 재판장 에르망이 배심원에게 유죄 여부를 묻기 전에 마리 앙투아네트는 법정에서 퇴장당했다. 법정에는 재판장과 배심원만 남게 되었다. 마리 앙투아네트를 기소한 것은 프랑스 국민이었다. 지난 5년간 일어난 모든 정치적인 사건들이 그녀의 유죄를 입증했다. 그는 배심원에게 네 가지 질문을 했다.

첫째, 공화국의 적인 외국 열강에 자금을 지원하고 프랑스 영토로의 침입을 허가했으며 그들의 군사적 승리를 돕기 위해 음모를 꾸몄다는 사실은 입증되었는가?

둘째, 마리 앙투아네트는 이러한 음모에 관여하고 협력한 죄를 지었는가?

셋째, 내란을 선동하기 위한 공모가 존재했다는 사실은 입증되었는가?

넷째, 마리 앙투아네트가 이 공모에 관여했다는 죄를 인정할 수 있는가?

배심원들은 법적으로 어떤 결정을 내려야 할까? 재판장은 마지막 발언에서 불분명한 수백 가지의 죄상은 모두 제쳐두고 여러 혐의들을 사실상 하나로 묶었다. 오직 전 왕비가 외국과 손을 잡고 적군의 승리와 내부의 반란을 꾀했는지 밝히는 것뿐이었다. 마리 앙투아네트는 법적으로 이 범죄에 책임이 있다고 보아야 하는가? 공화국의 관점에서 볼 때는 유죄일 수밖에 없다. 그녀가 프랑스에 적대적인 나라들과 손을 잡고 있었음은 부정할 수 없다. 프랑스의 군사 계획을 오스트리아 대사에게 넘겨주었으니 기소장에서처럼 반역죄를 범한 것이다. 그녀는 남편의 왕위와 자유를 되찾을 수 있다면 합법적, 비합법적 수단을 불문하고 무조건 실행에 옮겼을 것이다. 따라서 기소는 정당하다. 그러나 증거가 없다.

지금은 마리 앙투아네트가 반역죄를 저질렀음을 입증할 기록들이 세상에 알려져 있다. 빈의 기록 보관소와 페르센의 유품 속에서 발견된 것들이다. 그러나 이 재판은 1793년 10월 16일 파리에서 열렸기 때문에 이런 유효한 증거들은 하나도 없었다. 실제로 그녀가 저질렀다는 반역죄에 대한 타당한 증거는 재판 내내 하나도 제출되지 못했다. 하지만 공화주의자 12명은 무조건 마리 앙투아네트에게 유죄를 선고해야만 했다. 배심원 12명은 형식적으로 상의하는 척을 할 뿐이었다.

새벽 4시에 배심원들은 다시 법정으로 돌아왔다. 죽음과도 같은 침묵이 판결을 기다리고 있었다. 배심원들은 마리 앙투아네트에게 만장일치로 유죄 판결을 내렸다. 전 왕비가 연행되어 들어오고 푸키에 탱빌은 사형을 구형했다. 이는 만장일치로 승인되었고 재판장은 그녀에게 이의가 있느냐고 물었다. 그녀는 아무 대답 없이 고개를 저었다. 뒤돌아보지도 않고, 다른 사람들의 얼굴을 쳐다보지도 않은 채 그녀는 고요히 법정을 빠져나와 계단을 내려갔다. 자신을 둘러싼 모든 것에 몸서리가 났다. 이젠 그 고통이 끝나리라는 것에 만족했다. 이제는 최후의 순간을 잘 견디는 일만 남았다.

어두침침한 복도를 지나는 순간 눈앞이 흐려지고 한순간 아무것도 보이지 않았다. 그녀는 계단을 찾지 못하고 머뭇거리며 비틀거렸다. 넘어지기 직전 감시 장교인 드 비슨 중위가 팔을 내밀어 그녀를 부축해 주었다. 그는 재판에서 물 한 잔을 가져다주었던 용감한 인물이었다. 장교는 죽음의 선고를 받은 사람을 부축해 주었기 때문에 감시병에게 고발당해야 했다.

"단지 넘어지는 것을 막기 위해 그랬을 뿐입니다. 상식적인 사람이라면 다른 이유가 없음을 알 것입니다. 만약 왕비가 쓰러졌다면 사람들은 또 음모니, 반역이니 하며 떠들어댔겠죠."

판결 뒤 왕비의 변호를 맡았던 두 사람은 체포되었다. 왕비가 몰래 무슨 편지라도 전해주지 않았을까 몸수색을 당했다. 마리 앙투아네트는 태연하게 감옥으로 돌아갔다. 이제 쉽게 헤아릴 수 있을 만큼 짧은 시간이 남았다. 그녀는 간수에게 편지를 쓸 종이와 잉크를 달라고 부탁했다. 최후의 순간, 외로운 고독 속에서 그녀는 자신을 걱정하는 사람들에게 마지막 말을 전하고 싶었다. 간수는 잉크와 펜, 구겨진 종이 한 장을 갖다주었다. 창살 사이로 마지막 아침 햇살이 비쳐 오기 시작할 때 그녀는 남은 힘을 다해 편지를 써 내려갔다.

　괴테는 죽음의 직전에 대해 이런 말을 했다. *"생의 마지막 순간에 이르러 차분해진 영혼은 여태껏 하지 못했던 생각들을 떠올리게 된다. 마치 그 옛날 산봉우리 위로 찬란한 빛줄기와 함께 하늘의 영이 내려왔듯이."* 이제는 아이들의 보호자가 될 마담 엘리자베트에게 이별의 편지를 쓰는 이 순간만큼 더 강인하고, 확실하고, 단호했던 적은 없었다. 언어는 순수했고 담겨 있는 감정도 솔직했다. 마치 죽음이 일으킨 내면의 폭풍이 불안한 구름을 깨끗이 휩쓸어 버린 것 같았다.

　"사랑하는 아가씨, 이것이 당신에게 보내는 마지막 편지입니다. 나는 방금 선고를 받았습니다. 하지만 이것은 범죄자들에게 내려지는 치욕적인 선고가 아닌 당신의 오빠를 다시 만나볼 수 있는 안도의 선고입니다. 그분은 결백합니다. 나도 그분처럼 최후의 순간을 잘 처신하기를 바라고 있어요. 한 치의 부끄러움도 없는 사람이라면 모두 그렇겠지만 나는 아주 평온합니다. 불쌍한 아이들을 남기고 떠나야만 한다는 것이 정말이지 마음이 걸리는 군요. 당신도 알다시피 나는 아이들만을 위해 살아왔습니다. 다정하고 마음씨가 착한 아가씨, 당신을 위해서도 나는 살아왔습니다. 우리와 함께 하기 위해 모든 것을 희생해 온 당신을 남겨두고 떠나게 되다니! 재판의 변론을 통해서 내 딸이 당신과 떨어져 지내고 있다는 것을 알게 되었습니다. 아, 불쌍한 어린것! 그 아이에게는 편지를 쓰지 않으려 합니다. 쓰더라도 전해지지 않을 테니까요.

이 편지가 당신에게 전해질지도 알 수 없습니다. 부디 아이들에게 나의 축복을 전해주세요. 신념을 지키고 의무를 다하는 것이야말로 삶에서 가장 중요하다는 것. 서로를 신뢰하고 화합하면 행복해지리라는 것을 가르쳐주세요. 아이들이 어떤 처지에 놓이더라도 서로 힘을 합하면 행복하게 지낼 수 있다는 것을 깨달았으면 좋겠습니다. 아이들이 우리를 본받았으면 좋겠습니다. 고통 가운데에도 우리들의 우정은 얼마나 많은 위로가 되었는지 모릅니다. 행복이란 친구와 함께 나눌 때 배가 되는 것이지요.

아들이 아버지의 마지막 유언을 절대 잊지 말았으면 합니다. 훗날을 위해 다시 한번 말하자면, 우리들의 죽음에 복수할 생각은 절대로 품지 말기를 바랍니다.

나의 마음을 괴롭히는 일을 이야기하지 않으면 안 되겠군요. 아이가 당신에게 큰 고통을 안겼음을 압니다. 하지만 그를 용서해 주세요. 그 아이는 아직 어리니까요. 아이들을 강압하려 드는 것은 아주 쉬운 일이니까요. 언젠가 그 아이가 당신의 사랑과 부드러운 마음의 가치를 받아들여 서로를 이해하게 되는 날이 오기를 나는 기도합니다. *

재판이 시작될 때부터 편지를 적어두고 싶었지만 쓸 수도 없었거니와 재판이 너무나도 빨리 진행되는 통에 그럴 만한 시간도 없었습니다. 나는 가톨릭의 믿음 안에서 세상을 떠납니다. 이곳에서는 어떤 종교적인 위안도 기대할 수 없기에 이곳에 사제가 계실지조차도 알 수 없습니다. 그런 분이 이곳으로 온다는 것은 위험한 일이지요.

나는 살아오면서 내가 지은 모든 죄악에 대해 하느님께 용서를 구합니다. 자비로운 하느님께서 나의 마지막 기도를 들어주시고 은혜와 사랑으로 나의 영혼을 받아들여 주시기를 고대하고 있습니다. 알지 못하는 사이에 내가 누군가에게 주었을지도 모르는 모든 고통들을. 모든 사람, 특히 내가 사랑하는 아가씨, 당신께 기도합니다. 또한 내게 고통을 주었던 적들의 죄악을 모두 용서합니다. 나는 이제 형제, 자매에게 안녕을 고하려고 합니다.

---

* 마담 엘리자베트도 루이 17세를 성적 학대 했다는 혐의로 기소되었다.

내게는 벗들이 있었습니다. 그 사람들과 영원히 헤어져야 한다는 생각, 그리고 그들의 고통이야말로 떨쳐버릴 수 없는 가장 큰 괴로움입니다. 내가 죽는 날까지도 그들을 생각했었다는 것을 알아주었으면 좋겠습니다.

안녕, 다정한 아가씨. 이 편지가 당신에게 당도하길 바랍니다. 나를 잊지 마세요. 불쌍한 아이들과 당신을 온 마음을 다해 포옹합니다. 당신, 그리고 아이들과 영원히 헤어져야 한다니 얼마나 마음 아픈 일인지요! 안녕히, 안녕히! 이제는 신앙적인 의무만이 남았습니다. 나는 무언가 결정을 내릴 수 있는 자유의 몸이 아니므로 아마 사제 한 사람을 임의로 데려올지도 모르겠습니다. 그러나 나는 그에게 어떠한 말도 건네지 않을 것이고 완전히 낯선 사람처럼 대할 것입니다."

◢ 마리 앙투아네트의 마지막 편지

여기에서 편지가 갑자기 끊겼다. 인사말도, 서명도 없이. 어둠 속에서 쓴 이 편지는 결국 엘리자베트의 손에 전해지지 못했다. 형리가 그녀를 데리러 왔기 때문이다. 마리 앙투아네트는 형리가 들어오기 직전에 간수에게 이 편지를 주면서 시누이에게 전해달라고 부탁했다.

간수는 그녀에게 편지지와 펜을 줄 만한 인정은 있었지만, 편지를 전해 줄 만한 용기는 없었다. 그래서 그녀는 이 편지를 검사 푸키에 탱빙에게 넘겨주었고 검사는 편지에 도장을 찍어 보관했다. 2년 뒤 수많은 사람을 단두대로 보낸 마차에 푸키에 자신이 올라탈 수밖에 없게 되었을 때, 이 편지는 사라져버렸다. 별 볼일 없었던 의원 쿠르투는 로베스피에르의 체포 뒤에 국민공회로부터 그가 남긴 서류를 정리해서 발간하라는 업무를 받는다. 국가의 기밀 서류를 손에 넣기만 한다면 굉장한 권력을 쥐게 될지도 모른다는 생각에 쿠르투는 이상한 편지들을 될 수 있는 대로 많이 서랍에 모았다. 그는 혼란을 틈타 혁명재판소의 모든 서류들을 몰래 **빼내어** 그것을 미끼로 거래했다. 다만 이때 우연히 얻은 마리 앙투아네트의 편지만은 교활하게도 잘 보관하고 있었다. 언제 다시 바람이 불어 세상이 바뀔지 모르는 일이었다. 그는 20년 동안 이 편지를 숨겨두었다.

그런데 정말 바람의 방향이 바뀌었다. 부르봉가의 루이 18세가 프랑스의 국왕이 되자 그의 형 루이 16세의 처형에 동의했던 역

적들의 모가지가 위태로워졌다. 쿠르투는 루이 18세에게 이 편지를 선물했다. 왕비가 쓴 아름다운 작별 인사는 21년이 지난 후에야 빛을 보게 되었다. 하지만 마리 앙투아네트가 죽음의 순간에 작별 인사를 하려 했던 사람들은 대부분 그녀의 뒤를 따라 세상을 떠난 지 오래였다. 마담 엘리자베트는 기요틴에서 죽었고, 루이 17세는 어린 나이에 폐렴으로 죽었다.

◀ 마담 엘리자베트 Élisabeth Vigée Le Brun, 1782

진혼가

새벽 5시, 마리 앙투아네트가 아직 마지막 편지를 쓰고 있을 때 파리 48개 구역의 모든 지역에서는 북소리가 울리기 시작했다. 아침 7시, 무장한 군인들이 발걸음을 옮긴다. 발사 준비를 마친 대포가 다리와 큰 거리들을 차단했고 총검을 찬 보초병이 시내를 순찰했다. 기병은 도로를 따라 줄지어 서 있었다. 희생자가 권력을 겁내는 이상으로 권력이 희생자를 겁내는 것은 종종 있는 일이다. 7시가 되자 간수의 하녀가 감방으로 들어왔다. 잠시 뒤 그녀의 모습을 본 하인은 깜짝 놀랐다. 그녀는 상복을 입고 침대에 누워 있었다. 계속해서 피를 쏟아 지쳐있었다. 착한 시골 처녀는 왕비가 걱정되어 말했다.

"마담, 어제 낮부터 드신 게 아무것도 없으세요. 뭐라도 갖다 드릴까요?"

"나에게 더 이상 필요한 건 없어. 모든 것이 끝났지."

왕비는 누워서 꼼짝도 하지 않았다. 소녀가 특별히 준비해 온 스프를 권하자 몇 숟갈을 뜨고는 옷을 갈아입는다. 단두대에 갈 때는 검은 상복을 입을 수 없었다. 루이 16세를 애도하는 옷이 사람들을 자극할 수 있다며 금지당했기 때문이다. 무슨 옷을 입든 무슨 상관일까. 그녀는 말없이 하얀 드레스를 입었다.

8시가 되자 노크 소리가 들렸다. 형리는 아니었다. 그는 공화국에 맹세를 한 신부였다. 왕비는 참회를 정중히 거절하고 자신은 공화국에 선서를 하지 않은 신부만을 하느님의 심부름꾼이라고 여긴다고 말했다. 마지막 가는 길을 함께 해도 괜찮겠느냐는 신부의 질문에 냉담하게 "원하는 대로 하세요."라고 답했다.

10시쯤, 거인처럼 체격이 좋은 형리 상송이 그녀의 머리카락을 자르러 들어왔다. 그녀는 이제 더 이상 목숨을 건질 도리가 없다는 것을, 구할 수 있는 것은 명예뿐임을 알고 있었다. 11시쯤이 되자 감옥 문이 열렸다. 밖에는 박피공의 마차가 기다리고 있었다. 사다리가 달린 싸구려 마차였다. 루이 16세는 의장 마차를 타고 단두대로 향하여 사람들의 호기심과 증오심을 피할 수 있었다. 하지만 그사이 공화국의 불길은 계속해서 타올랐다. 공화국은 기요틴에서조차 평등을 요구했다. 왕비라고 해서 시민보다 더 편하게 죽을 이유가 없었다. 사다리 마차면 충분했다. 사다리 사이에 놓인 널빤지가 의자 역할을 할 뿐 깔개도 없었다.

그러나 마리 앙투아네트를 죽음으로 몰아간 사람들, 마담 로
랑, 당통, 로베스피에르, 푸키에, 에베르 또한 이 마차를 피해 갈
수 없었다. 그들도 모두 이 딱딱한 널빤지에 앉아 최후의 길을 갔
다. 단지 그녀가 한발 먼저 가는 것뿐이었다. *

◢ 콩시에르주리를 떠나는 마리 앙투아네트 Georges Cain

---

* 프랑스 혁명에 가담했던 혁명가들은 많은 이들을 단두대로 보냈지만
결국 그 자신들도 단두대의 희생양이 된다. 에베르와 당통은 1794년 로
베스피에르 파에 의해 기요틴에서 처형되었다. 로베스피에르도 공포 정
치로 시민들의 지지를 잃어 결국 처형당한다.

콩시에르주리의 어두운 복도에서 장교들이 걸어 나왔다. 총을 든 감시병들이 뒤를 따랐고 마리 앙투아네트가 침착하고 당당한 걸음으로 나타났다. 형리 상송은 그녀의 손을 묶은 줄을 쥐고 있었다. 왕비는 조용히 마차까지 걸어갔다. 상송이 손을 내밀어 왕비를 마차에 태웠고 옆에는 기라르 신부가 자리를 잡았다. 카론 *이 죽은 자의 영혼을 실어 나르듯 상송은 무미건조한 얼굴로 마차의 짐을 삶의 저편으로 실어 나르곤 했다. 그러나 이번에는 상송도, 그의 조수도 고개를 숙였다. 마치 형장으로 향하는 불쌍한 여자에게 용서를 구하는 것처럼. 마차는 천천히 달렸다. 모두가 이 광경을 구경할 수 있도록 일부러 시간을 끌었다. 마리 앙투아네트는 두려움이나 불안을 들키지 않기 위해 신경을 곤두세우며 버텼다. "저 여자가 악명 높은 마리 앙투아네트다! 드디어 세상을 떠나려 한다!"

지금은 콩코르드 광장이 된 거대한 혁명 광장에는 수만 명의 사람들이 이날을 놓치지 않기 위해 이른 아침부터 모여 있었다. 에베르의 과격한 말처럼 왕비가 국민의 면도날에 잘려 죽는 장면은 다시없을 구경거리였다. 루이 15세의 동상이 있었던 자리에는 이제 자유의 여신상이 자리를 잡고 있다. 빨간 모자를 쓰고 칼을

---

* 그리스 신화에서 강 나루터를 지키며 망자를 강 건너편 저승으로 건네주는 뱃사공이다.

든 자유의 여신상은 동요하는 군중들과 죽음의 기구 너머 저 멀리 알 수 없는 무엇인가를 응시하고 있었다. 자유의 여신상은 인간들의 삶과 죽음 같은 것은 쳐다보지도 않는다. 사람들의 비명도, 무릎에 놓인 화환도, 발아래 대지를 물들이는 피도 느끼지 못한다. 자신의 이름 아래 무슨 일이 벌어지고 있는지 전혀 알지 못한 채로 보이지 않는 목표를 바라보며 침묵할 뿐이다.

갑자기 소란스러워지더니 곧 다시 조용해졌다. 고요함 속에 기병이 나타나고 프랑스 왕비였던 여자를 태운 마차가 모퉁이를 돌아 모습을 드러냈다. 거대한 광장은 쥐 죽은 듯 조용했다. 말 발굽 소리와 바퀴 소리만 들렸다. 조금 전까지만 해도 수다를 떨며 웃고 있던 사람들은 가슴을 졸인 채 그녀를 바라보았다. 하지만 그녀는 어느 누구도 쳐다보지 않았다. 그녀는 알고 있다. 이제 마지막 시련만 참으면 모든 게 끝난다는 것을. 5분만 지나면 그다음에는 불멸을 얻을 수 있다는 것을.

마차가 기요틴 앞에 도착했다. 왕비는 굳은 얼굴로 기요틴 계단을 올라갔다. 그녀는 베르사유의 대리석 계단을 올라갈 때처럼 굽이 높은 검은색 구두를 신고 가벼운 걸음 걸이로 마지막 계단을 올라갔다. 사람들 넘어 하늘을 바라본다. 끔찍한 일을 겪었던 튈르리 궁이 눈에 들어왔을까. 이곳에서 왕세자비로서 환영받던 장면을 떠올렸을까. 알 수 없다. 죽어가는 사람이 마지막 순간에 어떤 생각을 하는지는 아무도 알 수 없다. 벌써 끝이 났다. 형리는 그녀의 목을 기요틴의 칼날 아래로 가져갔다. 밧줄을 잡아당기자 칼날이 번쩍하고 둔탁한 소리를 냈다. 상송은 피가 흐르는 머리를 집어 모두가 볼 수 있도록 높이 들어 올렸다.

숨죽이고 앉아있던 수만 관중은 함성을 질렀다. "공화국 만세!" 억눌렀던 감정을 표출하는 듯한 목소리였다. 점심시간이 되자 사람들은 집으로 돌아갔다. 땅속으로 스며들어 가고 있는 피에 관심을 갖는 사람은 아무도 없었다. 광장은 다시 텅 비었다.

오직 자유의 여신만이 꼼짝도 하지 않은 채 그 자리를 지키고 서서, 보이지 않는 목표를 응시하고 있었다. 자유의 여신은 자신의 이름 아래 무슨 일이 벌어졌는지 알지 못했으며 알려고 하지도 않았다.

몇 달 동안 파리에는 너무나 많은 일이 있었다. 고작 한 사람의 죽음에 대해 오래 생각할 시간이 없었다. 시간이 빨리 흐를수록 사람들의 기억은 희미해졌다. 몇 주가 지나자 마리 앙투아네트가 땅에 묻힌 일은 완전히 잊혀졌다. 공포 정치 시대에는 누구나 자기 목숨만 걱정했다. 그녀의 관은 매장되지 않은 채 묘지에 방치되었다. 겨우 한 사람 때문에 무덤을 파는 것은 사치스러운 일이었다. 기요틴에 수많은 시체가 쌓인 다음에서야 마리 앙투아네트의 관에는 생석회가 뿌려졌다. 그녀는 새로 온 관들과 함께 합동 묘지에 묻혔다.

감옥에서는 왕비의 강아지가 며칠 동안 불안하게 돌아다니며 방방곡곡 냄새를 맡고 주인을 찾아다녔다. 그러다 끝내 포기하고 말았다. 이를 불쌍히 여긴 간수가 강아지를 자기 집으로 데리고 갔다. 몇 년 뒤 한 독일인이 파리에 와서 왕비의 무덤에 대해 물었을 때 프랑스의 전 왕비가 어디에 묻혔는지 대답해 줄 수 있는 사람은 아무도 없었다. 국경 너머에서도 마리 앙투아네트의 처형은 관심을 끌지 못했다. 그녀를 구출하려고 했지만 겁이 많아 때를 놓친 코뷔르 공은 군대에 명령을 내리며 복수를 다짐했다. 프로방스 백작은 감동받은 척을 하며 장례 미사를 올렸다. 마리 앙투아네트를 구하기 위해 편지 한 장 쓰는 것도 귀찮아하던 프란츠 황제도 장례를 치렀다. 황제는 신문에 화가 난다는 듯 자코뱅당을 비난하는 기사를 실었다.

황제는 2년 뒤 포로 교환 협상으로 마리 앙투아네트의 딸 마리 테레즈를 구출했다. 이때 들어간 비용이나 왕비를 구하기 위해 들였던 비용에 대해 물어보면 왕실 사람들은 하나같이 고개를 돌렸다. 왕비의 처형을 떠올리게 하는 것은 좋지 못한 일이었다. 자신의 혈연이 그렇게 잔인하게 처형당하도록 내버려 둔 황제는 양심의 가책을 느꼈다. 몇 년 뒤 나폴레옹은 이렇게 말한다. "프랑스 왕비에 대해 침묵을 지키는 것은 오스트리아 왕가의 철칙이다. 마리 앙투아네트라는 이름만 나오면 눈을 내리깐다. 귀찮고 피곤한 문제를 피하려는 듯 다른 곳으로 화제를 돌려버린다. 가문 전체가 이 철칙을 따르고 있으며 외국에 있는 사절들 또한 마찬가지이다."

그녀에게 누구보다 충실했던 페르센은 누이에게 편지를 쓴다. "내 인생과도 같은 사람, 단 한 순간도 사랑하지 않은 순간이 없었고 내 모든 걸 희생해도 아깝지 않았던 그녀, 이제야 그녀가 나에게 어떤 존재인지 알게 되었는데 그녀는 이미 이 세상에 없다. 앞으로 어떻게 살아가야 할지 모르겠다. 사랑하는 동생이여, 나는 왜 그녀를 위해 죽지 못했을까. 6월 20일에 죽었더라면 영원한 고통 속에서 목숨을 부지하는 것보다는 훨씬 더 행복했을 텐데."

1796년 빈의 궁정에서 마리 앙투아네트의 딸을 보았을 때 페르센은 눈물을 참을 수 없었다. 딸을 볼 때마다 그녀의 어머니를 떠올리며 눈물을 흘렸다. 마리 앙투아네트가 떠난 뒤 페르센은 냉혈한이 되었다. 세상은 불의에 가득 차 있는 것 같았고 삶은 무의미하게 느껴졌다. 정치적 야망도 사라졌다. 전쟁을 하는 동안 그는 외교사절로 유럽을 왕래했다. 빈, 카를스루에, 라슈타트, 이탈리아, 스웨덴 등지를 돌아다녔다. 그의 일기 곳곳에는 "왜 나는 6월 20일에 그녀 옆에서 함께 죽지 못했을까?" 이런 말들이 쓰여 있었다. 운명의 장난일까 페르센은 바로 그 6월 20일, 꿈꿔

오던 죽음을 맞이했다. 정치적인 야심은 없어도 그는 고국에서 힘 있는 지위를 가진 사람이었다. 국왕의 최측근으로 왕의 고문을 맡고 있었다. 그는 바렌 사건 후로 자기에게서 왕비를 빼앗아 간 백성들을 증오했다. 사람들은 페르센이 프랑스에 복수하기 위해 스웨덴의 왕이 되어 전쟁을 일으킬 거라고 수군댔다.

1810년 6월, 스웨덴의 왕위 계승자가 갑자기 세상을 떠났다. 스톡홀름에서는 왕위를 차지하기 위해 페르센이 그를 암살한 것이라는 소문이 퍼지기 시작했다. 친구들은 고집스러운 페르센에게 위험할 수 있으니 장례에 가지 말고 집에 있으라고 했다. 하지만 그날은 6월 20일이었다. 어두운 의지가 그를 밀어붙이며 꿈꾸던 운명을 이루게 했다. 마차가 성에서 출발하자마자 분노한 폭도들이 맨손으로 백발의 남자를 마차에서 끌어 내렸다. 왕자를 독살했다는 누명을 쓴 그는 폭도에게 죽임을 당한다. 마리 앙투아네트와 사랑으로 연결되었던 마지막 인물이 세상을 떠나고 말았다.

누군가에게 진정으로 사랑받는 한, 어떤 인간도 완전히 이 세상을 떠났다고 말할 수 없다. 페르센의 진혼가는 마지막 대사가 되고 말았다. 트리아농은 황량해졌고 아름다운 정원도 황폐해졌다. 그림이나 가구는 경매로 처분되었다. 그녀가 살았던 흔적은 완전히 사라졌다. 혁명정부는 총재정부로 바뀌고 황제 나폴레옹이 나타나 합스부르크가의 황녀와 결혼식을 올렸다.

프로방스 백작은 삼백만 명의 시체를 넘어 루이 18세가 되어 프랑스 왕좌에 올랐다. 그림자였던 그는 마침내 목표를 이뤘다. 그의 야망을 막아온 루이 16세, 마리 앙투아네트와 불쌍한 아이 루이 17세는 이미 사라진 지 오래였다. 죽은 자가 억울하다고 일어나서 소리칠 일은 없으니 무덤은 만들어 주어도 되지 않을까? 그제야 루이 16세 일가의 묘를 찾으라는 명령이 내려졌다. 22년간 철저한 무관심 속에 가려져 있던 묘를 찾는 것은 쉽지 않았다. 공포 정치로 수천의 시체를 묻어야 했던 마들렌 성당 근처 수도원 뜰에서는 언제나 일을 서둘러야 했다. 묘지마다 표시를 해둘 여유는 없었다. 십자가 표시도, 왕관 표시도 없는 묘를 찾기란 어려운 일이었다. 국민공회가 왕가 시체에는 생석회를 뿌리라는 명령을 내린 것이 그나마 다행이었다. 사람들은 땅을 끝도 없이 파고 또 파냈다. 드디어 삽이 단단한 지면에 부딪히는 소리가 들렸다. 반쯤 썩은 옷가지를 보고 사람들은 무서움에 떨었다. 그리고 흙 속에서 한 줌의 하얀 먼지를 퍼냈다. 한때는 우아함의 상징이었지만 이 모든 고뇌에 괴로워하도록 선택된 자, 마리 앙투아네트의 마지막 흔적이었다.

루이 17세는 마리 앙투아네트가 죽은 이후에도 탕플 탑에 계속 수감
되어 있다가 열악한 환경으로 폐렴에 걸려 10살의 나이로 세상을 떠났
다. 마담 엘레자베트도 탕플 탑에 수감되어 있다가 1년 뒤 처형된다. 마
리 앙투아네트의 딸 마리 테레즈 샤를로프는 옥중에서 가족에 대한 어
떤 소식도 듣지 못하다가 오스트리아와의 포로 교환 협상에서 풀려난
다. 페르센 백작이 마리 앙투아네트가 남긴 돈과 보석을 물려받을 수 있
도록 도와주었다고 전해진다. 그녀는 그 후 오스트리아, 영국, 러시아를
떠돌며 살아야 했고 향년 72세로 세상을 떠났다. 프로방스 백작은 루이
17세가 죽었다는 소문이 돌자 스스로 루이 18세를 자칭했다. 루이 18세
가 죽자 남동생인 아르투아 백작이 샤를 10세로 즉위한다. 하지만 샤를
10세도 7월 혁명으로 프랑스에서 추방된다. 그 후 나폴레옹이 나타나
혁명을 마무리 짓고 새로운 시대를 연다.

연표

에필로그

츠바이크는 오직 마리 앙투아네트에게 집중하기 위해 철저하게 그녀와 관련된 프랑스 혁명 이야기들만을 실었습니다. 그리고 그 과정에서 츠바이크가 깨달은 것은 마리 앙투아네트는 그저 너무나도 평범한 여인에 지나지 않았다는 것입니다. 그래서 그는 이 소설의 부제를 〈마리 앙투아네트, 어느 평범한 여인의 초상〉이라고 달았습니다. 역사가들은 그녀의 결점은 명백하지만, 그 불행과 저울질해 볼 때 그것들은 하찮은 것에 불과하다고 평가하기도 합니다.

딸 마리 테레즈 공주가 크리스마스 선물을 달라고 떼를 썼을 때는, "궁전 밖에는 많은 가난하고 굶주린 사람들이 있으니 따뜻한 잠자리와 음식이 있는 것만으로도 감사할 줄 알아야 한다"고 가르쳤다는 이야기도 있습니다. 나라를 망친 사치스러운 왕비와는 거리가 있는 성품이었습니다. 후대에 들어서 조작된 기록들과 편지, 구설수가 특히 마리 앙투아네트에게는 너무 많았고 집필 과정에서 츠바이크는 이런 것들을 걸러내기 위한 작업에 몰두했습니다. 그는 그 시대의 모든 신문과 편지, 소송 서류들까지 한 줄도 빠트리지 않고 조사했습니다. 이 작품은 전기 소설이긴 하지만 온전히 역사적 사실에 기반하고 있습니다.

아마도 독자들은 지금까지의 전기에 실려 있던 유혹적인 에피소드가 여기에는 없음을 애석해할지도 모른다. 그것은 어린 모차르트가 쇤브룬 궁에서 마리 앙투아네트에게 청혼을 했다는 에피소드부터 시작해서 왕비가 처형될 때 사형 집행자의 발을 잘못 밟자 공손하게 "미안해요, 일부러 그런 건 아니에요."라고 말했다는 에피소드(이야기가 너무나 그럴듯해 실제 같다)로 끝난다. 그리고 랑발 공작부인에게 보낸 감동적인 편지가 나오지 않은 것도 독자들에게는 유감일 것이다. 그 이유는 간단하다. 이런 이야기들은 사실이 아니기 때문이다.

프랑스 혁명의 가해자 혹은 피해자인 마리 앙투아네트, 공화정으로 넘어가는 시대의 흐름 속에서 희생당해야만 했던 그녀. 혹은 희생당해야 마땅했던 그녀. 역사가는 말합니다. 이미 모든 일이 끝난 후에, 결말을 알고 있는 시점에서 어떤 일에 대해 평가하는 것은 너무나도 쉬운 일이라고. 마지막 순간까지 의연하게 **_부끄러워할 것 없어요, 나는 죄를 지어서 죽는 게 아니니까요._** 라고 말 한 마리 앙투아네트의 삶이 독자 여러분께 안온한 위로가 되었기를, 또 흥미로운 역사가 되었기를 바랍니다.

이화북스 편집부, 2023년 10월

옮긴이 **육혜원** ━━━━━━━━━━━

이화여자대학교 정치외교학과를 졸업한 뒤, 독일 베를린자유대학교에서 정치학 석사, 박사 학위를 받았다. 이화여자대학교, 고려대학교, 경희대학교 등에서 강의했다. 저서로는 『왜 소크라테스는 독배를 마셨을까?』, 『보편주의』, 『좋은 삶의 정치사상』 등이 있다. 옮긴 책으로는 『니체』, 『미래전쟁』, 『영웅본색』 등이 있다.

마리 앙투아네트: 베르사유와 프랑스혁명 (츠바이크 선집 3)

Marie Antoinette: Versailles and French Revolution

초판 발행	2023년 10월 20일
초판 3쇄	2024년 7월 26일
지은이	슈테판 츠바이크
옮긴이	육혜원
발행처	이화북스
주소	경기도 파주시 회동길 145 아시아출판문화정보센터 전시정보동 202호
대표전화	02-2691-3864
팩스	02-307-1225
이메일	ewhabooks@naver.com
ISBN	979-11-906-2626-2 03850

인스타그램 @ewhabooks
블로그 https://blog.naver.com/ewhabooks